知乎
有问题 就会有答案

若避开猛烈的狂喜

马家辉 著

群言出版社
QUNYAN PRESS
·北京·

图书在版编目（CIP）数据

若避开猛烈的狂喜 / 马家辉著. -- 北京：群言出版社，2023.6
ISBN 978-7-5193-0771-4

Ⅰ．①若… Ⅱ．①马… Ⅲ．①随笔－作品集－中国－当代 Ⅳ．① I267.1

中国版本图书馆 CIP 数据核字（2022）第 191342 号

责任编辑：	陈　芳
版式设计：	刘宇宁
封面设计：	尚燕平
出版发行：	群言出版社
地　　址：	北京市东城区东厂胡同北巷1号（100006）
网　　址：	www.qypublish.com（官网书城）
电子信箱：	qunyancbs@126.com
联系电话：	010-65267783　65263836
法律顾问：	北京法政安邦律师事务所
经　　销：	全国新华书店
印　　刷：	三河市兴博印务有限公司
版　　次：	2023年6月第1版　2023年6月第1次印刷
开　　本：	880mm×1230mm　1/32
印　　张：	9.125
字　　数：	213千字
书　　号：	ISBN 978-7-5193-0771-4
定　　价：	59.80元

【版权所有，侵权必究】

如有印装质量问题，请与本社发行部联系调换，电话：010-65263836

还愿之书,可用之书
——写在『马家辉向大师借智慧』三本书出版前

大概十六七岁的时候吧,我买了一套三册的《大人物的小故事》,一读再读。四十多年过去了,这套书至今仍然留在家里书架上。

这套书分门别类地简述了古今中外的科学家、军事家、思想家、艺术家、政治家等的行谊和妙语,点破他们如何用幽默化解尴尬,用智慧扭转逆境,用坚忍面对挫败,诸如此类。这些材料现下在网上皆可轻松地读到,但在20世纪70年代后期,能把这么博杂的故事集合,并用这么简洁的文笔阐述,对成长中的读者来说是非常大的功德养分。书里的大人物都是我的"老师",在摸索前行的日子里,每当遭遇现实的不堪,我都会想起他们的吉光片羽,由此取得激励,从而有了更强大的力量。

多年以后,我读阿城的散文,他忆述年轻时读荷兰裔作家房龙(Hendrik

Willem Van Loon）的通俗著作，例如《人类的故事》和《宽容》，眼界大开，通识拓阔，他觉得自己"欠了房龙一本书"，有机会要写书向房龙致敬；多年以后，阿城终于写了《常识与通识》，还了所"欠"，对新一代的年轻读者也深具启蒙之功。

阿城的书债感慨亦是我对《大人物的小故事》的感慨。这些年来，我一直想用浅显的语言说说名人生平，目的无他，只是渴望对年轻人有所鼓励和启发。谁的生命没有困顿、挫败、低潮呢？你绝非例外，而既然曾经有人用如彼或如此的方式应对，你亦不妨试试，尽管大家的处境不同、背景有异，能力亦不太一样，但，读读吧，想想吧，他人的经验对你或许终究会有或大或小的参考价值。若能写出一本"可用之书"，我将心满意足，觉得是还了《大人物的小故事》之债。

《大人物的小故事》编著者是周增祥先生。

周增祥，1923年出生于上海，1998年逝世于台北。我在网上找到这样一段哀伤的文字："出身于书香门第，自幼喜爱艺文，因值战乱，一生尝遍辛酸拂逆，中年又得一智障儿，幸而从书本寻求慰藉，并从事励志写作。"

我暗暗好奇：当年在书桌前、在灯光下，周先生编撰一本又一本的励志书籍，固然是为了启蒙读者，但必同时有自我勉励的幽微意思吧？环境是困难的，日子是困顿的，可是，在费劲搜集、爬梳、阐述名人故事的过程中，我猜想周先生的灵魂能够暂时脱离颠沛的现实，先于读者从文字中寻得撑持，在帮助读者以前，这些书先帮助了他。我不禁替周先生感到一阵苦涩的高兴。

出版"马家辉向大师借智慧"系列这三本书之于我是圆一个夙

愿,还了所"欠",希望你不仅喜欢,更觉得有用,如同当年我对周先生的书。

是为前言。

注记:这三本书源起于我在"知乎"上的一档语音节目《马家辉年课:向百位大师借人生智慧》。把声音转化为文字,需要做大量的资料修订、增补、查考的工作。我非常感谢"知乎"的工作团队,不可不记,不该不记。

若避开猛烈的狂喜

目 录
Contents

○ 篇章一　**量才·适性** /001

富兰克林："斜杠"人生养成计划 /002
胡适：给青年人的三个药方 /010
宋应星：量才适性，才是王道 /020
沈括：没有好奇心，不过是条咸鱼 /027

○ 篇章二　**物哀·重生** /035

向田邦子：用写作疗愈，小日子也能过得有意义 /036
太宰治：重启生命的意义 /046
川端康成：一切为了美 /055
永井荷风：散步文学浪荡子 /064
三岛由纪夫：一刀下去即成神 /073

○ 篇章三　　诙谐·意趣　　/ 081

萧伯纳： 史诗级的幽默，你也能学会 / 082
弗洛姆： 爱的强大力量 / 091
夏目漱石： 头脑比日本大 / 099
马克·吐温： 用幽默抵抗生命苦楚 / 108

○ 篇章四　　放肆·豁达　　/ 117

金克木： 哭着来，笑着走 / 118
丰子恺： 人间自有恩情在 / 127
诺曼·梅勒： 美国最放肆的作家 / 136
金圣叹： 勇敢地成为自己 / 145
陈寅恪： 不觅封侯但觅诗 / 153
安迪·沃霍尔： So what 精神的鼻祖 / 162

○ 篇章五　识时·炽热 /171

贝聿铭：我可不是免费的 /172

张爱玲：把自己的感受写成段子 /181

李天禄：别像布偶般被摆布 /190

刘以鬯：娱人也娱己，通俗不庸俗 /199

戈达尔：苍老而仍不停歇的大野狼 /207

艾瑞莎：在歌声里寻找意义 /217

葛兰姆：聆听与 OPEN /226

歌德：知识就只是知识 /235

○ 篇章六　绽放·自在 /243

马尔克斯：因为向往，所以魔幻 /244

博尔赫斯：天堂的模样 /253

卡夫卡：因为自由，所以不知所措 /262

契诃夫：触碰对美好的期待 /272

The Answer to Life

篇章一

量才·适性

最好一辈子心中带着问号,这样才不会寂寞

富兰克林:"斜杠"人生养成计划

本篇我们谈一位风流人物。如果你去美国旅行,会在100美元纸币上面看到这位秃头老兄,他就是本杰明·富兰克林。

富兰克林于1706年出生在波士顿。他父亲从英国来美国找寻新生活,说穷不穷,说有钱也没有钱,开一家杂货店,先后结过两次婚,生了17个小孩,富兰克林排行第十五。

富兰克林小时候是天才型儿童,很有科学头脑,而且懂得做生意,完全就像马克·吐温笔下的小顽童。他有个玩耍的去处,地上有很多脏泥巴,他就动员组织小孩跟他一起去搬石头,拆掉别人的围墙,把泥土盖住。他还喜欢游泳,现在很多人初学游泳都爱穿蛙鞋,但他很小就无师自通想到了这个方法。大家都看出他很聪明,可是他9岁就不再读书了。为什么那么聪明,考试成绩也很好,却不读了呢?一个字:穷。父亲觉得家里没钱,让富兰克林别读书了,来工作吧。他就跟着哥哥去印刷厂当了学徒。

工作了几年,跟哥哥不太和,也许是因为他太聪明引来别人的嫉妒,而他也看不惯别人的笨方法。可是小孩说的话没人听,他一气之下就跑去费城,后来又到了英国,也是做出版和印刷的工作。

几年之后，他返回美国，跟朋友合作开印刷厂，出书、办报，自己也写很多文章。所出的书中就包括《穷理查年鉴》，该书于1733年出版后，有时候一年出好几本，连续出了十多年，内容像八卦，用现在的概念来说就是公众号，每一篇文章的阅读量都是十万甚至百万以上级别。当时的美国，几乎家家户户都有一本他的年鉴，在书里面他创造了一个人物：理查。理查很穷，一直是可怜兮兮的样子，经常被老婆欺负，跟不同的人跑江湖也常常吃亏，不过能从吃亏里面有所领悟，领悟出一句又一句的格言。今天我们都知道这些格言，可是不一定知道这些格言其实来自富兰克林。

富兰克林在自传里写道，这些格言不是他凭空创作出来的，90%是二次创作的成果，他把听来的欧洲格言、美国格言用更幽默的方法来表达，变成自己的东西。《穷理查年鉴》包含很多元素，除了格言，还有气候、食谱、八卦等等。用写小说的笔法来映射当时社会中的风言风语，这是他的首创，有些幽默文章写得甚至有点戏谑的意味。有人把它们按照成功、财富、爱情、生活领悟来分类，整理成不同章节。

自己写书加上做印刷，富兰克林实现了财富自由，四十多岁就退休了，每年从印刷厂拿分红，自己去做其他事情。现在流行"斜杠"人生，我们肩上的"斜杠"比不上富兰克林的；就算跟他一样多，也比不上他的成就。富兰克林无论做什么都有点石成金的意思，能够做出一番事业，比方说他是出版家，又是作家，除了写《穷理查年鉴》，赚好多好多钱，还写过奇奇怪怪的小说。

他研究电流。他和儿子把风筝放到天空中，把闪电引导下来，捉住了"天电"，就是我们所说的电。电的观念甚至名称，都是富兰克林在研究时确定的。电有正极跟负极，电池的概念，也是那时候做了很多研究才确认的。他还发明了生活上的小物件，包括老花眼镜。我们经常看到老人家镜片分为上下两节，上半节看远下半节看近，这也是富兰克林为了解决自己的视力问题发明的。他还发明了壁炉，把炉子放在墙壁里，后面留多少空间、怎么样通风、如何把烟从烟囱里面吹出去，都是他想出来的把戏。避雷针也是他发明的。

他发明了很多东西，但是不收专利费。有人让他登记专利、注册赚大钱，他说："**由于我们享受着别人发明带来的巨大好处，我们有机会用自己的任何发明为别人服务也应当高兴，而且应当无偿地、慷慨地去做。**"这是富兰克林很重要的价值观。他是现实主义者，也是实用主义者。

富兰克林也有很多奇怪的主意。本来他是夜猫了，为了节省买蜡烛的钱，改成早起，还有板有眼地写文章算了一下，假如每一户人家早起一个小时，一年能为国家节省多少钱。他数学非常好，算了出来，写完文章，这种概念也被别人引用，成为实行夏令时的基础。甚至他觉得人放屁很臭，就想能不能把一些物质放进食物里面，人吃下之后，肠胃就算有气体产生也是香的。后来真的有人根据他的研究去寻求这种方法，可是看起来不太成功，因为到今天为止我们放屁还是臭的。

富兰克林还是个政治家，这个有趣了。他本来不赞成美国争取独立，到英国当美国费城的代表，几年间为美国争取种种福利，反对英国针对美国人的重税。后来他看英国越来越不对劲，不断地向美国大量收钱，也看出美国人追求独立的意志坚决，就转向支持美国独立运动。1776年美国独立之后，富兰克林还成为外交家，代表美国去巴黎推动外交。在独立过程中，他还协助起草了《独立宣言》，签订了若干重要的开国文件，他被称为"开国之父"之一，等于是国父。

他也是慈善家。他捐献图书馆、灯塔，成立消防队、学校、医院，所有好的事，他都推动去做。虽然他曾经有过黑奴，甚至觉得黑奴比白人笨，可是他很快就改变了想法，发现身边有很多聪明而且品格好的黑奴，就组织人们解放黑奴，推动废除奴隶运动。

从这些身份可以看出，富兰克林真的是"超级斜杠"。

富兰克林在老年时写了自传，并且持续写《穷理查年鉴》。《穷理查年鉴》中有很多名言，也有很多赚钱的秘诀。今天人们听起来可能觉得没什么大不了，可是他总结的理念在当时都是开拓性的。比如"时间就是金钱""不劳苦，无所得""我不让工作追求，而是去追求工作，常常努力于完全统驭工作，而不做工作的奴隶"，这些都是他的名言。

他还倡导节省："能够节省一分钱，就等于赚了两分钱。"在还清欠债以前，用最大的力量来省钱。

他认为不要争辩："如果你争辩，或许你会赢，但这种胜利是短暂而空虚的，通过争辩你永远得不到对方的好感。"

有一句我很喜欢，他说："假如你不想你的秘密让你的敌人知道，你就不要把秘密告诉你的朋友。"

"快起床了懒鬼，以后你躺在棺材里面睡觉的时间可多了。"

"今天能够做的事情，千万不要拖到明天。"

"勤奋是好运之母。"我们都知道勤奋很重要，但他把"母亲"

这个概念放了进来。

他说自己生命中唯一的嗜好就是读书，"读书是易事，思索是难事，但两者缺一，便全无用处。"这句话和孔夫子在《论语》里说过的理念不谋而合。

富兰克林是个很自律的人，对什么事情都精密计算，幸好这个人蛮有幽默感，喜欢说笑讲故事，否则真的很乏味。他是怎么做决定的呢？不管什么事，都拿一张纸放在面前，拿笔在纸中间画一道横线，上面是好处，下面是弊处，一个一个写出来，如果弊处比好处多就不做，好处比弊处多就去做。

对于结婚，他也采取了同样的方法。对富兰克林而言，娶老婆最大的准则是什么？看对方有没有嫁妆。他曾经追求一个生意拍档的侄女，因为他那时候买房子欠了钱，想要她的嫁妆。女方的爸妈不给嫁妆，他就没娶。人算不如天算，后来他娶的老婆也没有给他嫁妆。因为两人曾经的交往并不顺利，对方在这段感情中受挫，情绪很不好，也很自卑，甚至有了抑郁症，所以富兰克林觉得亏欠，娶了她。不过富兰克林觉得娶了她很好，因为她跟富兰克林一样懂得省钱。富兰克林对女性没有歧视，他注重的是一定要懂得做事和节省。反观富兰克林的妻子，她给朋友的礼物不是珠宝之类的财富，而是缝纫机、扫把之类的生活用品，她觉得这样才更能帮助丈夫一起创业。

富兰克林还是一个"调情家"，目前他已经被公布的情书都很动人，他总是会写故事挑逗对方。假如他活在今天，在各种社交平台上写情书，一定很有魅力。当然，也很容易被叫成"渣男"。他作为美国代表去法国的时候，已经 70 多岁了，还跟几个有夫之妇交往，对方仍为他着迷不已。他会讲很多调皮的话，他说女性让他重新感觉到年轻，让他的年纪停下脚步。

可是人再怎么感觉年轻，最后还是会慢慢老去。富兰克林于 1790 年去世，享年 84 岁。他去世前写了一句话给朋友："人生就像喝酒，不管是多么好的美酒，喝到最后，难免会在酒杯的底部看到一些残渣，有些哀伤，并没有办法。"

去世前他为自己写了墓志铭，上面写着：印刷工人本杰明·富兰克林。因为他第一份工作就是印刷出版商。下面写着：富兰克林安葬于此。就像一本封面磨损的老书，里面的内容已失去，烫金已剥落，他葬于此，成为虫子的食物。但他的创造并不会丢失，将永垂不朽，如他所期待的方式，被修订被改写，以更完美的版本，重新出现。

富兰克林的墓碑是一块六英尺[①]宽、十英尺长的大理石，非常简单，仅有一点点小装饰，上面刻着他自己的名字，还有他太太的名字，他和太太合葬在费城。

富兰克林是一个天才，我们很难复刻他的经历，可是他的价值观是值得我们学习的，简单来说就是勤奋、乐于奉献。他其实还有一个身份是教徒，但他绝对不是一个虔诚的教徒。有一次他在坐船的时候，几乎要翻船，他跟太太说：假如我是虔诚的教徒，这次死不掉的话，我们在岸边捐钱盖一座教堂，可是我不是，所以我只会捐钱，盖一座灯塔。可见他的实用主义。

---

① 1英尺=0.3048米。

在替美国（当时还是英国殖民地）争取福利的时候，富兰克林勇敢地做了他的选择，希望成立新的国家。他采取最包容、最自由的态度，奉劝美国人不要对英国人报仇。而对美国土地上的人，他也尽量平等对待。比如投票权，他不赞成朋友间的投票，还要求把黑奴的人口计算在美洲的正规人口里面，关于这一点，曾经有人反对，认为奴隶是动物，不是人。他认为，奴隶跟动物的唯一差别在于动物不会起来抗争。这个回答把对方吓到了。

富兰克林倡导包容、自由、勤奋、节省、理性主义和实用主义，按照理性来做决定，选择前行的路，还会不断修正自己的错误。我想这就是富兰克林在他那么多的格言里，留给我们的最重要的价值观。假如要了解更多富兰克林的故事和价值观，很简单，去看《穷理查年鉴》，还有《富兰克林自传》。

阅读小彩蛋

富兰克林有很多格言,我来跟大家分享几则我视作座右铭的几句。

第一句,能够明天才做的事情,千万不要今天去做;能够明天才还的钱,千万不要今天掏出来。

第二句,只要女人一天不死,就有机会把她追回来。

第三句,你从敌人身上学到的事情,往往比从你朋友身上学来的多。

第四句,过了 35 岁,不管男女都不要谈美或谈帅,最重要的是要有格调,格调就是魅力。

胡适：给青年人的三个药方

胡适被贴上了很多的标签，历史学家是其中之一，他在考据学方面有很多非常有影响力的文章与观点。

余光中曾经这样描述他："他是中国人里面最美丽的样品。"余光中所说的"最美丽"，是指他的人格魅力。每当我们想到胡适，都会被他的人格所感染，感受到那一股美丽，那一股能量。本节我们要谈的人物就是胡适。

他也是文学家，写小说、写剧本、写诗、写散文。当然，大家不会忘记新文化运动期间，胡先生于1917年发表《文学改良刍议》，提倡白话文。文言文已经成为过去式了，因为世界在进步，人的想法、观点、经验也在改变，所以要找寻鲜活的文字。他自己也写了很多白话文作品，比如诗，他称为《尝试集》，就是尝试着去写，作为示范。他经常挂在嘴边的一句话是"但开风气不为师"，开风气不一定是唯一的、正确的道路，但是他倡导大家应该蹚出去、往前走。无论是观点，还是作品本身，他都做了很大胆、有创意的提倡，也曾经两次被提名诺贝尔文学奖，不过没有进入决选。

胡适也是思想家。他对中国思想史的研究提出了很多新的看法，也写了一些学术著作，比如《先秦名学史》《中国哲学史大纲》，可是《中国哲学史大纲》只写了上册。还有一本书叫《白话文学史》，也只写了上册。他把从西方，特别是从他的老师——美国哲学家杜威那里学到的、被称为经验主义或实验主义的方法论，用来重新研究中国的思想史和哲学史，而且做出了各种考据，比如中国的禅宗流派，还有从各种流派与社会之间的关系引申出新的流派。胡适也研究《红楼梦》，对《红楼梦》作者的背景、作品的主旨和用意发表了一些看法，甚至因此而引起了一些争议。而他对于《水经注》以及孔子和老子的经典代表作的历史根源和时代意义，都做了在当时看来很新的考据。

胡适也是教育家。他当过北京大学的校长，后来也在台湾当过"中央研究院"的院长，培养了很多很著名的学生，这些人涉足科学界、文学界和思想界。种种标签都表明他在各方面的努力与成就。

贯穿这些标签和身份的是，每一位中国的读书人都在心中给他立了一个牌位，人格的牌位。他的人格让我们深深地佩服，也成为很多读书人努力的方向。

再看胡适的成长背景和时代。

胡适是安徽人，于1891年出生在上海浦东。他很不幸，4岁时父亲就去世了，是被母亲教养长大。他从小就很聪明，非常用功地读书，1906年在上海考入中国公学。之后中国公学闹分裂，成为中国新公学，他便在中国新公学读书。不管在哪里读书他都没有拿到最后的文凭，不是考不到，而是在变动的时代里，学校分分合合，整体制度不断被改动，导致不能善始善终。

不过胡适直接考取了美国康奈尔大学的公费留学，这在当时看来是件非常了不起的事情。他刚去康奈尔大学读的是农业学科，可是他对哲学、历史都很有兴趣，也很有天赋。所以从康奈尔大学毕业之后，于1915年转去哥伦比亚大学读书。在这所著名的学校里，胡适跟着在当时就有着巨大影响力的哲学家杜威教授学习，两年后从哥伦比亚大学毕业，回到中国。当时就有人说他"暴得大名"。因为他倡导文学改良，甚至可以称得上发动了文学革命，从而掀起了新文化运动。特别是使用白话文这一创举，使他举国闻名。

后来他留在北京大学教书，同期也出版著作。他在著作上署名"胡适博士"，其实严格来说，当时他还没有拿到博士学位。虽然他已经提交了论文，通过了口试，但论文还是需要反复修改的，修改后重新交给学校，通过之后才能真正意义上说拿到学位。他办完手续成为制度上的博士，是10年之后，也就是1927年左右的事情了。于是就有人攻击他，说他是冒充的胡大博士，因此还闹出了不小的动静。

之后日本侵华，国难当前。胡适也当仁不让，1938年他为当时的南京国民政府担任驻美大使。究其原因，是他无论在学术上，还是社会名誉上都很有影响力，因此更容易获得美国人的信任。他替中国争取贷款和支持，大使一当就是4年。之后他退了下来，住在纽约做研究。1946年，他又回到中国，就任北京大学的校长。他曾经对政治有着非常积极的态度，甚至考虑竞选民国总统，也跟蒋介石之间有些权力纠缠，可是他知道蒋介石是什么样的货色，知道他会抓权不放。他最后选择不出来参选，而只是运用自己的学问和影响力，通过他的言论，把中国往好的方向推进。

1949年，胡适去了中国台湾，台湾当局还想委任他为"外交部"部长，可是他真的"有所为有所不为"，直接拒绝了。他宁可离开中国台湾，流落美国，在普林斯顿大学担任葛斯德东方图书馆的管理员和荣誉主持人。为什么他没去美国名牌大学做教授呢？此后他写文章谈到那段特殊时期，经济很困难，也没有固定的工作，没有人敢请他。胡适嘲笑自己就像头大白象：名气太大了，当过北大校长、驻美大使，很多人都很尊重他、敬佩他，可是不敢请他来自己的大学当教授。在如此艰难的情况下，他继续做学问，写出一篇又一篇很有影响力的学术研究文章。

　　1957年，胡适回到中国台湾担任"中央研究院"院长。1962年，他主持"中央研究院"第五次院士会议，在欢迎新院士酒会席散时心脏病发去世，享年71岁。

　　这是胡适的生平，我们看到他经历了整个大时代。

　　我们刚说到胡适的很多标签，是因为他的确在各方面都有很重要、富有开创性的地位。

　　先说学术方面，胡适提出了一个科学方法，或是他所说的"实验的方法"，重新来看中国的传统学术，也就是所谓的"整理国故"。这是什么方法呢？按照余英时先生的说法，胡适把一切划为"方法"两个字，把方法论套用在所有的研究领域上，认为不能只用想象和一些没有充分证据支持的材料，来推出一些所谓的说法，那些都是假设而已。所以胡适有名言，"大胆地假设"可以，可是我们必须"小心地求证"，有几分证据就说几分话。

　　1914年，他在美国读书的时候，谈到我们研究中国的材料和学问，要有三种态度，就是"归纳的理论""历史的眼光"，还有"进化的观念"。在1921年回国后，胡适也说，我们一起来努力，从三个方面来做学问，第一是"用历史的眼光来扩大国学研究的范围"，第二是"注意系统的整理"，第三是"博采参考比较的资料"，把自己的国故跟全世界的其他相关的学问来做比较。我们今天听来，可能觉得，他的这一套方法论不是做学问的基本吗？但这在当时是很具有开创性的，而且他也做了很多示范。

胡适作为一个知识分子，不仅是躲在书房做学问，也对时政提出批评和见解。他对时政提出的意见，我个人觉得可以用两个字来形容，就是"冷静"。他不会因为时代的纷纷扰扰而有不切实的想象，他对时政的评论就是按照当时的国家处境提出的应该走的方向。比方说日本侵略中国，刚开始胡适还说要忍、要和平，甚至曾经还和汪精卫、周佛海等人一起参与推动所谓的"低调俱乐部"，甚至不排除可以与日本人谈判。可是后来看到整个情势的发展，他就觉得对方欺人太甚，加之中国人在抗日上体现出的勇气和志气，使他觉得民气可用。这时候，他认为日本人根本不会给我们真正的和平，唯有全国一起团结起来抵抗才有出路。他沉着冷静，用实际行动体现出公共知识分子的责任：不仅要用口号和热情，还要用学问和理性回应这个时代。

胡适种种的身份和经历都贯穿着他的人格魅力。他的人格魅力展现在哪里呢？从私生活来讲，好多人谈到胡适，就会谈他的婚姻。在他13岁时，母亲要求他在乡下跟江冬秀女士订婚，江女士比他大一岁。后来在美国完成学业，回来成婚。当时很多新派海归读完书之后，都不承认婚约，会另找情人或伴侣。胡适却觉得，他要负责任,不仅对母亲,还有对这位跟他订婚的女士。当然,他也曾经跟一些异性有暧昧,包括在美国时的一个美国小姐,据说回国后跟表妹也有很短暂的感情上的互相亲近,甚至跟女学生也通了一些暧昧的信件。可是每一次胡适都守住了身份和底线,对他的太太也非常体贴。

在私生活以外,他的责任心还体现在对学生的态度上。不管是历史研究者,还是其他做学问或从事写作的人,他都会鼓励对方。林语堂去美国读书,胡适自掏腰包赞助以表支持。做这些事时都是保密的,直到后来当事人自己公布出来,大众才知晓。梁实秋翻译莎士比亚,胡适也不断地替他找寻各种资源和支持。作为老师、校长,无论是在教学还是在为人处事方面,他都影响了很多人,疑古派的大将顾颉刚就是其中一位。顾颉刚曾表示,他的文章受胡适对《水经注》研究的影响颇深,当然也还有其他一些科学家从他这里受益颇多。胡适晚年时以此为豪,说他直接或间接培养了一群很优秀的科学家,诸如杨振宁、李政道、吴健雄,这些都是给中国带来很大正面影响的人才。

在平常行事方面,胡适也是非常幽默的人。他的幽默故事数之不尽。比方说他讲课,诸子百家很喜欢讲"老子说""孔子说",这个说那个说,他说"现在我来说",叫作"胡说",他很喜欢开这种小玩笑。他也说自己:"我是怕老婆。"他就组成怕老婆协会,英文叫PTT(怕太太),因此有了PTT协会。他说,男人一定要对太太有"三从四得":太太出门我们要跟从,太太命令我们要服从,太太说错了我们要盲从;太太化妆我们要等得,太太生日我们要记得,太太打骂我们要忍得,太太花钱我们要舍得。当然这可能是玩笑话,表达了他对于身边人的责任感。他太太曾说，胡适对自己帮助的学生后辈非常慷慨，好像个百万富翁一样。可是对自己，还有对太太，就好像个穷人一样，非常节省。胡先生心中就想着如何对人好，如何对国家好。他也用这种为人处世的态度和原则，不断提醒学生。

他最喜欢做的一件事就是到学校演讲，对中学生、大学生经常讲一个观点——三个药方。我觉得对今天21世纪的年轻人来说，还是有用的。这三个药方是什么呢？简单来说，第一个叫作"问题丹"；第二个是自身的"兴趣散"；第三个是"信心汤"。

用他另外一个演讲，《赠与今年的大学毕业生》来展开讲这三个药方：

第一个"问题丹"，可以简化为一句话，就是要时时刻刻想着一两个值得研究的问题。这可以让你永远保持对知识的好奇心，因为只要心中有问题，你就要去找答案，不要大学毕业就只想着赚钱、吃喝玩乐，最后很快就变成行尸走肉。

第二个"兴趣散"，就是说总得多发展一些职业以外的兴趣。当工程师、会计师，什么师都好，但是在你的专业以外，还可以培养其他的兴趣，比如做学问的兴趣，甚至是文学的兴趣、艺术创造的兴趣，这能够让你的生活更有情趣，保持对生活的热情。

第三个就是"信心汤"。你总得对自己的未来、社会的未来、国家的未来、人类前途的未来都要有一点信心。胡适提醒我们，一定要相信我们今天的失败都是由过去的不努力造成的；也要相信，我们今天的努力一定可以带来将来的成功和成就。一定要有信心。

胡适很喜欢讲一句佛家用语，叫"功不唐捐"。"唐捐"就是泡汤的意思，你只要用功过、付出过、努力过，就不会没有收获。收获总出现在你看不见的地方、想不到的时候，因此我们需要先替自己播种，替社会播种，替国家播种，才会成功。

胡适鼓励的是什么态度呢？辛亥革命之后，面对整个时代的转变、各种思潮的出现，他鼓励保持一种非个人主义的新生活态度。他说个人主义有真有假，假的个人主义其实是"为我主义"，等于自私自利，就是只为了追求自己的利益，不管群众的利益。而真的个人主义就是"个性主义"，就是相信自己，有足够的信心来运用自己的头脑，冷静地回应这个时代；还要对自己的思想有信仰、对别人负责任，不怕权威、相信真理，不计较个人的利害。非个人主义的新生活态度是胡适留给我们的重要遗产。

胡适是"中国人里面最美丽的样品"，这句话我是完全同意余光中的。假如大家想继续深入了解胡适，我建议阅读他的演讲集，还有他的自传《四十自述》。这本自传是胡适 40 岁时出版的，可是只写到他的 19 岁。他不断鼓励大家写传记文学，也鼓励大家去读传记，他说读传记是人格教育，成功失败，人格高低好坏，都是能从中学到的。但是轮到他自己写传记，就只写到 19 岁。他说这会牵扯到很多人，担心伤害他们的感情或名誉。从中我们也看到胡适的另外一种温情，这种温情很吊诡。其实他可能希望留下更多的史料，只是因为这种体贴和温厚而下不去手，可是我们还是要读下去。从胡适的《四十自述》和他的演讲集开始读，保证你一定也能跟他一样，成为更美丽、更美好、更强大的人。

阅读小彩蛋

胡适在回忆录《四十自述》里写了一个小故事，这个小故事意义非常重大。他 19 岁时，在上海一家中学教书，可是交友不慎，整天跟狐朋狗友吃喝玩乐，在某个晚上还闯祸了，喝得烂醉，打了警察，这还得了！第二天早上醒来，他已经被关在巡捕房里。胡适由此决定要做一个全新的改变，选择不同的生命方向。

胡适在自传中写道：

那天我在镜子里看见我脸上的伤痕，和浑身的泥湿，我忍不住叹一口气，想起"天生我材必有用"的诗句，心里百分懊悔，觉得对不住我的慈母，——我那在家乡时时刻刻悬念着我，期望着我的慈母！我没有掉一滴眼泪，但是我已经过了一次精神上的大转机。

我当日在床上就写信去辞了华童公学的职务，因为我觉得我的行为玷辱了那个学校的名誉。况且我已决心不做那教书的事了。

阅读小彩蛋

那一年（庚戌，一九一〇）是考试留美赔款官费的第二年。听说，考试取了备取的还有留在清华学校的希望。我决定关起门来预备去应考试。

后来胡适当然就考上了，从此之后变成一个全新的、不一样的胡适，也就有了余光中所说的"中国人里面最美丽的样品"。

宋应星：量才适性，才是王道

宋应星是一个很闷的人，但也是一个非常有故事的人，我们从他的故事中获得的领悟，可以浓缩成咱们中国老祖宗说的四个字：量才适性。关键在于"才"和"性"。什么样的才华加上什么样的性格，能不能有大成就，许多时候取决于你懂不懂"量才适性"。也就是找一个对的空间，将自己摆定在一个对的位置，按照你的性格，把你的才华发挥出来，这是很重要的。

本节谈的宋应星就能给我们这种启发。下一节我们要谈到沈括的《梦溪笔谈》，书里面记录了很多天文地理知识，被说成是中国的百科全书。那是北宋时代，大概在1086年。中国有句老话说："五百年必有王者兴"，过了大概五百年，真的又来了另外一个人，也写了一本百科全书，叫作《天工开物》。这本书被研究中国科技文明史的一位重要的英国学者李约瑟博士高度赞许。他说，宋应星是中国的狄德罗。狄德罗是法国的知识分子，他编写了《百科全书》。当然，公道地说，《百科全书》的规模还是比《天工开物》更大。可是，《天工开物》对当时社会中的各种生产，不管农业还是工业、手工业，都有很详细的记录，我们等一下会谈到。

为什么说宋应星给人的启发在于量才适性呢？他于1587年出生，大约1666年去世，一生横跨了明朝后期、南明和清朝前期这几个时段。宋应星是江西奉新县人，他有一个哥哥叫宋应升，他们两个读书不错，曾经一起去考试。那一年全省有一万多人去考，哥哥宋应升拿了第六名，弟弟"小星星"拿了第三名，比他哥还厉害。当时的人称他们作"奉新二宋"，很看好他们，觉得以后可能成状元、做大官。他们的父亲当然也很高兴。可是事与愿违，后来兄弟俩再去考，都没有考上。这个小星星连续考了五次，从29岁一直考到44岁都没考中，考一次落败一次，挫折感很大。幸好宋应星看破、看开了，我觉得他那时候可能就想着那四个字：量才适性。于是他不考了，不参与这种"游戏"了。

我们听过好多类似的故事，洪秀全、康有为、孙中山，考试考不好，有人去搞革命，有人去造反。可是宋应星不是，他真的做适合自己性格和才能的事。他从小"每事问"，什么事情都问，记忆力也很好。据说小时候，兄弟俩一起读书，老师来教他们时，哥哥起床了，弟弟还躺在床上。老师叫哥哥背了七首诗，哥哥一口气背出来，然后老师就过去一脚把弟弟小星星踢起床，说他哥多厉害，背了七首诗，但他怎么还在睡觉。小星星揉一下眼睛说，那有什么问题，老师要他背什么，他马上背给老师听。然后就把七首诗全部背出来，倒背如流。原来，他那时候没有睡，或者说，在半睡半醒之间，听他哥读诗背诗，就也记下来能了。

宋应星小时候和一群小孩玩游戏，就在旁边东摸西摸，摸土地、泥巴、树叶、河水、动物，心中充满了问号，充满了好奇心，所以后来长大了，读书也厉害。可是考试不顺，他就决定去做自己喜欢的事，就是写书，写他心目中的大书。1631年，他考了最后一次试，依然考不中，于是从1634年开始好好闭门写书，写了四年，1637年成书，就写成了这本《天工开物》。朋友帮忙出钱，给他印书、卖书，结果卖得很好。《天工开物》是他最重要、最有代表性的著作。

他是明朝人，因此用明朝的政治语言，去谈农业、手工业、工业生产等等。里面有些词在清朝人的眼中是大逆不道，所以书到清朝就被禁掉了。后来虽然解禁了，可是这本书没有单行成本，就收在不同的古今图书集成中，在各类大部头的书还有其他人的相关著作里面被大幅度地引用，甚至抄袭。后来到了民国，地理学家丁文江找出了一本完整的《天工开物》，供当时的专家学者加以讨论、研究和考据。这本书也很快流传到日本甚至欧洲，影响很大。

《天工开物》谈了农业、工业生产的各种方法、技术，分为上、中、下三卷，各种章节加起来有十八篇。谈到的内容包括衣服布料的来源、加工制作、染料染色的方法；农作物加工和生产的过程，粮食等作物的栽培方法；还有如何制盐、盐巴的六种生产方法；甘蔗的种植、蔗糖的提炼，养蜜蜂、采蜂蜜的方法。又如，造房子不是要砖、瓦和陶吗？陶瓷他也谈到了。还有金属的开采和冶炼，金属用品的制造和加工，船、车辆的结构、形态和制作方法，石灰、煤炭的烧制技术，兵器、弓箭、火药和火炮的制造等等。有一个章节叫"膏液"，讲的是植物油汁的提取方法。一个章节是"杀青"，听着好像拍电影结束用的那个词，其实是谈造纸的几个工序，怎样烧，怎样烘干，怎样压纸。还有一章"丹青"，谈我们写字绘画用的墨，以及各种颜料的开采和提炼方法。甚至还提到了酒和珠玉，有一个章节谈珠宝和玉石的来源，如何开采等等。这书真的不得了。

宋应星的好奇心非常旺盛。他虽然几次应试失利，可是每一次心中都有问号，就像我们谈到胡适，说大学生离开校园之后，心中要随时留着一两个值得研究、感兴趣的问题。有问号，它就灼热你的心，让你停不下来，求取答案。宋应星很明显就是这样的人。如果你翻开《天工开物》，会看到很多图画。他谈的十多个类别，涵盖手工业、工业和农业，都配图来具体描述，很有意思，其中很多出自他本人之手。人如何盖房子，砖头怎么烧出来，都以一张一张解剖图的形式展现。农民怎么利用牛？在牛背上加一些物件，让牛耕田时走得更有力量，而人可以坐在远处遥控那头牛。当然不是用遥控器，而是用一些绳索绑在牛的身体上，远远坐着，来遥控它。他还画了农民的衣服。《天工开物》后来传到了日本，也有很多人感兴趣，去研究。有人翻译，也有人抄袭，甚至把它的图变成了自己画的图，只不过把里面农民的衣服从中国明朝的式样换成了日本和服而已。根据潘吉星教授在《宋应星评传》里面的考据，他比对了咱们中国原版的《天工开物》跟日本相关的技术书，发现他们抄袭的海盗行为。可见《天工开物》影响非常大。

当谈到各种生产技术的时候，宋应星的厉害之处在于，不仅用文字记录，也不仅用图片，而且经过他的考察、访谈，再加上自己的思考，把很多看法提炼、表达出来，背后也灌注了他的哲学思想。比如谈到农业的时候，他很注重天、地、人三个元素的辩证关系和互相配合。他说，就算有特定的泥土和工具，人还要配合天时、地利，才能发挥最好的作用。什么时候可以多用力、要用勤；什么时候可以省些力气。当天时地利不配合，就用巧，多用机器。他谈到耕种，谈到做衣服，谈到制盐、制糖，都强调天地人的配合。他不仅谈勤，谈巧，也谈力。这里的力可以理解为力气的力，当然也可以引申为判断力的力。他把这种动态的想法灌输在他谈的内容上。

在考察和研究现实生活的各种公式、技术以后，他也倾向于谈人类的进化。这比19世纪的达尔文还早几百年。他谈进化，不光是技术的进化，还包括人在内的各种生物是怎么进化的。为什么现在被他访问的人所说的牛，好像和他祖宗所描述的不一样，不一样在哪里？为什么会不一样？他推论出这是进化导致的。为什么进化？就是适应生存。所以，其实他已经提出了这个概念。

宋应星为什么能写出《天工开物》这样的书？还需要回到那个时代。明代的商品经济在历史研究中被广泛讨论，资本主义萌芽就在明代中后期。商品经济和城市兴起，各种行业组织兴起，本来是手工业小作坊，通过组织统合起来就会发展，也是生产力的解放。这时候就需要有人进行系统的整理，把各种理论、公式甚至背后的哲学思想和价值观提炼出来，从而理解眼前发生的事情，也预测未来的发展方向。所以，宋应星的《天工开物》有其历史时代的背景，是顺应明代发达的商品经济而来的。但很可惜，还是回到那个老问题，从沈括到宋应星等人，关于中国科学技术的各种思考、发明和成果，最后都没有成为一个系统的科学传统保留下来。中国的科技文明一直走在时代的前面，可是当全球化的资本主义浪潮出现之后，我们就被远远地抛在后面，也因为这样而吃了不少亏。这到底是什么原因？是不是真的像钱穆所说，要回到中国的政治结构，甚至回到中国人的价值观来看？那又是另外一个很大的问题了。

了不起，宋应星。我从图书馆找来《天工开物》，打开来，光是看到那些图就想流眼泪。怎么会有一个人考试考不好，躲在家里，那么用心地去写这些东西、画那些图？每一张都具体得不得了。我想，他记录下来、画下来的时候，除了是跟他的读者说明，也是让自己的心情平复下来。他心中可能在想着：来不及了，我一定要把这些人的民间智慧、科技智慧、手工业智慧，这些成果和技术都留下来，把我们中国的科学留下来。量才适性——他本来就是这样好奇的人，性格也适合做这样的工作。

他写完《天工开物》之后，当过两三任小官，其实不能说官，而是士，或者说吏，特别是做教育方面的工作。可是，他每一任都只做了两三年就不干了，又跑去写作。我觉得这是对的。幸好他考试考不上，当官当不久，不然可能就只有一个不怎么样的官，没有一个这么伟大的、中国的百科全书式的知识分子宋应星了。当然，最后的功劳还是要归于他自己量才适性。他没有勉强自己去考试，而是闭门写书，做他自己能够做、适合做，甚至只有他才能做的事。一番大的成就，来自对的选择。做人，最难的就是要做对选择。

阅读小彩蛋

屡试不中之后，宋应星很感慨，这个感慨解释了为什么后来他会去写《天工开物》。感慨什么呢？他说："士子埋首四书五经，饱食终日，却不知粮米如何而来；身着丝衣，却不解蚕丝如何饲育织造。"自己埋头读四书五经，每天都能吃饱饭，却不知道那些蚕丝是如何编造、纺织出来的。所以他很羞愧，就跑去写《天工开物》。我觉得他讲这个感慨的时候，其实心中有火。他通过《天工开物》肯定了自我的存在，也肯定了他个人在历史中的位置。

沈括：没有好奇心，不过是条咸鱼

在日本作家川端康成的小说《睡美人》中，60多岁的男主人公"并没有多强烈的好奇心，这已经是一种衰老的悲哀"。他用"好奇心"的有无来界定自己老还是没老。

好多人从年轻到老都充满了好奇心。正是这些人的好奇心，给我们带来了很多好处。这一类人通常是什么人呢？除了做学问的人，就是科学家、发明家，他们对什么都好奇。

本节我们谈一位中国科学家，就是沈括。他也是从小到大一直充满了好奇心。

李约瑟博士写的《中华科学文明史》中称沈括是中国科学史上最杰出的人才、最优秀的标志，是中国科学史的坐标。

沈括，北宋人，于1031年出生，1095年去世，只活了64岁。他怎么有好奇心呢？相传有个故事，这个故事有两个版本，以下是比较普及的版本。他小时候读唐诗，读到白居易的《大林寺桃花》，前面两句是"人间四月芳菲尽，山寺桃花始盛开"。翻译一下就是，到了四月天，你走在路上，花好像都凋谢了，可是在山上面的寺庙，桃花才刚刚开放。沈括就很好奇，同样是花，为什么在一处已经凋谢，在另外一个地方才刚盛开呢？他就问他的妈妈，妈妈可能也回答不出来，或者是想让他自己去考察，就带他和几个小孩到山上去玩，让他自己感受。

果然，沈括发现山上的气温特别低。他拍了下自己的脑门，说原来如此。因为山上地势比较高，温度比较低，所以花开得晚。开花的早晚是跟温度和地势有关系的。可见，是好奇心驱动他去找寻问号背后的答案。

我们看科学家，他们跟别人的不同之处，除了心中总是充满好奇，充满问号以外，还在于他们把问号放在心上，从不放弃，随时去找寻答案。这是他们能够成为科学家，而你我不能够的理由。

沈括的好奇心从小到大一直都伴随着他。他出生在官宦家庭，很喜欢读书，14岁就把家里的书都读完了，不晓得他家里藏书是多还是少。

沈括小时候就跟着父亲到处跑，他本来是钱塘人，后来随父亲去了很多地方。不论到哪里，他都有各种各样的问题。他每到一个地方都会观察记录当地的地形，碰见每个问题都会寻找到答案，这样的习惯也促使他最后成为百科全书类型的文人。

书读得好，通常会做官，更何况他本来就是官宦子弟。他考中了进士，当了官。他做过很多官，比如负责天文的官，负责财政的官，负责治水的官。他好像什么都懂，也都能胜任。

我想一个人做越多的事，就会有越多事丢给你。可是沈括不会这样看，他很努力，抓住每次当官的机会，用不同的岗位满足他心中的好奇，去找寻答案，而且做出了很多贡献。他管天文的时候，修改了关于现有的天文、星象知识，甚至改进了测量的仪器。在数学、工程等方面，他也能够利用自己掌握的材料推导出一套理论，或许有时候只是一些推测，不能称其为理论，但他都能很好地记录下来。

可是沈括每次当官都不太顺，总是会遭受一些挫败，被仇家诬告，最后被罢官。不过，他还是能够在当官的时候，把自己想做的事情做好。

举个例子，他曾经被皇帝派去考察一个地方，解决当地的水利工程问题。他到达之后画了很多地图，做了很多模型，还造了一个立体模型给皇帝看，告诉他这个地方的地形会造成什么状况，要怎样解决。他花了几年时间，还没完成时就被打了小报告，结果被罢官了。之后又去了随州，当一个比较小的官。可是，他没有放弃，继续完成画地图的工作。

坦白讲，画地图并不是他的工作。他不仅仅是为了满足皇帝的要求，这才是他厉害的地方。假如只是给皇帝交差，草草完成工作也是可以的。可是他没有，他借此机会去做了他心中想完成的事情，了解了想掌握的知识。所以他虽然身不在其位，还是把地图完成了。

他坚持了12年，完成了北宋时代全中国的地图，也就是《天下郡国图》。我们看到这个故事会很受感动，他不是为了满足别人的需要来做事，而是真的对自己负责任。沈括过得不太顺，当官也不顺，但不改其志，到哪里都想着做发明。

他有两个很出名的朋友，一个是王安石。本来沈括是王安石的"老铁"，可是后来，他在背后批评王安石的某些政见，王安石就不高兴了，跟别人说，这个沈括是"小人"，首鼠两端。

其实，沈括不一定是故意骂王安石，他这个人就是"直"，有不顺眼、不同意的地方，不会因为是"老铁"就不说。当然，沈括说得对不对是另一回事，可是他有主见。他把想法都说了，王安石听了一定会不高兴，说他是"小人"，算是很严重的批评。

另一个朋友是大名鼎鼎的苏东坡。苏东坡曾经被罢官，直接原因是被别人打了小报告，说他写的一些诗里面隐藏着对于朝廷的不满，对于皇帝的不尊重。通常"是非"就是这样，一开始是一句话，传了两次之后就变成五句，再传两次就变成十句、一百句，"是非"是有生命的，是会长大的。

这个打苏东坡小报告、说苏东坡诗的是非的人中据说就有沈括。当然也有人替他平反，不过当时不止一个人说苏东坡是非，沈括算是其中一个，加了一把嘴，结果黑锅就给他背了。

《资治通鉴》里就记录下了这件事，说沈括打他朋友苏东坡的报告，这个罪名蛮大的。可见，沈括可能智商很高，情商不是很高。不然的话，越是好朋友，越应该多说好话，千万不能讲坏话。"是非"会破坏你的友谊，破坏朋友对你的信任。再加上沈括本身官运不好，所以整个人都不太顺利。

不顺，没关系，像我常说的，苦来了就安顿。沈括做得很好，懂得安顿。他后来干脆不做官了，闭门躲起来。他买了一块地，建了一座庄园，叫作梦溪园。

从此沈括便闭门写作，整理他多年来积累的材料，把它们写成了一本书，这本书现在也还广为流传，用了古代很流行的"笔记"的写作方式，它就是《梦溪笔谈》。《梦溪笔谈》里是一段一段短短的文章，有点像我们今天常写的小专栏。

沈括很用心地去写，书里面有种种跟科技有关的记录，也有天文地理方面的记录，甚至我们今天说的"石油"这两个字也是他首创的。他去不同的地方，发现地下有这种材料，就去研究它，看看能不能点火，能不能吃，有没有味道，记录得很详细，甚至预估将来这个材料一定是宝物，是地里出来的地宝，他称之为石油。

到了一千多年之后的今天，我们中国人熟悉的知识，比如石油、治水工程、数学等各种科学知识和科学判断，很多都记录在他的《梦溪笔谈》里面。

我们要注意，《梦溪笔谈》不仅记录这些。书里边分了好多的门类，除了科学，还跟艺术有关。他谈艺术的时候，往往也是从科学的角度去看。比方说，他会去考察不同的人如何演奏不同的乐器，为什么乐器会发声，管弦乐、吹奏乐有什么不同，发声的原理是什么，如何改变或者改善发声的音调等等，都记录下来。

关于草药，用什么药治什么病他也记录得非常详细。所以李约瑟说，沈括是中国科学史中最卓越的人物。

除了这些科学知识，《梦溪笔谈》还有其他的门类。他看到的鬼故事、人的故事，也全都记录下来。我们在看那个年代的历史时，还要给予同情的理解。

很多事情我们今天怀疑，真的会这样吗？而他那个年代的人就会相信，据说他自己也看到了，还写了下来。

有人统计过，《梦溪笔谈》分为17目30卷。17目就是不同的类别，有故事，有论辩对话，有音乐、相术（风水）、玄学等等。还有人事，他看到的种种神奇逸事，也记录了艺文、书画、器用，以及笑话、药议等等。

再比方，沈括说看到一个老先生，可能是五六十岁，也可能是六七十岁，当时五六十岁算很老了。他须发皆白，也没有牙齿。可是，他上山时突然碰到一个人，给了他一些药，他用药涂满全身的发肤，也涂了牙齿，过了两天，皮肤变得光亮白皙，好像今天的图片处理（P图）一样，胡须黑了，头发黑了，牙齿也慢慢长了出来。沈括说这是自己亲眼所见，但信不信由你。

沈括其人很奇怪，我们要注意这一点。一方面他是科学家，另外一方面，他又很迷信，用我们今天的话说就是宿命论，认为各种事情都是命中注定的。

比方说他住的地方叫"梦溪园"，为什么会这样取名呢？跟他做过的梦有关系。他曾经有一段时期整天做梦，很奇怪，重复梦到一个地方，那里有一片土地、有花、有山、有溪水。后来有人跟他讲，某个地方有块地，很便宜，环境也很好，沈括连看都没看就买了。结果后来做官不顺利、不爽，就退休了，告老还乡，去了以前买的那片地，看要不要住下来。结果一去，吓了一跳，跟他梦中所见几乎一模一样。他就说，原来是有预兆的，天注定，他一定会搬到这里住，早就做梦梦见了。所以这个园子称为梦溪园。

我是学心理学出身，心理学有个说法可以解释。其实之前他梦到的不一定跟现在这块地一模一样，只不过看着这块地太喜欢、太动人，整个人为之震撼，才有了错觉，虚构了自己的梦，错认了梦里面那块地。他真的做过那个梦，可是那个梦迷迷糊糊，并不清晰，甚至根本不是这个样子，直到他看到现实中这个地方，觉得就是梦中之地，于是修改了对梦的记忆。我们往往会这样，看到眼前的事物，修改自己的记忆，记忆其实是不可靠的。就当故事来看吧，毕竟人间万象，无奇不有。

台湾地区有一位研究科学史的专家教授，叫傅大为，他对《梦溪笔谈》也非常感兴趣，还做了专门的网站，谈《梦溪笔谈》里面的几十个故事。他从另类知识这个角度来看《梦溪笔谈》，认为它重现了中国人特别是古代文人对于知识的理解角度：一方面个人身份是科学家，另一方面又对各种灵异怪事深信不疑。

中国人在自身独特文化基因的基础上，能够把这两方面拼在一起，共生共存，这又是一个很好的思考角度。就比如中国传统文化中的阴阳、黑白、太极观念，对中国人来说这是很玄奇的事，但跟科学的理性不会互相冲突。

谈到沈括，我们首先要理解，中国有自己的一套科学系统、科学理解和科学知识。虽然可能没有发展出西方界定的所谓科学理论，可是我们在科学的理解以及应用上都有自己的传统。

另外就是好奇心，这也呼应了我们最开始讲的胡适给年轻人开的三个药方。你最好一辈子心中带着问号，不断地通过追寻答案来丰富头脑，这样才不会寂寞。所以，我们心中要有好奇心，要带着问号。

阅读小彩蛋

本节的小彩蛋,讲一个沈括的八卦,就是他非常怕老婆。

他娶了一个很凶的老婆,凶到什么地步?她会抓住沈括的胡须,把他压到地上揍,你能想象吗?她揍到他流鼻血,还离间父子关系,把他的儿子赶出家门。

可奇怪的是,老婆去世之后,沈括还哭得稀里哗啦,哭到想像太宰治一样,跳河自尽,真的很奇怪。原来这个凶女人在她丈夫眼中还是有可爱的一面的。

可能沈括觉得,当初如果不是老婆那么凶,自己也不会做出这么多的科学研究,他就是为了把心从生活的不幸里转移出来。可能他对他老婆心存感恩,所以他老婆去世了,他还想去殉情。这一点我们倒大可不必模仿。

篇章二 物哀·重生

若能避开猛烈的狂喜,自然不会有悲痛来袭

向田邦子：用写作疗愈，小日子也能过得有意义

向田邦子是曾经感动过万千文艺女青年的日本女作家。"曾经"或许不够准确，应该说"一直"，而且看起来还会继续，是"会继续感动万千文艺女青年的向田邦子"才对。

好多人读过她的散文和小说。她 51 年的人生表面看起来很温暖，其实也颇具悲剧色彩，让人心中充满了哀伤感。

向田邦子于 1929 年 11 月 28 日出生在东京，在 1981 年 8 月 23 日，中国台湾一份报纸的头条新闻这样报道：编号 B-2603 波音 737 型客机于台北飞往高雄途中，在空中解体，坠毁在苗栗，飞机里上百位乘客全部丧生，其中包括了日本女作家向田邦子。

新闻出来之后，无论是日本还是中国台湾，社会和文学界人士都非常关注，感到非常哀伤。因为在华文出版世界里面，台湾地区从 20 世纪 80 年代就已经开始翻译引进向田邦子的作品了，好多人读得潸然泪下，因此被这个消息震撼。

向田邦子为什么能够感动、震撼这么多读者呢？我们读她的作品，除了会从美学的角度有所领悟以外，还能从她的生平里学到什么呢？让我们好好来讲一讲。

向田邦子的生命中充满了温暖，也充满了悲剧。温暖在于，她生长在东京的小康之家，是家里的长女，下面有弟弟妹妹。她是很顾家的女儿，有着昭和时代的女性特质，有着传统的想法，在私生活方面，也有很多隐私的地方。但是面对种种的压力，她很懂得成就自己，这也是我们需要学习的地方。

向田邦子出生时正值战争年代，她曾经跟家人去了鹿儿岛住了三年，那时候她才上小学，这三年对她的影响很大。

回到东京，她开始写作。刚开始写电视剧剧本，后来又当编剧，并没有大红，知名度平平。

到了 1964 年，向田邦子 35 岁，这一年对她来说是蛮重要的，因为发生了两件事，第一件事就是搬家。前文提到她很顾家，一直跟爸妈和弟妹同住，为什么搬家呢？这会在后文揭晓。

另一件事是她编了部电视剧叫《七个孙子》，此剧播出后红极一时，收视率很高，让她变成了家喻户晓的向田邦子。之后她编了许多广播剧，电视剧也有上千部，几乎全部获得高收视率。大家说，看剧要看向田剧，其实就是向田邦子编的剧。

她编这些剧当然有让自己获得满足感的成分，更主要是为了赚钱养家，特别是要给母亲安全感，原来她父亲有了外遇。

向田邦子本人很传统，她母亲更传统，为了成全这个家庭的完整，母亲对于父亲的外遇假装不知道，这在日本社会是非常普遍的现象。

在这一年她选择搬家，不是因为自己有钱了，要搬到外面住，而是因为当时她父亲有外遇，她自己也是别人的外遇。她跟一位比自己年长 13 岁的摄影师交往了十多年。摄影师和妻子分居，但一直没有离婚。不论怎样，他还是有妇之夫，这段关系还是不伦的。后来摄影师中风了，身体不好，行动不便，坚持了两年时间，最后自杀了。

向田邦子35岁那一年，有喜，电视剧大红；有悲，她的不伦爱人自杀了。

在这个时候，她搬家了。搬家也有一个戏剧性的节点：她跟父亲大吵了一架。据她母亲回忆说，父亲知道女儿很辛苦、很孝顺，可是也应该独立，毕竟跟家人住在一起不方便。

可是他知道女儿自己不好意思开口，就找个事情对女儿发脾气，大吵一架，假意把女儿赶出去，让女儿可以有个借口搬家。

温情的地方在于，向田邦子知道父亲的用心良苦。后来向田邦子自己回忆说，假如换成平常时候，她就算了，父女之间吵完第二天就没事了。

可是这一次她下定决心了，借力使力，用这个借口离开了家。当父亲让她走的时候，她就说，好吧，搬就搬。于是顺理成章搬出去了。

父母可能不知道，她这样趁吵架搬出去，实际上是因为她太难受了。不伦爱人自杀了，回到家里她还不能讲，也不能流露出表情，只能把秘密隐藏下来，所以她干脆就走了。

向田邦子明白父亲的苦心，可是她有自己的想法。当然向田邦子没有把自己的不伦恋情跟别人讲，甚至她知道妹妹们实际上也知道，可是她自己不否认，也不承认，就这样把秘密藏在心里，直到她去世。

向田邦子在35岁时情人去世，可她活到51岁，这十多年间有没有其他的恋情，没人知道。

后来，她在中国台湾去世。至于为什么去台湾，有一个说法是，出版社组织了一群作家去台湾考察，收集写作题材，她也被邀请了。向田邦子自己也很喜欢旅行，她去过泰国、非洲一些国家，以及亚马孙河流域等众多地方。

她去高雄收集写作材料，可是有些八卦传闻说她这次台湾行是去会情人的。她跟当地的一位企业家交往，这位企业家年纪蛮大的，也有太太。

作为喜欢、疼爱向田邦子的人，当然希望她有男朋友，因为拥有爱情是美好的事情，她能有一个台湾的企业家男朋友多好。从这个角度来看，这种八卦是让我们替当事人高兴的八卦。

说回向田邦子的生平，35 岁之后她继续写电视剧剧本。那么让大家如此感动的小说、散文、随笔是什么时候写的呢？

在这 11 年间，发生了别的悲剧。她当时得了乳腺癌，情况不妙，需要做手术。她后来也写到，那一阵子面对死亡，对她打击很大。在现实生活中，她很怕听到"死亡"这样的字眼，甚至怕听到癌症相关的话语。做手术后病情的影响还导致她的右手不太灵活。这对一个写作者来说，是很可怕的打击。

幸好，乳腺癌在她 46 岁时控制下来。她的命运总是一件坏事接连一件好事，这一年有人邀请她写作，她由此开始写散文和随笔。

发表在杂志上的几十篇散文，后来结集成为她的代表作《父亲的道歉信》，写的是她的童年，她跟父亲、母亲、弟妹、学校同学和老师之间的关系，都是日常生活的小事，却非常动人。

从中，我们可以看到这位作家的眼光和心思都非常敏锐。书名来自她的一篇代表作,父亲因为小事凶她,怪她对家里的客人招待不够周到礼貌。其实父亲心里也知道自己做得不对,骂得太凶了,太严苛了。

可是父亲还是不好意思跟女儿道歉。后来父亲送她去读书,写信给她,里面结尾有一句加了红线:"目前你做事很勤奋",她就觉得这是父亲对她的道歉。父亲有父亲的尊严,不可能说"对不起"。男朋友可能会在凶完你之后求你,下跪也可以,跪算盘、跪洗衣板也可以,而昭和时代的父亲是不可以的。

她开始写这些散文,后来也写小说,以短篇小说为主。直到去世前,她完成了唯一的长篇小说《阿吽》。

我们看向田邦子的作品跟生平,除了领略美学、文学带来的惊艳美感以外,可以向她学习的,我个人觉得还有两个很重要的方面。

第一个是解密。注意,不是麦家讲战争间谍推理的《解密》,而是揭开生活的秘密。我们通过向田邦子的文章,学习她怎样通过自己的眼睛和手中的笔,去解开日常生活的小日子中蕴含的大秘密,在秘密里面找寻意义。

所谓秘密是什么呢?不是什么惊人的秘密,当然有些对她来说是很惊人的,比如发现父亲有外遇,还有她观察母亲为了成全家庭不敢发作的隐忍,虽有小骂小吵,但是并不敢带着几个小孩走,母亲并不愿意这样做,也可以说是不忍心。

向田邦子找寻生活的各种秘密,包括父亲的道歉方法、父亲的外遇、母亲的回应,还有日常生活中的其他。向田邦子有篇散文写在学校的生活,也很动人,叫《被压扁的纸鹤》。

文章主要讲的是一只一只用纸折的鹤。她说小时候在学校自己很喜欢折纸，也折得很好，自己折完还会帮其他同学折，折好之后就在老师面前把纸鹤举起来。可是这时候她才发现，因为她投入自己的时间去帮同学，反而忘记照顾自己折好的纸鹤，自己的纸鹤已经丢在地上，被人家踩得扁扁的。

她由此想到，自己的生命是否也是这样，有时候过于投入去照顾别人，所谓"别人"可能是父母、弟妹，也可能包括她的情人，结果自己的生命就像那只纸鹤一样被压扁了，等于是牺牲了自己。是不是也有这样的隐喻在里边呢？

向田邦子喜欢吃，对于各种美食、各种烹调过程写得很温情。其中生活的意义，她都会用一双很敏锐的眼睛来解密。搬去鹿儿岛的时候，她最喜欢吃当地的天妇罗。不晓得为什么，那时她家人明明没有钱，却被别人看成有钱人，可能是因为住的地方有一道高大的围墙吧。

她每次去买天妇罗，大家都觉得，有钱人的小孩又来买了，她很爱吃这家的炸鱼板。当地人把天妇罗称作炸鱼板。

她自己很难过，觉得突然之间有人把自己跟外面的世界隔开。你看，买天妇罗这样的小事，她也能引到身份认同的问题上，还涉及人在社会上的位置问题。

所以我们要学习她如何在小日子里面发现大秘密，找寻各种秘密来丰富自己的生命。

向田邦子还有一篇小说《宛如阿修罗》，也被改编为电影了。她很多小说都有自传的味道，至少跟她的现实生活蛮像的。这部小说讲的是几个姐妹发现父亲有外遇，一家人乱成一团，刚开始抗拒，后来通过剧情发展，才慢慢明白，原来姐姐好像也有一段不伦恋，两个妹妹争夺男人。人的秘密和情欲不是那么简单，也不是那么容易让别人知道的。

向田邦子解密的散文太多了，数之不尽。比如她坐计程车，跟师傅聊天，也会发现一个全新的世界。下车之后就感慨，计程车里面是一个短暂的永恒空间，一下车关起门，刚才的事情好像都过去了，烟消云散。可是跟司机聊的、他所知道的新的世界，跟着她走了，在她的生命里面可能随时会产生作用，影响她的想法，影响她的价值观。

她还有一篇文章，讲的是坐火车时在翻杂志，翻页的时候旁边突然有一个小孩哼了一声，她吓了一跳，以为碰到小孩了。仔细一看，原来是那个小孩偷看她杂志上面那一页角落的漫画，还没看完，她一翻页就看不到了。

写这个细节的过程中，她突然想到，这么多年来，自己为了写作放弃了母亲的身份，没有结婚生小孩。她是有遗憾的，她的世界好像缺了一块。当然，不一定所有女性都同意这个观点，可是从她自己的角度来说，她掌握了这个现实生活小场景里面的意义和重量，同时这也是她的心情秘密。所以，我们要学习向田邦子那一双善于解密的眼睛。

第二点是写作。她在患乳腺癌后，明明右手快写不出字了，但刚好有个机会，她就写。她本来非常恐惧，连觉都睡不好，可是她通过写作挑战自己，写新的东西、新的题材，重新找回了生命力。

很多散文都是她用左手慢慢、慢慢写出来的，对她来说，写作是非常疗愈的。向田邦子通过写作来疗愈，为什么我们不可以呢？所以就算我们是写微博，写公众号文章，写什么都好，请认真地写，用一双善于解密的敏锐的眼睛去写。我相信，通过这种写作，我们可以改变自我，创造出一个新的自己。

日本评论家泽木耕太郎写文章解说向田邦子的文学风格，第一个特点是充满着视觉效果，写散文好像在画图，很有视觉感；第二个就是结构，生活中的小事就像一张一张扑克牌，每一张扑克牌都有图案、有数字，是一个独立的故事。可是，真正的意义在于扑克牌之间的连接关系，在于每一张扑克牌在那副牌里面的位置。比方说，黑桃 4 到底是大还是小，到底是什么样的分量，要看跟谁比，是跟 3 来比，还是跟 5 来比，甚至是跟其他的黑桃来比，还是跟红心、方块来比呢？

一个传统的昭和年代女性，一个顾家的大女儿，一个有不伦恋的女性，她的故事好像独立成篇，可是如果把它们放在她生活的脉络中，从这些线索解密，可以看到她每一个小故事的意义，而小故事也不再是孤立的。

再小、再孤立的东西，把它还原到生活的具体脉络来看，原来都各有它的重量和位置，所以我们要写就认真来写吧。

向田邦子也说，在鹿儿岛那三年，因为战争而搬到一个新的地方，朋友不多，她就大量地阅读。那个在朦胧中沉睡的女孩，在鹿儿岛大量阅读的时间中觉醒。

她突然发现有些事情比点心的大小、学校里的成绩单更重要，这是跟她的过去有着完全不同色彩的世界。这个女孩醒过来了，开始染上了饮食男女、现实人间的颜色，逐渐明白喜悦与悲伤的真正意义。从 10 岁到 13 岁之间的种种回忆，充满了天妇罗的香味。她把食物的香味也拉进她的觉醒当中。阅读与写作有非常巨大的疗愈作用。

看向田邦子的创作，还有她的生平，让我想起了她曾说过一句话，意思是：你生出来就像一个笔记本，是厚是薄有天意，每个人不一样。有些人命运比较好，富有、美丽、聪明，这些人的笔记本就比较厚；有些人比较倒霉，这些人的笔记本就比较薄。可是不管厚还是薄，重要的是你要怎么用它，你要在笔记本上面写什么字、画什么图。这部分总是自己可以掌握和决定的。

从向田邦子的作品跟她学习解密，学习自我疗愈，我觉得这是向田邦子给我们的提醒。

阅读小彩蛋

记忆像是绽口的毛线,一旦找到了头便能一扯再扯、没完没了。

——向田邦子

太宰治：重启生命的意义

太宰治，大家应该很熟悉，他的小说被改编成了电视剧、电影，他本人的故事也被拍成电影或者改编成漫画。更为大众所知的，是他那本很出名的小说《人间失格》。

太宰治写过一句话，大家应该都知道，"生而为人，我很抱歉"，朗朗上口。

太宰治是所谓的"无赖派"作家。无赖派是日本的一个文学流派，主要活跃在第二次世界大战之后。那时期日本人到处对外侵略，可是同时，从明治维新之后，整个日本社会内部的变化天翻地覆，一方面是传统的力量也就是右翼的力量，一方面是左翼的力量，两者互不相让。

作为一个文青，太宰治跟大部分的文青一样，在传统跟现代的冲击之中感到苦恼、迷茫，进而找寻、创造，也成就了这一派文人的独特文风：不管是评论、散文还是小说故事，都是反传统的，也是对社会压力的反抗。

这群人我行我素，什么都不管，就要做自己想做的事，这些行为可能被社会认为堕落、颓废、无赖，甚至有一点不堪，可是他们无所谓。

太宰治自己也说："**我就是不喜欢受束缚，我就是个无赖，我就是反传统、反社会道德观。**"他是完全理直气壮、没有丝毫惭愧地成为无赖派的作家。

这位无赖派的作家，本名叫津岛修治，出身于青森县贵州家庭，一辈子绝大部分时间都活在山阴。

所谓一辈子，其实并不长，太宰治39岁就离世了。他生于1909年，卒于1948年，很短命，其实我们都知道，他本来可能更短命。

日本作家中选择自杀的人不少，川端康成、三岛由纪夫都因为不同的理由，或是狂热的政治理想，或是物哀之美。就像看樱花最漂亮的时候不是长在树上，而是飘落凋谢。作为文化现象，我们都能理解。

太宰治的特别在于，他对于求死有很坚强的意志力。假如命运真的是一个框，可以说是他自己选择用这个框来束缚自己的。可是他又为了某些特别的理由，不断想冲破那个框，所以选择自杀，一次两次三次四次，直到第五次才成功。他选择的框是什么呢？

是他对于人跟人之间关系的限定，在我看来也包括爱情关系。他那个名句"生而为人，我很抱歉"，讲的是做人好像找不到活下去的理由，自己的存在就是一种错误。这种形而上的哲学想法，就是他自己选择的框，他把自己框在里面了。

他身体不是很好，但是长得蛮帅，有一双哀伤的大眼睛。他的眼睛就是把哀伤两个字刻在脸上的标志，好像左眼就是哀，右眼就是伤。

他长得这么帅，所以一辈子女人缘不断。日本的男作家不乏风流之辈，太宰治就是其中一个，他不断地谈恋爱，不断地劈腿，非常沉迷其中。

他选择把这个框框在自己身上，又想突破。他讲过一句话："**我知道有人爱我，但我似乎缺乏爱人的能力。**"在我看来，这就是一个框，很多人爱你，假如你选择爱人，爱其所择，择其所爱，这个框就不存在了。我还是相信，一个人的路是自己选择的。

太宰治选了这条路，觉得不断有人爱自己，而自己在女人堆里又见一个爱一个，或者同时爱好几个人，之后他又觉得愧疚有罪。他的有罪，不代表一般意义上的忠诚，而是觉得自己没有爱人的能力。

我觉得太宰治所说的"罪"其实就根源于此，并非人的存在或者生而为人是罪。其实"人"这个字说复杂很复杂，说简单很简单，其中有个源动力就是爱，不管爱物欲，还是爱享受，爱美食，爱阅读、文学、艺术，甚至爱人、爱自己。太宰治没有这个能力。

其实假如换个角度来看，或许我们能得到完全相反的答案：他爱人的能力太强了，面对不了自己的爱无法控制地泛滥，沉迷下去的时候就变成执着，执着也是一个框。选择这个框，就把自己压住了，压到喘不了气，只能用死寻求解脱。

可是当人们说太宰治用死来寻求解脱的时候，至少于我而言，对于什么叫解脱，又有另外的界定。我们一般说的"解脱"，是放手不要了。当我们根本不想要的时候，就是放开了。

但我觉得太宰治眼中的"解脱"就是归零而已。什么都没有了，就可以重来。这个角度是很独特的，当爱的欲望太强，让他承受不了时，就把它归零——用死来归零。

对太宰治的五次寻死有很多讨论分析，有人说他有恋母情结。父亲在他 14 岁时就去世了，他从小跟母亲还有家里一堆女人关系都很好，这也是太宰治在小说里能对女人的心理状况掌握得很细致、很准确的原因。他本人也说过，自己跟母亲还有一些女性长辈在精神上有暧昧的感觉。有人说，其实这是导致太宰治寻死的罪恶感的根源。

也有人说他自恋。因为他长得英俊，而自恋的另外一面就是自我讨厌，很讨厌自己长得这么英俊。一般来说，人们只会嫌自己长得很奇怪或者很丑，但我觉得，对太宰治而言，他讨厌有这么一张英俊的脸，让自己在爱欲里如鱼得水，好像随手就有，甚至不用随手，只要躺着张开嘴，天上就会有雨水进入他的嘴里。也有人从自恋和自我厌弃这个角度来看他的自杀。

还有人说，是他倒霉，才会得抑郁症，才会生病。生病有几分是因为基因遗传，有几分是自己选择，这又是另外一个话题了。他年轻时候是一个文青，抽烟、喝酒等，什么都来，还因此进过医院，戒烟瘾、酒瘾等，后来得了肺结核，一度持续吐血，直到 39 岁时自杀死亡。这是当时文人的典型状态。

大家从这些角度谈他的死亡，努力说明为什么太宰治会五次自杀，可是我总喜欢倒过来想，为什么他四次都死不掉，第五次才死掉。

我在想，一个人要自杀寻死，有这么困难吗？不管是上吊，还是投河、吃药，除了切腹以外他基本上都做过了，却死不掉。自杀的那一秒、那一分钟、那一个小时，太宰治的心情是怎样的，会觉得很尴尬吗？

或者倒过来想，刚好相反，他觉得很快乐：幸好死不掉，一切又可以重来。因为他把自己的爱欲归零了，好像又拥有了新的生命来重新生活。我觉得太宰治自杀未果的那些瞬间，其实感觉是很复杂的，可能不只有隐隐的快乐，甚至还有狂喜。

好啦，死不掉，快乐也好，狂喜也好，接下来如何面对呢？太宰治每次自杀未果之后，都会重新获得很强大的创造力和创作力。

具体来看他的五次自杀。第一次在1929年，他才20岁时就吃了安眠药，因为他的偶像芥川龙之介自杀身亡，太宰治也选择自杀。可是安眠药的分量不多，加上平常他也在吃，比方平常吃两颗，这次吃了三四颗，这个计量并不足以致命。

刚好有朋友来拜访，把他救了起来。之后第二年他又自杀，跟一个在酒吧认识的女郎一起投河。女郎名叫田部目津子，这个田部小姐是已婚人士。女郎死了，他自己没死，还被别人以帮助自杀罪告上法庭。

1929年和1930年自杀都没死成，他却以更强大的生命力开始了创作，用了太宰治这个笔名，创作了《逆行》《列车》等短篇小说。

又过了几年，一种狂热的、重新获得生命的表征，使他全身投入左派，跟左派有了一些拉扯。当然，他后来就去自首了，跟政府说："我是左派，你们抓我吧。"

1935年，太宰治第三次自杀。在这期间，他遇到一些江湖恩怨，几次被一些很重要的文学奖提名，但据说那时候的文坛老大川端康成就是阻拦着不给他。

川端康成或者有文学上的理由，或者就是刻意刁难、磨炼太宰治，反正这些奖项就是不给他。于是太宰治又有了狂热的表现，写很多文章骂川端康成。

他那时候很穷，没钱看病，他的病用现在的说法就是抑郁症。但他当时又需要不断吃药，所以就为了奖金去求评奖方，一定要把这个文学奖评给他，还是无果。

那怎么办呢？他又应征去报社当记者，可是，连报社都不要他。他很生气，生气之后干什么？就去自杀。这次的自杀比较有创意，他拿了一根很细的绳子去上吊。假如人真的要寻死，一定会拿一根粗的绳子，要多粗有多粗，怎么会拿一根很细的绳子上吊呢？果然，最后绳子断了，人从上面掉了下来，没有死成。

假如真的要死的话，总是有方法的，可是太宰治每次都说要死，就是死不掉，总是有意无意之间，在潜意识里面给自己一个出路。1935年自杀未果之后，他继续创作了一些小说。

又隔了两年，他和一个名叫小山初代的女人相约去温泉自杀，这次，两个人都被救了起来，没有死掉。在此之后，太宰治又有了很强大的创造力和创作力。前面提到他很想拿到芥川文学奖，可结果却没有得到。他并不在意，继续创作，还把自己跟女人之间的故事，包括相约自杀，都写成小说，比如小说《女生徒》就是他在一个女粉丝的日记的基础上写出来的。

太宰治在1939年和石原美知子结婚了，过了几年快乐满足的日子。

他一方面写了一些叫好又叫座的小说，拿了一个文学奖；另一方面感觉跟妻子的关系很好，认为这就是他爱的人。

这样快乐满足的日子大概过了有11年，当然，其间无论宣称如何爱他的妻子,他还是跟不同的女性有暧昧。其中有一个女诗人太田静子,太宰治去人家家里借书,借到床上面,后来太田静子怀孕了,本来他打算跟她一起死的。他这才反应过来,静子怀了他的小孩,她就不能跟他死了。在这一点上,他也蛮清醒的,知道谁可以跟他一起死,谁不能跟他一起死。

后来他跟他的太太生了几个小孩,很不幸,其中一个天生患有唐氏综合征。

他的抑郁症越来越严重。1948年6月13号,在他39岁生日之前的一个礼拜,他还是选择了自杀,在死前完成了他最广为人知的小说《人间失格》。当然,他的好小说不止这一本,比如《惜别》等都是非常优秀的作品。

他最后一次自杀,不是跟他太太,也不是跟太田静子,而是跟另外一个女粉丝山崎富荣绑在一起投水自杀。过了一个礼拜,到生日时他的尸体才被发现。有些研究报道说,太宰治在水里面有挣扎的迹象。

种种迹象似乎又表明他并不想死:吞少量的安眠药,用很细的绳子上吊,一同投河后只有他活了下来,另外一次又是被救起。第五次自杀,如果他挣扎成功了,也许还可以继续活下来,结果他挣扎不成功,就死了。

我一直强调的是,人要是自杀求死四次却不成功,是不太容易的。所以我就觉得,他不想死。我好奇的不是他为什么自杀,而是为什么死不了,从这个角度去打一个问号。

问对了问题才会有对的答案,或许对太宰治而言,求死而不能的自杀只是一个归零仪式。因为他承受不了爱的快乐，也承受不了爱带来的满足，就把强大的爱欲力量归零，重新起步。可是他又抗拒不了爱的快乐，他知道爱是快乐的，所以选择爱不同的人，甚至同时爱。

他曾经写过："我本想这个冬日就死去的，可最近拿到一套鼠灰色细条纹的麻质和服，是适合夏天穿的和服，所以我还是先活到夏天吧。"这就是他爱生命、享受快乐的体现。尤其是爱，不管是对人的爱情还是对生活的爱都是这样。

这让我想起胡兰成的一句话："富贵荣华原一梦，仍爱此梦太分明。"我知道一切如梦幻泡影，可是我偏偏就喜欢这个梦境，它很分明，很清楚，很深刻，太爽、太过瘾了。

太宰治为什么死不了？如果报道是对的，在第五次自杀时他确实有挣扎，想逃生，那么从"他为什么死不了"这个问题的答案可以看到，其实他并不想死。

从太宰治身上，我们能获得的最大领悟是，应该学着享受快乐，能够面对、接受乃至承受快乐，因为快乐是有压力的。尤其是在享受爱的力量的同时，也能够承受爱带来的压力。

从这个角度来看，我觉得太宰治不仅不消极、不阴暗，反而是光明的。我们从别人自杀五次直到最后一次才成功这件事来仔细思索，不难想到，其实就算像太宰治这样的人，他最后还是不想死的，还是想在生命归零之后，继续享受生命和生活，享受爱的快乐。

我们可以从这个更正面的角度，看到一个光明而不是阴暗的太宰治。

我们不要因为太宰治的个人经历或者作品就只感受到他的阴暗，刚好相反，我们要积极地做人。

纵观太宰治，我们要学习的是更积极的生活态度，好好地生活，好好地去爱。

川端康成：一切为了美

本节我们继续来谈日本名流。谈过向田邦子，谈过太宰治，这一节谈同样大名鼎鼎的作家：川端康成。

川端康成之所以大名鼎鼎，有一个主要原因：他是第一位拿到诺贝尔文学奖的日本作家，有很多的新闻报道。所以就算不看书的人，基本上也都知道他的名字，虽然不一定记得，可是总会听说过。

川端康成能够被大多数人记得，除了拿奖以外，还因为多年来，他的很多重要小说被一再改编为电视剧或者电影，比如《雪国》《古都》，还有《伊豆的舞女》等。

川端康成于1899年在大阪出生，1972年去世，活到73岁。他本可以活得更久，但他选择了在自己的工作室开煤气自杀，最终中毒而亡。

从他自杀往前数四年，也就是1968年，他拿到诺贝尔文学奖。他的文风通常被称为新感觉派，不管写人、写情境、写心理，还是写物件，都非常仔细，对局部的细节描写非常有感情。

比方说他形容一个女性，会花几百字来描述女性的指甲：什么颜色，修成什么形状，怎么圆圆尖尖的，充满光泽。他不仅称赞一个人笑容很漂亮,甚至会说你美到连指甲都会笑,多动人!假如他今天在微博写各种段子,一定也是很感人的,估计是个撩妹高手。当然他志不在此,而在他的文学艺术创作。

谈川端康成的故事,不如先谈一点有趣的。我经常说,年轻人不要常听八卦,要多看传记。

有时候倒过来说,听八卦是看你怎样使用,比如从八卦当中推想或琢磨出其他的道理。那么我们从八卦谈起。

知乎上有一位高手Palomar,他的标签是日本文学话题的优秀答主,他写川端康成的八卦很特别,很有意思:以前川端康成想当兵。虽然他反战,但是人都有多面性嘛,特别是那时候的日本男人有虚荣心,觉得不当兵很惭愧,而且他知道就算自己要去当兵,人家也不一定收他,因为他很瘦。

我们今天看他的照片,是从年轻一直瘦到老。所以体检不合格后,他还特地跑去伊豆泡温泉,疗养了一个月,每天吃三个鸡蛋增加营养。一个月后再去体检,结果还是不合格,原因还是太瘦了,体重不足40公斤。他还被奚落,军医说他是个文学家,有他这种身体,对国家有什么用呢?这个军医的话伤了他的心。

川端康成拿了诺贝尔文学奖之后,家里来了很多客人,他太太很热情地招待不同的客人,但是他很烦,跟家人说,我们不是为了客人而生活的。可是有时候朋友为他好,替他挡住上门来采访的人,说川端康成在睡觉,他很累,不能出来。转头川端康成就突然跑了出来,给朋友难堪。因为他的心很软,他是很柔软、很温暖的一个人,稍稍发了脾气之后,还是会觉得愧疚、抱歉,觉得人家跑上门来采访,他不露面,架子太大,所以又要出来。

还有一个八卦是我正经要说的了，川端康成一辈子跟四个女人有过感情的瓜葛，这四个女人都叫作千代。"千代"在日本语里面就是一千年的意思，表示天长地久。

很凑巧，他一辈子遇到四个喜欢的女人都叫千代。第一个是他家乡的女孩，叫山本千代。川端康成很苦命，小时候家里很穷，欠了一堆债。山本千代的父亲曾经是他的债主，可是很爱才，觉得川端康成非池中物，就免去了他的债务，还叫女儿山本千代拿钱给他，支持他的生活，结果不仅把钱送过去，还把女儿也送上了门。但是可能因为川端康成很自卑，觉得对她只是感恩而不是爱，就离开了她，他们的恋爱无疾而终。

后来川端康成又交往一个女性，是一个舞女，也叫千代。他觉得这位女性非常优雅，心生爱意，也交往了一阵子。但是他没有勇气去打破世俗的眼光，就放弃了这段感情。这个舞女住在伊豆，就是他写《伊豆的舞女》的地方。

第三个千代是酒馆的女招待。两个人打得火热，交往得蛮久的，可是这位千代当时已经有了未婚夫，他受不了因自己吃醋带来的痛苦，又离开了。

不晓得是不是命运的安排，后来川端康成遇到了第四位千代。她是个穷人，在咖啡厅打工，并且只受过小学程度的教育，可是川端康成真的很爱她，想跟她结婚。但这一回，是这位女性不爱他。可能是她穷怕了，如果要结婚，钱从何来呢？她觉得跟同样没钱的川端康成在一起不会有幸福。她只跟川端康成讲了一句话，说不爱就是不爱，感情就没有了。

据说川端康成之后就有了千代病。什么叫千代病？一有人跟他提起"千代"这个名字,他就头疼并且全身发麻发痒。听起来有点无厘头,不晓得是真是假。

1926 年,川端康成在 27 岁时认识了一个叫松林秀子的女生,两人交往之后结婚,并且一辈子都在一起。他们生了个小孩,很不幸没有养大,后来收养了孩子,川端康成才结束了漂泊的生活。

说到四个千代,好像蛮奇怪的,不管是他自己只爱叫千代的女生,还是命中注定总是碰到千代,有这种体验的人,能不相信命运吗?冥冥中有个框,其中有些事情是摆脱不了的。不管怎么选择,都无法控制,它还是会这样发生。

最后他可能妥协了,找了一个不叫千代的女性做妻子。虽然他的婚姻生活看起来安稳,可是午夜梦回,他在心里难道不会想起那四个千代吗?不但是为了想她们而想她们,而且是觉得太奇妙了:为什么生命中会出现四个让我动情动心的女生都叫千代呢?尽管这个名字在日本很普遍,可是为什么会如此巧合?难道川端康成不会一边抽烟喝茶,一边想到这关于命运的事情吗?

我想,他一定会感受到巨大的、不可抵抗的命运的力量,这种感受就呈现在他的作品和他的故事当中。

川端康成的作品很多都是虚构的,可虚构故事里的情感却是真实的。人在命运面前兜兜转转,到最后无能为力,不是妥协就是认命。以为是自己选的,其实那是命运的安排。命运早就把其他的一个个选项都踢走了,到最后剩下的寥寥无几,甚至只有唯一的选项。

从这个角度看,这不也是希腊悲剧最动人的地方吗?在命运面前,我们尽力去抵抗、去改变,可是到最后发现无能为力,只能妥协认命,在命运面前接受它的教训。

谈及川端康成作品的风格，有人从语言层面分析，认为他非常善于掌握日本文字中的音节和音感，写的都是非常"日式"的日文，不像村上春树，写的是英文感觉的日文。好多人也认为川端康成之所以能够成为日本文学的代表，就是因为他完全掌握了日本语言的质感和特点。于是，也有评论认为，正是因为他写的日语是古典日语，非常绕口，所以故意把英文版也翻译得很绕口。

另外，从日本古典文化这个角度来谈川端康成的各部作品，铺开来就是一张日本地图，《伊豆的舞女》《古都》《雪国》《东京的人》等作品里，都涉及日本各地文化与历史的细节。

川端康成作品的文字语言也好，故事内容也好，都与日本古典文化密不可分，这是很多人初谈他作品的角度。而我是从八卦"千代病"入手，推到"命运"这个角度来谈。

我们来看看他小说里面的情节，比如《古都》中，有一对双胞胎姐妹分开了，她们一个有钱、一个没钱，听起来像庸俗的肥皂剧。其实不然，川端康成在《古都》中用他独特的日本语言风格，写日本文化、京都的变迁，写大时代环境下姐妹的重逢，写她们对于爱情的选择，写她们在其中经历的背叛、怀疑和伤害。

一个男人喜欢有钱的姐姐却求而不得，因此自卑，后来又找了妹妹。妹妹知道这个男生本是喜欢姐姐，于是自己选择了离开，生活随之改变了，命运也改变了，而这一切都是因为那个男人讲的一两句话，令姐姐误解，也令妹妹明白：这个男人其实喜欢的是姐姐，不是妹妹。妹妹不愿当姐姐的替身，最后选择成全姐姐的爱，自己离开。

还有一个作品很有意思，大概是川端康成 62 岁左右的作品，叫作《睡美人》，内容乍一看好像一个色情故事，其实不是的。当然他保留了一些肉体和情欲方面的描写，写得很具体，但很关键。

我觉得，整个故事情节展现出的是川端康成 60 多岁时对于生命的感慨：无论是男人还是女人的生命，在时间面前都无可避免地逝去、终结。这是一种无法解脱的悲哀，其实是一个悲剧。

《睡美人》讲什么呢？主人翁江口 67 岁了，三个女儿都已出嫁，自己没事干，就去秘密俱乐部，也有人说是变态俱乐部的地方。那地方供应什么呢？小萝莉、未成年少女或者刚好成年的女生。晚上找来女孩，先下药让她睡着，男人在她旁边，满足自己的性幻想，可是特别之处在于，不能碰她。男人必须在天亮的时候离开，然后女孩也醒来，彼此不知道对方的身份。

这个主人翁去了秘密俱乐部五次，面对不同的少女。在裸体的女性旁边，他想到的不是女性的肉体本身，而是由此想到在自己生命里出现的女性，包括自己的母亲和太太、他家里的一些女性长辈，也有他年轻时候曾经交往的女性。他回想这些女性以前和现在的模样，发现不管是谁，不管经历过什么，不管爱还是不爱，原来到最后，人都逃不开皮囊的苍老与衰败，这就叫作死亡。

每个人都免不了死亡。67 岁的老男人面对眼前的少女，他想象，这个少女会慢慢老去，她的头发、面部、身体会怎样变化，一点都不色情，而是悲哀。每一个认真读了《睡美人》的人，都会对死亡、对身体衰老发出感慨。

由此我们就明白，为什么几年后川端康成会选择自杀。自杀前的一年半还发生了一件事：三岛由纪夫自杀了。两人是老友，据说三岛由纪夫非常嫉妒川端康成拿到诺贝尔奖，而自己没有得到，于是就自杀了。

川端康成去看三岛由纪夫的遗体时，跟学生们说："**其实死的应该是我。**"这是很耐人寻味的一句话。此后过了一年半，他也自杀了。

也有人说，假如诺贝尔奖当时不是给川端康成，而是给三岛由纪夫，那么两个人都不会死。三岛由纪夫一直以来活得都很积极、很阳刚，也可以说很偏激。假如拿到诺贝尔奖，他会更霸气，就不会死了。没有拿到奖的川端康成，好像写作事业还没有完成，所以也不会死。这个命运很难说了，算是一种假设吧。

在终极的命运面前，让川端康成不得不低头的，是死亡。他在生命中经历过很多人的死亡，小时候父亲母亲相继死去，祖父把他养大。后来他姐姐死了，他祖父死了，他祖母也死了。他一辈子都很孤独，于是有了自己的思考。

他也是艺术收藏家，对于各种美的事物、各种艺术品的研究是很深的，可是也无法排遣这种孤独感。所以《睡美人》里面，他把死亡纠缠的感觉写得淋漓尽致。从这个角度看，我们就不难理解为什么他经历了三岛由纪夫自杀的事情之后，也选择了死亡。假如我们要谈向他学习的话，当然不能学他自杀，人孤独就孤独吧，看开点，我们要学习他的正面影响。棋圣吴清源和川端康成是好朋友，《吴清源回忆录》里面写了蛮多关于川端康成的内容，说他除了对于艺术品的研究、对于美的欣赏非常内行，用了很大工夫以外，对朋友也是无比地包容。

我们今天看也是，连三岛由纪夫这么偏激的人都可以成为他的死党，还有什么不能包容。所以我们学川端康成，学他对于美、对于艺术认真投入的热情，还有对朋友的包容，远比对他选择死亡排除孤独感来得好。

川端康成是余华的老师，这是余华自己说的。余华最先是受川端康成文风的影响，他说川端康成的作品教会他如何描写细节，当然他说后来这也成为陷阱，让他离不开、跳不出来。直到碰到卡夫卡，余华说卡夫卡让他明白，写作有时就是天马行空，哪怕一个人一觉睡醒后变成一只虫都可以。卡夫卡把他从川端康成的写作陷阱里面拉了出来，所以余华说川端康成是他的老师。

余华去日本的时候，有记者采访时问他，怎么看日本作家都喜欢自杀？他讲了两句妙语，说："我觉得他们这些人爱好太少。他们要是早上起来看篮球，晚上睡觉前看足球，就不会想自杀，怎么也死不了。我就算准备要自杀，一看'妈呀，明天总决赛还没看呢'，就会想看完以后再死吧，看完以后想，'算了，还要看明年的总决赛呢，还要看明年的欧冠呢'。"所以余华觉得，人要是多一点爱好，就不会轻易选择死亡了。这就是余华调皮的地方，可是也不无道理。

阅读小彩蛋

花开就是死亡。

死亡是拒绝一切理解的。

这两句话都是川端康成的名言,也表达了日本人所谓的物哀。物哀是日本美学观念:哀伤的美学。对死亡的执着,以为死亡即是美,就是另一种物哀的真情流露吧。

好多人去谈川端康成到底为什么自杀,我猜,他会从棺材里面跳起来说:"死亡是拒绝一切理解的。"

永井荷风：散步文学浪荡子

我蛮喜欢日本人的名字，特别是他们的姓。因为他们有一个字的姓，也有很多两个字的复姓，像咱们中国人说的欧阳、司徒。

日本人的复姓很多，北野武不是北先生，是北野先生。太宰治不是太先生，是太宰先生。其中不乏很多笔名。更好玩的是，他们两个字的复姓后面再加两个字的名字，变成四个字，这样一来组合就变得多了。文学界的人，喜欢取笔名，自己取名然后拼起来，名字本身就很有故事。

说起来有趣，像日本、中国和韩国，从姓氏就能看出明显的差别。韩国五六千万人，只有三百种姓，我们经常能看到的有金、朴、宋、李等。中国十几亿人里面，姓氏其实只有几千种，相对庞大的人口基数来说，姓氏并没有我们想象的多。而日本一亿多人，他们的姓有十万种以上。所以，很多我们看起来奇奇怪怪的汉字，都能拼起来作为他们的姓氏，这是因为在历史上他们有很长一段时间汉化甚深。

永井荷风就是一个很有诗意的名字。乍一听这四个字，似乎站在公园的池塘边，池塘里有很多荷花，突然吹来一阵凉风，荷花的香气飘进鼻中，深呼吸后整个人都舒服了。永井荷风展现在我们眼前的，就是这样一幅景象。

他本来姓永井，可是名字却不叫荷风，没有那么文绉绉，而是蛮硬朗的，叫壮吉。

他是个富二代，一辈子基本上没做什么事，都在舞文弄墨，他的生命由一个字组成，就是玩，说好听一点，就是游，到处行走，后来用自己的文笔闯出了一条路。他写散文也写小说，长篇、短篇都写过，还写过一些杂文评论，可是不多。

他还有一部分作品是日记。他给自己取了一个文绉绉的外号，叫断肠亭主人。永井荷风蛮高寿的，他于1879年出生，活到1959年，留下了四五十年的日记。日本历史的大转折年代他都经历过，所以他的日记很有史料价值。虽然里面讲了很多吃喝玩乐，甚至嫖赌饮吹的事情，可是点点滴滴都反映了时代和民心的转变。

永井荷风一路走来，经历了明治维新，看看军国主义崛起，本人觉得自己成为大日本，要去征服整个亚洲。经历了"一战"和"二战"后，1959年，永井荷风在80岁吐血而死，去世后留下了很多遗产。

从事历史研究特别是文化研究的人，把永井荷风称为浪荡子。别看轻这几个字，很多人说，现代的文化思潮中人们观看世界的方法，就是从浪荡子的视角解构出来的。

所以有人把永井荷风上追到法国诗人波德莱尔所说的"漫游者"，他们四处行走，看着城市和整个社会的变化，用他们的眼睛去观察、用他们的脚步去丈量，观察人如何改变自己跟城市的关系。改变之后，人与人的关系也随之改变。这种种外在的改变和人际关系的改变，到底有什么样的时代意义，又引领当时的社会走上了什么样的路呢？他们的创作，不管是诗、散文，还是小说，都体现出这种变化。波德莱尔和本雅明都在很重要的论文中谈到过"漫游者"，他们看着商场兴起，改变了整个社区，随着社区的瓦解，人与人更加疏离，种种的情形都有。

我曾经提到过近代资产阶级思想家王韬，他很努力地办报纸倡导维新，但有研究者把他视为浪荡子，因为他出去游历，途经英国、日本，把在这些国家看到的事物跟中国比较，大到工厂、工商业、政治的体制，小到青楼、小商店，这其实也是一种漫游者。对比所在的19世纪中后期的中国，王韬看到不足，也看到有很多可取之处，我们也在保留自己的传统精神价值。这些浪荡子，把整个世界带回中国。

永井荷风的作品也被一些学者放在这个脉络里来研究，特别是他的散文。他写了很多散文，不断发行、重印。他笔下是整个时代与城市的变迁，而这些见闻都源于他喜欢走路、散步。

其中翻译成中文的，有一本叫《东京散步记》。简单来说就是慢慢走路，到处看，一边走一边思考。还有一本叫《晴日木屐》。

我们完全可以想象，有时候，他穿着西服出现在《东京散步记》的场景中。永井荷风说，自己戴着高礼帽，打着领带，手上还拿着一把长雨伞，以为自己还留在法国，到处散步，一天走几个钟头。

有时候，他还穿着和服，蹬着木屐。通过他的文字，我们甚至可以想象那种声音，不管是穿皮鞋，还是木鞋。他留下了这些所见所闻、所思所想，替整个日本，特别是他喜欢的东京，也就是以前的江户，留下了很多记录。

他的小说，都是以咖啡馆的女服务员或者青楼的艺伎作为主人翁的。写她们怎么样跟不同的男人交往，她们在其中看到日本的改变。男人们来喝花酒、侃侃而谈，好像全世界都在他们的肩膀上面，永井荷风也经常通过故事来取笑他们。

有人说永井荷风是反战的。军国主义时代的统治下，日本没有几个作家敢公开地反战，反而用不同的方式方法来支持日本皇军征服亚洲。后来很多考据表明，有不少日本文人，一方面参加各种支持战争的团体，甚至公开写文章支持征服整个亚洲；一方面，又在另一些日记、散文，特别是小说中，隐晦地表达对于荒谬现状的见解。他们认为战争完全没有必要，都是因为人的贪念和狂妄，导致人民受苦，无论男女都哭断肠。永井荷风的小说里面也有情节来表达这种情感，体现了他的人道主义关怀。

永井荷风的父亲永井久一郎曾经留学于美国普林斯顿大学，回到日本后，当了个不大不小的官，在财政部管会计，后来下海从商，成为日本邮船会社的主管。

他的父亲有学历、有知识、当过官、经过商，整个社会的资源都掌握在这一类人的手中。他们唯一怕的是军国主义。很多资本家也跟军官合作，希望征服亚洲其他国家，用来开拓市场，寻找更廉价的劳工资源等等。

永井久一郎的小孩，老大就是永井荷风。父亲留学普林斯顿大学，他却连中学都读不好。他平常喜欢读诗，喜欢汉诗；喜欢音乐，特别是日本的三弦琴；还喜欢落语，也就是单口相声。他还喜欢写文章。父亲当然看他不爽，却拿他没办法。

永井久一郎后来到上海工作，把荷风也带过去，倒是让他开了眼界。很多事情他都没见过也都不了解，懂得了要好好学习。之后，他回到东京进了外国语学校读中学。可是这个家伙，整天翘课，跑出去玩，因为缺课太多被开除。他却说，此地不留人，别有留人处。他直接去学落语。

他平常嫖赌饮吹不回家，住在青楼，就这样混日子。他父亲越看越不爽，就把他踢出家门，强迫他也可以说是诱惑他去美国。永井荷风本来想去巴黎，可父亲觉得花都巴黎太乱了，要去就去美国，美国最强。

永井荷风很聪明，反正先答应了再说，于是25岁就去了美国。他对语言、文艺都很敏锐，也有兴趣，边学英文边学法文，为了去巴黎做准备。

终于，在美国混了几年后，父亲看他学得有模有样，甚至能用英文写信，就放心让他去了巴黎，还通过自己的人脉，在日本正金银行的里昂分行，给他安排了一个工作岗位。

他工作了不到一年就不干了，拿了父亲给他的钱，消失得连父亲也找不到他。终于在快30岁的时候，他回到日本，继续密集地写作。

之后他出了两本书，开了当时日本人的眼界。虽然明治维新已经让日本打开国门，但大家对外国最新的种种事物并不了解，所以他写的两本书获得了很多人的追捧。这两本书是《美利坚物语》和《法兰西物语》，把他在美国、法国看到的都写了下来，写桥、写教堂、写建筑物，也写他们的工业生产，还有最细微的人情交往、人对于环境的了解，以及当地的人如何去保护他们的文化遗产。

这里有一个吊诡之处，不管什么人都是这样，去外面往往看到外面的好，回到家就看到家里的不好。我们也总是觉得别人的家庭特别好，父慈子孝，自己家里怎么就斗争、冲突、矛盾很多？如果你也有这种心态，因此而抱怨自己家，当然不好。可是假如你能够反省，能够激励自己和家人，或者了解自己的不足，学人所长，这倒是很正面的事。

这两本书在当时备受讨论，森鸥外等作家还因此推荐他去大学当教授。不用学位也不用在国际期刊发表论文，只凭借这两本书，他当上了教授。

到他33岁左右，父亲又强迫他结婚，娶了良家妇女当老婆。娶归娶，但永井荷风根本不喜欢良家妇女，1913年1月父亲去世，2月他就离婚了。他没有拖着，怕误了对方的青春。

再过了两三年，他连教授也不当了，自己盖了一栋房子，涂成了湖水蓝，取名叫偏奇馆。他美学品位还是蛮高的，之后一直住在这栋房子里写作。

永井荷风不断做自己想做的事，因为自己喜欢，所以不论受多少苦，都不会抱怨，也不会后悔。我最羡慕这种人，因为他们眼里的哲学就是放肆。永井荷风最初可能是因为性格和条件所限，放肆不起来。他之后敢选这条路，也是因为有了条件，领了一大笔遗产。他毫无顾忌地表示，他不喜欢替别人做事，不喜欢听别人的指令做事，只想做自己想做的事，他最爱日本的浮世绘，还喜欢坐在雨夜之中，听着水声，看着落花。

永井荷风喜欢看浮世绘里面不同的人物，特别是艺伎。她们穿着和服的姿态，很寂寞、很哀愁，这让他陶醉，也让他感觉到生命无常，看不到希望。虽然这都是空虚的，可是对他来说，这种感觉却是实在的，是可以亲近、掌握的。更重要的是，这些东西在他脑海里面，随时都可以拿出来重温。

他在偏奇馆（也叫断肠亭）自己过活。走走，写写，写出了他的散步文学。当我们谈散步文学的时候，在中国，我们会首先想到沈从文、周作人。在日本，排行榜第一位就是永井荷风。

永井荷风很直接地表达，父亲去世，他再没有应该尽的责任和义务了。本来还有个老婆，也分开了。他每天不在世间露脸，不花钱，也不需要朋友，随心所欲而活。他是日本第一代的慢活文人。

永井荷风对于日本城市的变化很不满意。他说他很厌恶日本现代文化，很难压制自己对中国还有欧洲文物的敬仰心情。住在这样的日木，他心中最仰慕的是江户时代的艺术。

永井荷风是一个活在现在，但眼中都是过去的人。他不是普通的怀旧，而是做今昔比较。他觉得所谓的现代化失去了很多以前的美感，特别是战后的现代化，用很快的速度毁灭了那些美感。用张爱玲的说法，时代就是列车，不断往前走，有种茫茫的威胁感，让人们焦虑不安。每个人不管看起来多快乐，心里还是有一种哀伤。

这也让我想到土耳其作家、诺贝尔文学奖得主帕慕克，他在《伊斯坦布尔》中写他眼中成长的过程。他说土耳其人最喜欢的一个词是"呼愁"，总想到以前的奥斯曼帝国，曾经多么雄伟壮观，后来就这样消散了，在这种环境里大家都很迷茫焦虑。活在大时代转变里面的文化人与思考者，难免都有这种哀愁。

永井荷风，就过着他自己的日子，拿着他的雨伞或者拐杖，独自行走。有时候跌倒了,别人过来扶他,他也不要,受伤了就自己回去照顾自己。最后孤身一人,死后留下的财产也不晓得去了哪里。

这就是永井荷风的故事。

阅读小彩蛋

在永井荷风的观点中，举凡一种文化的衰落，对这种文化有了解的人，一定会感到痛苦，这是难免的。而你对这种文化了解越深，你感受到的痛苦就越深。痛苦到什么地步呢，你除了自杀，没办法用其他的方式求取自己的心安。

永井荷风最后没有自杀，他以写作为疏解的方式，在写作里面获得重生。如果没有写完的一天，就写到死。他活了80年，算是人间的一个传奇了。

三岛由纪夫：一刀下去即成神

三岛由纪夫出生在1925年，本名叫平冈公威，三岛由纪夫是他的笔名。这个笔名是怎么来的呢？

在他那个年代，编辑是有一定权力的，可以决定用不用你的来稿，可以建议修改，甚至还可以替你改。他们也会像皇帝赐名一样，给你取一个笔名。据三岛由纪夫的编辑们回忆，"三岛由纪夫"就是他们一起商讨出来的笔名。"三岛"是日本的地名，从这里远远望去，能够看到壮丽的富士山。本来平冈公威选择叫"由纪雄"，用"雄"表达他的男人气概，可是编辑说不如叫"夫"，比较有文学的味道。当然有另外一个版本，三岛的家人说，"由纪夫"这个名字是他翻电话本的时候，用笔随手一插选出来的，不过这种说法的真实性无从考证。

平冈公威在一个很孤独的环境里长大，和很多作家一样，他跟父亲的关系不深。其实不只是作家，在20世纪60年代之前，亚洲也好，欧洲也好，男人们通常忙着养家，小孩都是由家中的女人来照顾。平冈公威也是一样，他的母亲和祖母抚养他，偏偏祖母是控制狂，为了保护他而不让他出去跟其他小孩玩，他只好一个人在家里，思考、阅读、幻想。

三岛由纪夫这样描述小时候的情况："13岁的我有了一个60岁的情人，就是我的祖母。"当然，母亲对他的影响也很大，三岛由纪夫刚出道的时候，投稿不是很顺利，遇到了一点挫折，是他的母亲拿着他的手稿去敲文学刊物编辑的门，推荐他的儿子。

孤独的小孩总是有很多的想象，三岛由纪夫也不例外，这些想象都体现在他的小说中。比如在《金阁寺》中，和尚烧掉精美的寺庙，是因为他受不了这种美，只有毁灭这种美，才能达到美的最高境界，并且永远地拥有它。

他还会把同性的情感写进作品，其实无论是在他的年代还是当今的日本，描写同性情感的漫画和小说都很流行，这根源于日本的传统文化。在日本人的成长中，同性之间的探索是较普遍的，愿不愿意承认是另一回事。

他早期的小说《假面的告白》，看起来有点像回忆录，其实是用小说体写了很多成长过程中的故事，讲到他中学时候跟同学之间的暧昧，难舍难分的感觉。之后的《潮骚》，也写了很多两性之间的情欲挣扎。

他的文学作品被广泛翻译为很多语种，曾经三度被诺贝尔文学奖提名，可是都没有获奖。自视甚高的他觉得很不高兴。后来看到获奖的前辈中也有出道的时候提拔过他的川端康成，他一方面表示恭喜，另一方面说了很多酸溜溜的话。所以有人说过，假如诺贝尔文学奖给了三岛由纪夫，川端康成和三岛由纪夫可能都不会死。

可是历史没有如果，川端康成获了奖，结果还是自杀了；三岛由纪夫没有获奖，最后也自杀了。他们都以这种极端方式结束了生命。

他自杀那一年是1970年，我当时才7岁，各种电视节目以及香港的新闻都报道了这件事，那是一个黑白的片段。我当时不太了解事情的来龙去脉，只记得好像是一个男人穿着军装，站在一栋大楼的阳台上，头上绑着一条白布，一手叉腰在演讲。然后他回到房间里，再出来的时候已经是被人家抬着，身首分离。这是日本人的传统：切腹之后都要砍头。人的记忆很奇怪，这么多年来，这个影像一直萦绕在我脑海里。

自杀前，三岛由纪夫经历了什么呢？他创作，写小说、写散文，拍电影，还演过戏，当过监制，也当过策划人。他英语很好，如果你在资料中听过他讲英语就会知道，虽然有点口音，可是他基本上是能够用英语来思考和表达的。

三岛由纪夫是日本作家里面少见的能够把英语讲得如此准确的作家，他为此付出过很多，付出的结果是用英语来思考。当然，我们要向三岛由纪夫学习的，不只是他的英语能力，还有他的精神。

不过，精神有可以学的地方，也有不能学，甚至不该学的地方。为什么这么说呢？从心理学的角度来看，他有点自卑情结。别看他有点装的样子，把自己练出六块腹肌，每次拍照都挺起胸膛，其实他心里住着一个小孩。

他要做种种的事情来自我肯定，向全世界说：不要小看我，我非常了不起。而这种"了不起"跟日本精神是相接的。在前面我们提到过"物哀"，就是说对于美丽的事物，要把它毁灭掉，才能占有。另外，传统的日本精神是独立自强。三岛由纪夫把自己的生命哲学跟日本文化的这两种特质，也就是物哀的美学和传统的自主独立的精神连在一起。

为什么说三岛由纪夫自卑又自大呢？除了从小受到控制狂祖母的管教，他还习惯身边一定要有人扶持，没人的时候就要壮大自己，让人家看到自己的重要性。其实他还是需要有人支持的，后文谈他的自杀的时候会谈到，他是如何找寻资源的。

另外他个子不高，只有 1.57 米，他曾经在访谈里面透露过，他说自己已经很好看了，很雄壮了，可是假如更高些，会更完美。这话说得有点像李敖，永远不会说自己不行，充其量是说假如怎么样会更好、更完美。

他把自己的生命哲学与物哀的美学和独立自强的精神连在一起，而另外一个跟后者联系很紧密的特质就是武士道。所以三岛由纪夫谈到自己死亡的时候，曾经有所预告。他整天不断说自己是一个武士，以后假如死了，也不是作为一个文人，而是作为一名武士死掉的。他已经预告了切腹这种死亡的方式。

1970 年，他眼见战后的日本慢慢恢复元气，可是总像被美国绑着，不准有军队和宪法，连天皇的权力都被夺走了。他很不服气，想要重新振兴日本，于是他召集了几十个年轻人，组了一个盾会，也可以称为盾之会。这个组织从今天的角度看就是极右翼团队，他要求这些年轻人跟他一起锻炼肌肉、练武功和剑道来保护天皇，以恢复日本天皇的权力。

甚至他曾经要求，让军部的人承认盾会的武装能力。有时候军方镇压学生运动，他也希望让盾会的成员来帮忙，不要只派警察，要让盾会有维持治安的权力，当然都被拒绝了。

点点的不满累积在他心中，最后，他在 1970 年切腹自杀。很多材料或者书都谈及这一段往事，其中一本书我个人觉得写得特别好，是一个英国记者写的。作者亨利·斯各特·斯托克斯也是三岛由纪夫的好朋友，跟他一起在日本吃喝玩乐，一直记录着他的言行。

三岛由纪夫去世之后，他收集了很多的材料跟访谈，写了一本书，翻译为中文叫《美与暴烈：三岛由纪夫传》。第一个章节，他用小说的笔法重建三岛由纪夫的最后一天：先在家里收拾好东西，然后写了遗书，把切腹的刀带在身上，再写了几封信，带着他的四个学生出门上车。他给了每个学生一封信，信里面放了什么呢？三张一万块钱的日元现钞，作为处理这件事情的"活动"经费。

有四个学生，可是他只写了三封信，留了三笔费用，为什么呢？因为那第四个准备跟他一同赴死。这个年轻人才25岁，叫森田必胜。

当说到三岛由纪夫死亡的时候，几乎99%的人都在谈论三岛由纪夫是怎么自杀的，却没提到这个人，其实他是很重要的。在《美与暴烈：三岛由纪夫传》这本书里，这位英国记者说，后来他做了很多访谈，跟三岛由纪夫来往很密切的人告诉他，虽然森田必胜只有25岁，比三岛由纪夫年轻15岁，但跟三岛由纪夫有非常紧密的关系。三岛选择切腹自杀，去占领自卫队总部，也是森田必胜说服他的。

森田必胜建议两人要死得悲壮些。本来三岛由纪夫还有点犹豫，他不是怕，而是在想真的需要在这个时候做这种事吗？森田必胜说服了他，也陪他一起自杀。森田必胜真的是个汉子，不是直接对对方说你去死吧，我替你办理后事，而是真的陪他一起死。

三岛由纪夫既然已经同他约定，也知道他会陪自己一起，就自然不用给他钱。几个人去了自卫队总部，找到老大。他们是朋友，两人都穿着盾会的制服，有点像希特勒的纳粹军装，进去跟将军聊天，还带着刀。为什么能够带刀进入自卫队总部呢？因为他们都是老朋友，对方一直把盾会当成军队。

三岛由纪夫很聪明，把刀拿了出来，当作古董文物请将军鉴赏。将军把刀拿起来看，刀被打开之后，三岛由纪夫拿回那把刀，然后发难。三岛由纪夫跟四个小兄弟挟持将军，要挟他广播召集其他几百个自卫队士兵，来到总部的广场前面听他讲话。

后来，就出现了我7岁的时候在电视上看到的那一幕：三岛由纪夫走在自卫队总部的建筑平台上，头上绑着一块白布，穿着一身威武的军装，一手叉腰开始演说。其实当时蛮尴尬的，因为他没有麦克风，只能拉开嗓门喊，号召大家要尊重、恢复王道，不然会被控制、受限，被人家欺负，自卫队的梦想已经破灭了，日本精神已经没了，日本的理想没有了。

三岛由纪夫问那些自卫队士兵谁要加入盾会，结果没有人理他，他就骂他们，说他们是男人吗？是武士吗？还是没人理他，站在台下的士兵说要冲上去，把三岛由纪夫抓下来。三岛由纪夫气到整张脸沉下来，之后很激动地喊，天皇必胜，万岁万岁万岁！可是那些人还是没有动容，叫喊着要打死他这个疯子。三岛由纪夫走回房间，然后就自杀了。

讲到三岛由纪夫之死的时候，绝大部分的文章材料都没谈过森田必胜，只有《美与暴烈：三岛由纪夫传》用了一个章节来谈森田必胜跟他的关系。不过后来有人研究，还出了书替三岛由纪夫说话，认为他不是人们以为的那样。当然也有人出书说自己跟他有过特殊关系，还公布了三岛由纪夫写给自己的情书。三岛由纪夫的家人就告他诽谤，罚了钱，把书也禁了。

根据英国记者收集的材料来看，三岛由纪夫的确跟不同的男人有很紧密、深度的关系，有好几个人都去找过这位英国记者，给他看三岛由纪夫写给他们的情书，还向他描述当时三岛由纪夫很喜欢去的场所。这些八卦是在文学史中重建一位作家的生平需要去参考还原的材料，也是真正理解三岛由纪夫的文人、武士身份，以及他如何把自己的生命与日本毁灭美学、独立精神相连接的证据。

三岛由纪夫的这份追求，对我们来说，可能没必要，可是这种勇气的表达不是普通人能有的，这份理想主义倒是可以给我们很深刻的领悟和启示。

诺贝尔文学奖的获得者莫言就写过一篇和三岛由纪夫有关的文章，他说："**三岛由纪夫是个具有七情六欲的人，但那最后的一刀却使他成了神。**"当我们想象一个因种种理由被祖母控制，从而迫使自己也变成控制狂的人；一个可能因为身高不够而自卑，从而追求壮烈的行动来自我肯定的人，不管背后有什么理由，他所有的选择，都是用生命来展现什么叫作勇气。这一点确实让人动容，在这个意义上，他至少是个人理想的神——他成为自己的神。

关于三岛由纪夫的文学、美学、价值观，以及这些跟日本文化之间的关系，还有很多值得我们去探索研究。

阅读小彩蛋

他在小说《禁色》里这样描述肉体的美:"你现在正处于向往感动的状态之中。你的纯洁无垢的心时时渴望感动,这是一种单纯的疾病。你就像一个长大了的少年为爱而爱一样,只不过是为感动而感动罢了。固定观念治好了,你的感动自然也就烟消云散了。你也很清楚,这世界除了肉感没有其他的感动。任何思想和观念,没有肉感就无法感动人。"

对于这种美学价值,我们欣赏就好,千万不要学三岛由纪夫这样自杀,也不要学川端康成那样自杀。我觉得还是我们中国人说得好:好死不如歹活。活下去吧,千万不要做这种选择。

篇章三

诙谐·意趣

毕竟当你什么事情都先往最坏处去想的时候,结局就会显得非常美好

萧伯纳：史诗级的幽默，你也能学会

在每次演讲之后，经常有年轻朋友跑过来找我签名拍照，大部分是男生，他们经常会问我："马老师，好羡慕你讲话幽默风趣，我很想学，怎么学呢？"我的回应通常是："我不太幽默，只是搞笑，而且很刻薄，经常门九遮拦、出口伤人，所以最好不要学，至少不要跟我学。"

假如你真的觉得我有那么一点点幽默，我告诉你，我的幽默是怎么样学来的呢？很简单，多看笑话书。我是从小就看的，还会把很多有趣的故事和对话记在心里，不需要特别背下来，看过之后就会印象深刻，等以后有机会了，就会突然蹦出来。我们刚开始练书法的时候，大多是临帖临碑，模仿王羲之、颜真卿等名家，临多了，就像融进了血液里，学幽默也是一样。

打开我家书房的抽屉，会找到一本本的笔记，我的笔记本里面有这样一个人物，我抄了很多关于他的故事，每次重看都觉得蛮有趣的。有人觉得他幽默，抑或是反应灵敏，甚至有人会认为他很刻薄。看得久了，我也变成像他一样的人，讲话有点刻薄，有时也有点风趣。这位老师就是我本节要讲的爱尔兰作家萧伯纳，也有人直接称他为英国作家。

他的生平很简单,更广为流传的是他的段子,这些段子也不仅仅是段子,据说都是他在现实生活里遇到的情况。别人挖苦他,他会很聪明地反过来挖苦对方,这些故事我接下来慢慢讲。如果你嫌不够,也可以上网查一下,我保证,对提高你的幽默指数一定是有帮助的。

"萧伯纳"这三个字翻译得蛮好的。他于 1856 年出生,活了 94 岁,直到 1950 年才去世。他父亲是当时法院的小官,下岗后做生意破产,压力很大,开始酗酒,酗酒后,对家人的态度不是很好。

幸好萧伯纳有个好母亲,非常用心地照顾他,培养他在艺术上的兴趣。萧伯纳自己也很努力,闭门看书,15 岁的时候就出来工作,做抄写员,工作以外的时间经常去图书馆自修,去美术馆欣赏艺术,称得上是自学成才。

因为音乐素养很好,他写了很多关于音乐包括歌剧的评论,逐渐有了名气,又有机会写歌剧和舞台剧剧本。他的主要创作还是舞台剧,一共创作了 51 出舞台剧本。当时的舞台剧本除了演出以外,也会作为图书被出版。他于 1925 年拿到诺贝尔文学奖,这在当时也有不少的争议。公道地说,没有一个拿诺贝尔文学奖的作家没有争议,差别在于争议的大小。萧伯纳拿到奖之后,还曾被誉为自莎士比亚以来最杰出的戏剧家。

他的剧本,除了《人与超人》,最出名的当数《卖花女》,写于 1912 年,这时候萧伯纳已经 50 多岁了。后来《卖花女》被拍成了电影,改了一个很好听的名字叫《窈窕淑女》,讲的是一个卖花女被一位教授看中,把她带有乡下口音的、不纯正的英文改造为最典雅的、伦敦口音的英文，这个过程中当然有爱恨情愁与挣扎。总而言之，这是一部很有趣也很温馨的戏剧。

1938年被改编为电影的《窈窕淑女》，是萧伯纳自己做编剧的，当然也有人帮忙。很多人都知道他在1925年拿了诺贝尔文学奖，却忽略了在13年之后，他还获得过奥斯卡最佳编剧奖。他觉得这就跟开玩笑一样，自己只是随便写写而已，于是没有去领奖，但收了奖金并捐了出去。

《卖花女》英文原名叫Pygmalion，指的是希腊神话里面的人物叫皮格马利翁，他爱上了自己雕刻出来的少女像。这部戏剧很具体地反映了萧伯纳与众不同的身份和思想。第一，他本身是戏剧家，以戏剧拿到了诺贝尔文学奖。第二，戏剧中除了温馨、搞笑的情节以外，核心是一种很社会性的思考，他讽刺当时英国中产阶级的虚伪与傲慢，这些人瞧不起边缘弱势的人，觉得他们有病所以要改造他们，而且在很大程度上相信，用一套系统的方法就可以把人改造成为另外一个模样。他们忘记了，改造的作用是有局限性的。这部戏里面的女主人公就认为，人最重要的是必须尊重他人的尊严，把尊严放在前面，改造才有意义，才算真的成功。

这种种元素加起来，基本反映了萧伯纳一生，他是文学家、戏剧家，也是社会评论家，参与了众多社会改革意见的提出。他加入了一个很重要的知识分子团体，叫费边社，主张改良主义。随着时间的变化，五六十岁的萧伯纳偏向社会主义和共产主义，他访问苏联，跟斯大林见面聊天，回来写了文章。当时很多知识分子都去访问过斯大林，可是只有萧伯纳最为捧场。他觉得苏联那一套很成功，认为斯大林是心地纯正的好人。

萧伯纳也来过中国香港,在香港大学演讲,鼓励年轻人不要被权威压倒,要敢于追求心中的真理。随后又到上海匆匆走了一趟,好像只有两天,鲁迅把他在上海活动的演讲发言编成了书,引起了一场论战。右翼的人骂萧伯纳是共产主义的同路人,骂得并不好听。像鲁迅这样的左翼知识分子,就觉得萧伯纳是有良心的人,勇于替老百姓发声,认为他是一个文化人,也是一个社会改革的参与者。

萧伯纳还有一个名号:幽默大师。说起幽默大师,我们在中国人中一般会想起林语堂先生,如果是外国人自然就会想起萧伯纳。他讲话总是充满了机锋,他太太也很幽默。

有时候我出去跟我太太一起应酬,会讲些故事笑话,我太太听过几百遍了,所以没有专心听,就在专心吃饭或者玩手机,我就会调侃她,对客人说:"我太太很专心地吃,大家不要介意;我太太很专心地玩手机,也不要介意,为什么呢?假如她不找点事做,她一定会用双手掐住我的喉咙把我掐死,因为她已经听了两千遍了。"我的客人就会开怀大笑。其实这是我从萧伯纳那里学来的。他经常讲笑话,他太太在旁边打毛衣,他的客人就问萧伯纳太太,你先生讲这么精彩的故事,你怎么舍得不听,怎么能专心打毛衣呢?萧伯纳太太就说,"这个故事我听了至少两千遍了,假如我手里不做点事,我一定会掐住他的喉咙把他掐死。"我也是活学活用。

萧伯纳成名很早,去参加一个慈善舞会时,跟一位女生跳舞。女生受宠若惊,就问他:"萧伯纳先生,我感到很荣幸,你竟然会跟我这么平凡的女孩子跳舞。"萧伯纳回应道:"这不奇怪,今天晚上不是慈善舞会吗,要像做善事一样。"这也是他的小幽默。

萧伯纳与丘吉尔的对话也很有趣。他有新戏上演,就派人带了两张戏票送给丘吉尔，附了一张便条："丘吉尔先生，欢迎带你的朋友来看戏，如果你有朋友的话。"大家都知道丘吉尔这个人嘴巴很厉害，但人缘不好，人们敬佩他的同时也很恐惧他。丘吉尔不甘示弱，请人回了一封信："我明天的确会带我的朋友去看你的戏，如果你的戏能演到明天的话。"两个聪明人的幽默碰撞在一起，加倍精彩。

还有一段故事是这样描述的：有一回，萧伯纳走在路上，被一个骑脚踏车的人撞倒，摔痛了一下，但是没大碍。撞倒他的人扶起他并且道歉，萧伯纳皱起眉头，做出一个很可惜的表情，说道："其实应该是我跟你道歉，你的运气不太好，先生，假如你把我撞死的话，就可以名扬四海了。"

萧伯纳真的蛮刻薄的，做什么事都能讲出刻薄的理由。比如他吃素，有一次有人请他参加一个素食大会，可他那天跟太太闹别扭，就拒绝参加。按理说，不去就不去，可以礼貌地称病不去。可他不是，他说他觉得两千个人在一起吃芹菜的场面很恶心。对方被他逗得哭笑不得。这就是文学家的厉害，他不会说自己不去就得了，而总要用一句简单的话描述一个场景，让人听完之后，脑海里就有一个画面。这也是文学语言的厉害之处。

还有一次，有朋友去萧伯纳家看他，发现他家里没有布置花，就很吃惊，觉得一个文学家、艺术家，家里该放着花才有气质。朋友就问萧伯纳："奇怪，我以为你会非常喜欢花。"那个语气有点调侃萧伯纳。萧伯纳何许人也，怎么会让别人调侃？他马上回了一句："没错，我是非常喜欢花，可是老兄，我也很喜欢小孩，但我不会把小孩的头一个一个砍下来放在罐子里面，摆在家里。"对方就没话可说了。他总是能把人家的话头接住，随之反击，变成一颗小小的子弹打回去。

当然，他有时候刻薄，有时候温馨。萧伯纳90岁那一年做了一件事情，他花了几个月时间把自己的个人物品处理好，该还的债还了，该回的信回了，一切安排妥当。他觉得这样可以让以后替他执行遗嘱的人比较方便。

他还对旁边的人说：我这样做好像准备出门旅行度假一样，很潇洒。之后的几年，他的身体一直很硬朗。90岁出门玩，91岁还好好的，94岁才生病。临终的时候有人问他很多文学问题，或者问他的生平，请他回忆以前的事情，他就很生气："你不要吵我好不好，难道你不知道我正忙着要死吗？"我觉得，在死亡面前还能发挥这种幽默本色是不错的，值得一赞。

萧伯纳也有被别人还击的时候。有一回，他和太太去美国，在先到访的几个城市，面对记者访问，他的回应都很刻薄，带着一点傲慢。这种不好的名声传了出去，他再到了另外一个城市，城市的报纸只报道了他太太，标题叫作"萧伯纳夫人访美"，很具体地谈了萧伯纳夫人参加的宴会、活动、衣着、讲话和其他具体的事情，在这篇很长的报道最后才写了一句：萧伯纳夫人是由她的丈夫萧伯纳先生陪同来美国访问的，这位萧伯纳据说是一位作家。

我觉得萧伯纳是不会生气的，就像人们常说的话："出来混早晚要还。"你对别人很刻薄，别人反过来这样对你也是天经地义的，你没有权利生气，而且有幽默感的人本身应该也懂得幽默，看到这样的报道，可能只是会笑一下。

总结来说，如果你希望多一点幽默感，别着急，先看幽默的人是如何表达幽默的，把他们的故事背下来、记下来、抄下来，以后再用出来。这样你就可以一步一步,借用别人的幽默来发挥、创造自己的幽默。假如你真要这样做的话,多找一些萧伯纳的幽默故事,是个不错的起点。

阅读小彩蛋

幽默以外，萧伯纳还是个非常机智的人。

他说："假如你有个苹果，我也有一个苹果，我们交换，那我们每人拿的还只是一个苹果。可是假如你有一种思想，我又有另外一种思想，我们一起交流，每个人就都有两种以上的思想了。"

我非常赞同这个观点。

他还说："对待别人最坏不是憎恨他们，而是对他们视若无睹。"

在我年轻的时候，还被萧伯纳的这句话影响至深。萧伯纳说："我所做的事十个中有九个是失败的，可是我不甘于失败，要十倍努力地工作，我的所谓成功，是经过多次的错误才获得的，而我获得、领悟这些错误，好多次都是别人提醒我的，别人没有对我冷漠，别人没有对我视若无睹，他们愿意付出时间来提醒我，让我有机会从错误之中学习。"

阅读小彩蛋

我觉得这是很好的提醒,我不知道你有什么错,我只是提醒你,如果你要学习幽默,就从萧伯纳开始吧。

弗洛姆：爱的强大力量

弗洛姆比弗洛伊德年轻，他于 1900 年出生，1980 年去世。弗洛姆可以说是以"弗"为体，以"马"为用。弗就是弗洛伊德，他以弗洛伊德的精神分析学说为体，"以马"是指以马克思主义为用。弗洛姆对于人的理解是以弗洛伊德那一套理论为基础的，也就是从潜意识、人的性格发展、心理结构等角度来分析，这是弗洛伊德精神分析的路子。可是，弗洛姆又花了很大的力气将心理学与马克思主义中的唯物主义结合起来，从社会的角度，特别是经济、社会的生产方式以及生产形态等角度来看人格的结构，而不仅仅是弗洛伊德所说的口腔期、肛门期等等。

当然，弗洛姆不是唯一用这个方法的人，可是他很努力，为此写了很多书。他是个演讲大师，演讲也非常动人。弗洛姆讲话总是慢慢地，很沉着，明明只有两成的说服力，他可以讲出九成，非常动听，让你信以为真。我也不是说他的话是假的，只是说弗洛姆很懂得把想法用很准确的语言、很动人的声音表达出来。

弗洛姆出生于世纪之交，那时候各种新的思潮都涌现出来，包括精神分析学派和当时如火如荼的共产主义革命思潮。很多人都从哲学、社会学、心理学的角度，希望把弗洛伊德跟马克思联系起来。弗洛姆在德国法兰克福出生，20多岁已经在海德堡大学拿到博士学位。他本科是读法学跟社会学的，读社会学时的老师是大名鼎鼎的马克斯·韦伯的弟弟，也是很重要的社会学家韦伯。弗洛姆之后转去学心理学，包括精神分析学，后来还做了几年临床，分析人的存在所面对的各种问题。

到了20世纪30年代，德国纳粹党很猖狂，掌握政权后开始一步一步迫害犹太人。弗洛姆觉得此地不能久留，就离开了德国。当时很多人，特别是犹太裔的知识分子，都从德国跑去其他地方，有些到英国，有些到美国。弗洛姆刚开始去了瑞士，1934年辗转至美国，在哥伦比亚大学教书。在以后几十年中，他在不同的国家任教，主要在美国，也去了墨西哥和瑞士。最后，1980年，80岁的弗洛姆在瑞士家中去世。

当时，从德国流亡到英国和美国的一群知识分子，都联结起来探讨为什么会出现这样不堪的局面。纳粹、法西斯主义不是只要有一两个像希特勒这样的领导人物，说组织就能组织起来的，为什么有百万千万的人跟着一起做这么疯狂的事情呢？几千万人喊着同一个口号，想着同一个目标，无论这其中有多少人参与，其实都等于是一个人、一种学说、一种行动。这群流亡的知识分子觉得不可理解。不少人试图把弗洛伊德和马克思的学问联结起来，结合这两种角度去理解并回应这一时代现象。

当时，有一群人组成了法兰克福学派。他们中很多人都是从德国法兰克福走出来的，包括弗洛姆、阿多诺、马尔库塞，还有很重要的知识分子本雅明。他们提出了各种社会批判的理论，因此法兰克福学派的学问也被叫作批判理论。他们想探讨一个问题：人的存在怎么会落到如此疯狂、如此集体主义的地步，好像还能非常快乐。对于这个问题的解答，弗洛姆回到心理学训练的本原：人的存在。人到底在想什么？人到底需求什么？弗洛姆认为，人是孤独的存在，可是又不甘于孤独。孤独带来的焦虑，从我们出生之后开始有感觉、有思考的时候，已经在纠缠叩问着我们：到底应该怎么摆脱这种孤独疏离的焦虑感？所以，人要找寻坐标，找寻跟外部的联结。弗洛姆说，人成长的过程很漫长，需要十多年。这个时期，对人影响最大的是家庭。弗洛姆在不同的著作里面谈了很多关于家庭教育的问题，涉及父母亲怎么样教育小孩、如何跟小孩相处互动等等。他说，90%的家庭基本上是非生产性的。这里的"生产"不是工作赚钱的生产，所谓非生产性是，这种家庭对于解决人的存在的问题不仅没有帮助，而且会造成种种困惑。

非生产性的家庭有不同的形态，比如吞咬型，会把小孩正在萌芽的人格与自我认同吞到所谓的家庭文化里面，这样的小孩服从于父母的人格，不是独立的个体。也有一种家庭形态是退出的、怯退的，让小孩有被遗弃的感觉，从而更加焦虑，需要更积极地找寻外部的联结。弗洛姆从马克思主义的理论角度解释：家庭是被整个社会的生产形态、经济地位和经济阶层影响的。那时候，一种没有节制的方式运作着资本主义，家庭受到剥削型的资本主义影响，在这种资本主义生产形态下，每个成员都培养出很疏离、孤立、单一的人格。孤立不是独立。独立包含了自我认同与独立思考的能力，是好的。孤立是个体无所联结的窗台。人就是整个生产机器里的一颗小螺丝，用马克思主义的说法，自我的存在产生异化，最后就变成市场上面一模一样的商品。

剥削型的生产形态造就了这种家庭，这种家庭造就了每一个焦虑的、必须找寻联结的个体。怎么样找寻联结呢？基本上就是通过集体主义。我说的集体不是一个大公司，不是"马上找一个大公司工作"这么简单，而是你觉得无所逃于天地间，注定要在这种生产形态下面生存。没有其他方法，只有配合它、附和它、服从它，成为这个集体中的一部分。这是一个很宏大的、没有人说得准、没有人抓得出来的资本主义的体系。你看不到这个集体里面的某一员，因为你本身就是其中的一分子。最后每一个人都是一模一样的，而也只有这时候，你才有安全感，才能够排除心中的不确定感。

法兰克福学派倡导"让自己躲在光亮的地方"。我们通常说躲起来，都是躲在黑暗处。那这个光亮是什么？是一套似乎很荣耀的集体主义的存在氛围。你成为其中的一分子，结果没人可以看到你，可是你感到很安全，正因为没人能看到你。你就这样活着，顺着这个时代的状态生存下去。但重要的是，你损失了自由。你以为自己有自由，其实不然。你所想的都是别人灌进你的脑袋让你想的；你发展出来的种种关系，不管是父母子女、兄弟姐妹、同事的关系，还是情人、爱人、夫妻的关系，都是按照一套模型进行的。法兰克福学派的另外一位成员马尔库塞，写了一本很重要的书《单向度的人》，讲的就是这种单维度的思考和单维度的生存状态。

弗洛姆写了好多书，来引导读者去思考批判问题，重新找寻生命的力量。其中有几本这几十年来一直畅销，只看书名就很有治愈性。比如《爱的艺术》，是他最普及的一本《自我的追寻》《拥有还是存在》。还有一本批判集体主义的，叫《逃避自由》，为什么我们会逃避自由？为什么我们愿意把自由交给一个大机器，让它来告诉我们要怎么做、怎么想呢？这些书到今天还在销售，你去任何一个书店都可以找到。

弗洛姆对于人的焦虑、人对权威的服从、人的心灵欠缺等问题的思考，受他早年经历的两件事情的影响。一件是在他年轻时，有一位从事艺术工作的朋友自杀了，对他情绪打击很大。另一件是他十来岁时，目睹了第一次世界大战。到了 30 岁，看着纳粹，他认为那种疯狂的状态是不可解的。一方面，人居然找不到坐标，搞艺术的要去自杀，人的疏离感、孤独感、焦虑感竟然如此强烈，强烈到要放弃生命。另一方面，就是集体主义的疯狂，个人跟集体之间的关系是什么？这两点让弗洛姆不断思考，也带领他的读者思考。

弗洛姆在他的著作里面谈了人很多不同的性格特征。首先他认为，人是有基本的心理需求的，包括我们要跟别人联结起来，还要和自己和解，把自己的各种想法、情绪、感觉和欲望统合成让自己可以理解并且心安的答案。同时，人还要有安全感，"确定"对人来说是很重要的需求。但在资本主义经济形态之下的集体中，各种需求都被扭曲了，扭曲成"依赖"别人，也希望别人"依赖"自己，甚至觉得被别人剥削是一种荣耀。

弗洛姆还提到了市场的性格，他认为我们受商品生产和交易的逻辑影响，都变成了市场型人格，认为所有的东西都是有价格的，可以交换。人还追求统一，因为一定要掌握物品的尺寸、标准、质量，才能定价并交换。我们从这个角度来看待自己和他人，也如此看待彼此的关系。这种种的性格，都让我们忘记了，或者说没有能力再去追求真正重要的性格：创造型的性格。人是有能力创造的。这也回到马克思主义的基本假设。马克思虽然谈的是经济理论和经济社会生产形态，可是有一个很基本的假设，即"人力学"的假设：人是向上提升的，跟生产力一样。人们追求美好、追求解放，只要环境许可，人就会创造。打破了种种剥削和压迫，人是愿意、喜欢而且必须追求创造的。

弗洛姆试图找出一条路，就是他那本最重要、最普及的书：《爱的艺术》。弗洛姆不断提醒我们，爱就像艺术一样，它不仅是美，还是一种能力，而这种能力是需要经过学习得来的。人们要学习知识，付诸实践，在这个过程里面要有耐心，还要承受各种代价等等。所以当弗洛姆谈爱的时候，他认为爱是艺术，并非仅仅是像睁开眼睛欣赏一件艺术品那么简单，还要付出理解、知识、耐心、代价。关怀、责任、尊重和知识是弗洛姆谈到爱里面最基本的要素。

在实践的过程中，他把爱归结为两个很重要的元素，一个是有信仰。对于自己的能力有信心，对于别人愿意付出的能力有信心——这里还包含了宗教精神。弗洛姆在书里面也引用过很多《圣经》故事和寓言来支撑他对于爱的评论和分析，所以他用了这种概念——信仰。另外一个很重要的元素是付出。付出越多，得到越多。

弗洛姆还得到，当我们爱别人的时候，就等于是爱自己，因为我们滋养了爱的能力。爱就是一种无比强大的力量，能够让我们在世界上不怕孤立，也不会感到孤立，能够强而有力地把自己跟别人联结起来。

弗洛姆的很多观点听起来似乎跟儒家和佛教的想法相吻合。他自己也写了很多文章来谈禅宗，在书里引用了世界各地对于爱的说法和论述。弗洛姆谈爱的时候，谈的是一种付出的能力。你以为自己是为别人付出吗？不是的，你是为自己付出，那个所谓的"别人"就是你自我的镜像的反映。当你以为自己在爱别人，其实是在爱自己；当你付出给别人，收获的也是自己。能不能做到是一回事，可是在像弗洛姆一样思考的过程中，我们已经感觉到一种强大的力量。

当然，弗洛姆是一位思想家，他的本意不是写心灵鸡汤，可是我们从最严肃的作品里找到滋养心灵的鸡汤，这不是很好吗？我相信作者知道后，也会高兴的，因为只要我们能从弗洛姆的书里面懂得爱，对他来说就是他的付出，更是他的收获，他会与我们一样满心欢喜。好了，大家去看看"以弗为体，以马为用"的弗洛姆吧。

阅读小彩蛋

分享《爱的艺术》中,我很喜欢的几个金句:
"孤独是强烈焦虑的来源。"
"爱主要是给予,而不是接受。"
"给予比接受更令人快乐。"
"没有爱,人类便不能存在。"
我从读心理学的时候就很喜欢弗洛姆,虽然做不到他倡导的爱的方式,可是一直放在心中,希望我这辈子能够多多少少做得到弗洛姆所说的"爱的能力",我们共勉吧。

夏目漱石：头脑比日本大

好多朋友跟我一样都养猫。猫咪很可爱，作为养猫的人，我猜好多人也跟我一样，经常会好奇猫到底在想什么。我们本来是主人，可现在都说其实人是奴隶，猫才是主人。不管谁是主，谁是奴，假如从猫的角度出发，它看得见我们在做事情，听得懂我们讲话，它到底会怎么想呢？会有什么感觉呢？会不会瞧不起我们呢？是冷笑还是敬佩？我经常觉得，我是我的猫的男神，这样想就比较好，不然老是想着我是它的奴隶，心里就不太舒服。

从猫的角度来看这个世界是一个很有趣的角度，也是文学或艺术创作中可以采取的角度。到这里，你可能已经猜到我要谈的是哪位大师和哪本书了。没错，就是日本国民大作家夏目漱石和他的名著《我是猫》。这本小说从猫的角度来看这个世界，描写猫眼中的人，谈到了不同社会和阶层的人，特别是知识分子，可笑之中又有温情。怪不得它一再被改编为电视剧，题材非常好。

《我是猫》是夏目漱石的著名小说，也是他的处女作。夏目漱石38岁时才写小说，在报纸杂志上面连载，一写就红了，销路非常好，报纸杂志全部卖光了。他本来是在东京大学当讲师的，觉得写小说大有可为，干脆就不干了，直接当上了专职作家。1905年，《我是猫》即将出版成书的时候，夏目漱石已经开始卖小说《我是猫》的周边商品，比如印有猫形象的玩偶，而不仅仅赚稿费。这是发生在100多年以前的事情，可见他真的很厉害。在之后的几年里，他写作非常勤劳。可能因为太过劳累，夏目漱石49岁就去世了。他被誉为日本"国民大作家"，大到什么程度呢？他的头像在1984年到2004年被印在日元1000元的纸钞上。

他本名夏目金之助，出生在新宿的小康之家，新宿在今天的东京都新宿区。他在读书时就对语言特别感兴趣，小时候学的是汉学。今天在很多地方，只懂自己国家的语言是不够的，还要懂英文甚至再学会德语或法文才好。在当时的日本，就是要懂汉学，而且还要能用汉学来创作或者交流，你才是走在时代前面的人，所以他从小就立下大志，要学好汉学。他写了很多不错的汉诗。很多日本文学家写的汉诗，因为受日本本土文学和语法的影响，看起来怪怪的，很像打油诗，可是夏目漱石写得不错。

夏目金之助后来为什么改名为夏目漱石呢？相信很多人有过耳闻，"漱石"这两个字本来是他朋友的笔名，夏目漱石觉得不错就拿来用了，他很喜欢这个名字的典故，出自《晋书》：漱石枕流。这其实是语误，典故是说两个人在聊天，一个人跟另一个人说自己要隐居了，要枕石漱流：枕着石头睡觉，用流水来漱口，过淳朴简单的生活。可是不小心，他就讲倒过来了：漱石枕流。怎么能够枕水流，用石头来漱口呢？这很好笑，朋友笑他讲错，可是他就不服气，坚持自己没有讲错，而是故意的。为什么呢？漱石即用石头漱口，表示要磨炼自己的牙齿，让自己更加有意志力，一咬牙就能面对世界的变动。枕流，表示为了使耳朵能够遵从自己的意愿，不去听反复讲过的道理，有自己的坚持。从而有了"漱石枕流"之说。

夏目金之助看到他的朋友用漱石做笔名，也看到这个典故，觉得很有趣。他也很欣赏不服输的精神，所以，夏目金之助就用了"漱石"来做自己的笔名。从此笔名变成真名，大家就只记得他叫"夏目漱石"了。

长大后，他进入东京帝国大学英文系读书，语言能力不错，之后开始学写诗、做文章等等。到中学当老师时，有学生问他，怎么把"I love you"翻译为日文，如何才能用日语准确地表达这种感觉。夏目漱石看他一眼，有点不屑地说：日本的文化这么含蓄，我们怎么翻译都很难讲出"I love you"这样肉麻的话，这对日本人来说太直接了，不够美。在日本文化中，看樱花时最让人欣赏的是花落时凋残的美。直接说"我爱你"其实是在破坏爱情。那如何表达"I love you"呢？夏目漱石教他的学生：当你跟心上人走在一起的时候，不需要直接跟她讲"I love you"，只要抬头看看天，浅浅地笑一下，然后用含情脉脉的眼睛看着对方说："今天晚上月色真美啊！"对方就能接收到你的爱意。假如对方没有接收到你的爱意就算了，这样的人不够浪漫，不交往也罢。这是一个关于夏目漱石的广为流传的故事，没人考据真假，我们愿意相信是真的，因为这个故事本身很浪漫。

后来夏目漱石到大学当讲师，教英文。除了在大学学习英文，他 33 岁时奉命去英国伦敦大学当了两年多留学生。但他并不快乐，性格有点神经质，总觉得自己被人家欺骗，经常跟人吵架，不好相处。通过很多照片，我们能够看到，他眉头紧皱，眼里有火，不是个宽容的作家,可能他跟自己都相处不好。因此在当时的留学生圈子里,还流传他患上精神病了,当然,我觉得他可能只是暴躁。

在英国两年多后,他回到日本,又当了讲师,教英文为主,同时也教文学。他从那时候开始写作,创作了《我是猫》,也有人把它翻译为《吾辈是猫》,因为一开始,"我"没有名字,连自己生在哪里都不清楚,只记得是在一个阴暗而潮湿的地方喵喵叫。作者借用这只猫的眼光来看人,特别是看知识分子如何地委屈,他们清高、愤世嫉俗,瞧不起那些被大家认为了不起的暴发户土豪,认为他们是很庸俗的。尤其男主人公——中学英语老师苦沙弥,虽然瞧不起土豪,可是还要经常去找他们,一来是附庸风雅,认为还是应该跟懂自己的人在一起;二来是因为这位老师本身的矛盾性:一方面很委屈,经常看到那些无知的土豪讲错话,又不敢反驳;可是一方面他又有趣,会讲很多见闻和故事,那些土豪也喜欢听,听完之后再转述给别人,就像自己懂了一样。这只猫看着这些事情发生,在心里暗笑,瞧不起的同时也同情那些人,因为它知道,人是会变的。文学也要这样才有温情、好看。书中有一句话是这样说的:**世人褒贬,因时因此而不同,像我的眼球一样变化多端。**这句话是什么意思呢?世界上没有永远恒常的意识,没有永远的敌人也没有永远的朋友,这些都会随着人的需要而改变。像那只猫看到主人一样,有时候恨不得拿刀杀了他,等过两天忘记了,需要对方的时候,又恨不得抱住他,对他鞠躬叩头。

《我是猫》中都是短篇故事,可是把这些故事贯穿起来,重点讲的都是一个字:变。书中提到,平时你觉得自己做不到的事情,在真正非常需要的时刻,总是能够做到。在事情完成的时候,你可能觉得是老天帮忙，其实不是，只是因为你很需要，所以你让自己做得到。人的变化是永远无法想象的。《我是猫》一章一章地连载，最后一章写到 1906 年 7 月，那只猫掉进水缸被淹死了。好多人对夏目漱石家里的猫好奇，以为是他的猫死了，他才安排这样的结局。事实却并非如此，当时他的猫还好好地活着。

现实里面夏目漱石的猫，是一只黑色的条纹猫，这只猫是在 1904 年，也就是他动笔写小说以前，闯进他家的。本来夏目漱石的夫人很讨厌猫，每次猫一进来她就把猫抓走，进来又抓走，最后夏目漱石看到了，说算了吧，既然它一而再再而三地来，就让它住下来吧。结果它就成为这只著名的猫。现在在夏目漱石的文学纪念馆附近，还有个猫冢。无论大家爱猫及人还是爱人及猫，每当人们看到夏目漱石，也会同我一样，脑海里不免想起猫这个形象。

夏目漱石的夫人也是很有意思的。夏目漱石去世之后，以夏目太太的身份，写过回忆录《我的先生夏目漱石》，这本书里写了种种的小故事，前两年还拍成电视剧。她文静的气质，越发显得夏目漱石总爱发脾气。

据夏目太太回忆，他们通过相亲结婚，夏目漱石并不是很喜欢她，他觉得这个女人牙齿不整齐也不干净，长得呆呆的。后来他告诉太太，她的眼睛里看出她的温柔和安静。我觉得夏目漱石可能也知道自己脾气不好，所以一定要找个脾气超好的女人，只有这样的人才受得了他。夏目太太说，他们一路走来，有很多吵吵闹闹，可是夏目漱石离不开她，其中一个理由就是只有她懂夏目漱石。夏目漱石生病后情绪不好，经常不讲话，就把下巴扬起来，高低左右，用下巴来打讯号，表达他要还是不要、喜欢还是不喜欢。这样的"下巴语"，只有夏目太太能听懂，所以太太就靠"下巴语"成为夏目漱石跟外界沟通的桥梁。这很有意思，有关夏目漱石的电视剧也可以找来看一看。

夏目漱石在出版了《我是猫》之后彻底红了，通过卖周边，他的收入也稳定了，就此开始专职写作，后来有了《少爷》《虞美人草》。很有意思的是，《少爷》就讲到一个学校中，老师和校长等不同的人的丑陋面。很多日本作家的小说真的很像电视剧，不是为了电视剧而写，可是一看就觉得适合改编成电视剧，人物的设定、种种关系和剧情都很有趣。甚至像校长喜欢穿不同彩色的衣服，教务主任看起来很凶，其实在家里对小孩和老婆非常温柔听话等等，都可被拍成35集的电视剧。

他没有完成的遗作叫《明暗》。"明暗"这个词从字面上来看，就是写人性的明和暗，夏目漱石的《明暗》主要是写人性当中暗的部分。故事讲的是一对夫妻本来很恩爱，可是后来貌合神离。很多因素的出现导致了这个家庭的离散，比如妹妹有时候跟哥哥赌气，会突然讲一句：哥哥你对嫂子不好，在外面有女人。类似的话语有意无意间让嫂子听到，把种种的阴暗和人性变化的不可掌控写了出来。人性总是在变化，可是还没机会写到人性的"明"，夏目漱石就去世了。

知乎上有一位答主叫科言君，他很有水平、曾经也谈到了夏目漱石。科言君强调说，假如你想真的体会并欣赏到夏目漱石的作品，最好是顺着他创作的年份来读，这样就看到了他的成长，也看到他在不同的作品中如何处理不同题材。他是明治到大正时代的作家，从其作品中，我们能够看到时代大潮中旧时代的极速转变，也能看到很具体的生活事件带来的变化，还能看到他对爱情关系、女性关系以及知识分子的关注，他进行艺术处理的题材很广泛。顺着创作年份来读作家的作品，才能看到他的成长，读到他在处理各个层面话题时的跨越性，才能明白为什么他会成为国民大作家了。科言君也提醒大家去看夏目漱石的演讲和散文，在其中你能看到夏目漱石的汉学底子，还有他对于文化思想的研究。

晚年时，他鼓吹"则天去私"，有一点"存天理去人欲"的意思。夏目漱石曾经拒绝政府颁给他的荣誉博士，他认为自己不需要这些条条框框，要了反而更糟糕。他有他的主张，他不只是写好玩的故事，写来拍电视剧的。

虽然他喜怒无常，可是很有能力，对晚辈很好，也很乐于提拔晚辈，经常把一些年轻作家的作品推荐给重要的报刊。平常他早上写小说，下午写书法和汉诗。可是每个礼拜四下午，就中门大开，让年轻文人们去他家，聊天谈文喝酒。因此他门生很多，其中就有芥川龙之介。夏目漱石在文坛的地位当然不可动摇，"造神"过程中肯定也少不了他的徒弟们所给予的高度肯定和赞赏。这无可厚非，我们中国的胡适先生常爱引用"**交友以自大其身，造士以求此身之不朽**"，也是这个道理。交朋友能够壮大你的生命和身体。"造士"的关键是学生，学生会把你的思想和作品广泛传承下去，从而也肯定了你的贡献。这样你就不是一个孤独的人，就能够把自己的生命开脱出来、延续下来。交对朋友、教对学生，这是非常重要的，我们从夏目漱石身上就可以看出来。

今天在新宿还有漱石山房纪念馆，那是夏目漱石晚年（其实也就是 40 到 49 岁）的居住地，他生命的最后九年在那里度过。现在这个住处变成了纪念馆，二楼展览他的日用品。在纪念馆里我们可以看到，他在家喜欢穿一些很花哨的衣服，红色的、黄色的，还有镶了金线的，甚至有贴着他的座右铭的。

  这就是夏目漱石的故事，最好还是看他的书，《我是猫》《少爷》《虞美人草》，也可以直接看他的遗作《明暗》，这本书对于人性的描写是非常深刻的。如果去日本，看看漱石山房纪念馆吧。

阅读小彩蛋

在漱石山房纪念馆里面，可以看到当年夏目漱石在墙壁上面贴的话，很有意思："东京比熊本大，日本又比东京大，头脑要比日本大。"意思是不要坐井观天，要知道天外有天。你以为熊本很大吗？东京更大。你以为东京大吗？整个日本更大。你以为日本大吗？一切都在你的头脑里，你的头脑其实比日本都大。

为什么说头脑比日本大呢？因为人的想象力和思考力，包含了整个宇宙。全世界的一切都在人的心里面，所以夏目漱石也有一本作品叫《心》。心，就是一切。不要那么无知，请尽量发挥你的头脑，你的头脑就是一切，当你能够掌握你的头脑时，其实已拥有了全宇宙。

马克·吐温：用幽默抵抗生命苦楚

我在课堂教学的时候，经常会讲一些金句和笑话，有时候不记得出处是哪里，我总有一个补救的窍门："这个好像是马克·吐温说的。"我的学生往往听得十分高兴。用现在的话来说，马克·吐温就是段子王，他写了很多有意思的句子，心灵鸡汤和幽默搞笑段子都有，我们听后或是反省或是开心大笑，好像只要把那些金句放在他的嘴巴上，大家就不会怀疑。

本节要讲的人物就是经常被我借用的马克·吐温，我的本家。马克·吐温本来不姓吐温，也不叫马克，这只是他上百个笔名里的一个，也是最出名的那个，大家甚至忘记他的本名而直接叫他吐温先生。他大概 28 岁的时候才开始用这个笔名，也用这个笔名写了他最著名的几部小说，《顽童历险记》，也被翻译为《汤姆·索亚历险记》，还有《王子与乞丐》等。同时，他也用很多不同的笔名写评论和散文，甚至写笑话。为了收集全他的作品，有人从美国的旧报纸里面找。就像我们今天会从报纸里找寻民国文人用的不同的笔名，看看哪一个是鲁迅写的，哪一个是张爱玲——张爱玲其实还算比较少用笔名的，老舍、茅盾、巴金、沈从文，都有不同的笔名。

马克·吐温就用这个笔名出版和发表自己比较看重的作品,后来只要看到蛮幽默的文笔,我们都难免会怀疑是马克·吐温写的。当一个人出名之后就是这样的,光环也好,丑闻也好,都往这个人头上套。

马克·吐温,原名叫萨缪尔·兰亨·克莱门,于1835年在美国西部出生,活到了75岁,于1910年去世。年幼时,全家往南部移居,他于是成长在密西西比河流域。我们看到他笔下的一些历险记,写到那些孩子流浪成长,到处闯荡,其中所描述的很多都是密西西比河一带的风土人情,语言上也是,不管是口音还是词汇都有密西西比河一带的特色。他不是一个好学生,非常顽皮,整天捣蛋,说谎、打架、翘课,在学校外面的山头河边到处走。

在马克·吐温11岁时,父亲就去世了,环境也不太容许他继续读书,他干脆辍学去工作了,在印刷厂当学徒,也算是进入了文化界。让他真正认真对待写作的,是一个小插曲:有一天他走在去上课的路上,一阵大风吹起,稀里哗啦地什么东西都吹起来了,恰好有一张报纸吹到他脸上,他把报纸拿下来一看,原来是一篇文章,谈的是圣女贞德的故事。他就读了起来,原来有这样一个女人,带领法国军队和老百姓一起抵抗英国军队的入侵,最后被活活烧死,献出了生命。他觉得这个故事非常动人,很佩服圣女贞德的勇气,更羡慕的是有人能够用文字把一个人的故事写得那么精彩。当时还是小男生的马克·吐温,最崇拜的偶像是罗宾汉,可是那一刻,他突然觉得圣女贞德更为动人,所以他就开始想:我没怎么上学,也没读书,但我能不能用那不够深厚的英文底子写出动人的故事感动全世界呢?从这之后,他就开始找寻机会。

后来，他十六七岁时在他哥哥办的地区小报纸上面发表了第一篇作品，是个搞笑的小故事，那时的笔名我们已经无从知晓。在此之后，他也做了不同的工作，当过水手，会开船，也开过矿厂，甚至自己办报纸。不管做什么工作，他都没有放下手边的笔，看到南北战争、黑奴、选举还有教育制度等问题，他都把感想写成长短不一的小文章。大概是老天赏饭吃，他读书不多，却能写出很好的故事。反而是有些读书多的人，读的书越多，文字越是怪怪的、不通顺，写不出动人的文章，讲不出人话，说不出好故事。

刚才我们谈到他当船员。做完印刷厂学徒之后，他一有机会就经常泡酒吧，在酒吧跟人家聊天。听说当船员原来这么好，可以开眼界，还可以到处流浪，他就去当船员，还花了一两年时间考牌照开船，四处流浪。这听起来就非常浪漫，我们可以想象，年轻的马克·吐温在船上，看着海，看着天空，看着云。他做了很多笔记，想了很多天马行空的故事，本来心底就有些讲故事的冲动，有空了就写下来，到了不同的地方就在不同的报纸上发表。

为什么马克·吐温的笔名跟当船员有关系呢？因为马克·吐温的英文叫 Mark Twain，Twain 就是二的意思，好事成双，Mark 就是画下来做个记号。他自己这样说，因为船要去一个地方，总有一个人负责测量水深，测量到后就喊：Mark Twice，Mark Three，两英寻三英寻，两英寻大概 12 英尺，以此来记录水深，这等同于船员们的行话，所以他用马克·吐温来做笔名。还有一种说法，马克·吐温坐船上岸后一定做一件事，就是到酒馆喝酒，可是身上又没钱，怎么办呢？挂号记账。如果是上岸第一天就不一定是没钱，可能只是为了方便；在同一个地方可能停五天，那就先记账，从第一天记到第五天，开船以前再到酒吧来买单。每次去喝两杯小酒，他就喊了 Mark Twice，就像用他在船上的专业术语说："你替我记着两杯"，就这样挂账。

从事研究的人从另一个角度来分析，为什么是 twice 呢？从马克·吐温的评论文章和小说中不难发现，他经常提到一个意象：双胞胎；(twins)。小说里总有一些对立面，一明一暗，一正一邪；一个积极乐观，一个就阴暗悲观；一个幽默，一个就木讷呆板。这种阴阳对照的意象经常出现在他的文章里，也是马克·吐温的价值观，他认为世界上的事情没有那么单纯，人比我们想象的复杂，人类的存在本来就不是一个单纯的实体。

马克·吐温小说里对人、神的存在，以及人的意义的看法，很多都通过幽默的故事来呈现。他笔下的顽童经常跑来跑去，大人就教训顽童，说上帝会惩罚你的。顽童就经常会反驳说，上帝在哪里？你拿给我看！可能上帝自己比我更顽皮。他对人跟神之间的关系持这样调侃的态度。

后来，马克·吐温不当船员后，还当过一阵记者，四处采访，来自民间，深入民间。转折点是他娶了富二代，本来岳父兰登认为他是穷人，门不当户不对，所以瞧不起他。但是他口才真的好，而且很幽默，岳父跟他聊了几次天，就很喜欢他，到处说这个人不错。再后来，就把女儿许配给他了，并且赠予 5 万美元的巨额嫁妆，在好的地段给他买栋大楼，还帮他做生意，建立了自己的新闻通讯社。可是文人就是文人，马克·吐温一辈子做过很多生意，但无论，投资什么都亏。开过一家又一家的通讯社和出版社，结果都以倒闭收场，还欠了一屁股债。他虽然赚很多很多的版税，但是不擅理财。

幸好有懂投资的好朋友，替他重组债务并且很快找到律师，把各种版权转移到马克·吐温太太的名下，以免债主上门抢走他的所有财产。之后他花了很长时间，好不容易才还清了债务。

除了在财务上不顺利以外，家人的健康也频出问题。马克·吐温的父亲和几个兄弟姐妹都在很年轻时就去世，简单来说是基因遗传，马克·吐温自己能够活到70多岁已经很不错了。他身边的人身体状态也不好，他的儿子和女儿患有癫痫、脑麻痹，陆续去世了，太太去世时虽没有太年轻，但也比他早，所以他一辈子非常挫败。幸好他本身是个很有幽默感的人，每次都能够用他的幽默和笑声来面对挫折。生命的灾难是躲避不开的，生命无非是苦，苦来了，就沉着地把它安顿好吧。这就是我们能做的所有事情了。

马克·吐温留下了很多幽默的故事。他在宴会中碰到一位贵妇，称赞她："夫人你太美丽了。"可是贵妇说："很遗憾，我没有办法用同样的话来回答你。"马克·吐温马上回她说："那没有关系，你可以跟我一样说谎啊。"这就等于刚才的称赞是一个谎言。他曾经很不满某些美国国会议员通过了某个法案，就在报上登广告骂，说国会议员有一半人是浑蛋。后来很多人通过关系施压，要求他更正。马克·吐温真的从善如流更正了，可是他的更正启事说什么呢？"我错了，国会议员其实有一半不是浑蛋。"从这两件小事，我们不难看出他就是一个喜欢开玩笑、喜欢调侃的人。

被称为幽默作家，他自己也认同。马克·吐温说，人类虽然贫穷，可是毫无疑问有一项最有效的生存武器就是笑声，权力、金钱这些事情当然也重要，也有其自身的力量，可是面对人生漫长岁月里面的各种痛苦，其实没有什么大的用途。只有笑声，能够在一瞬间让我们所面对的痛苦灰飞烟灭，笑声的攻击没有什么能够抵挡。这是幽默大师马克·吐温给我们的提醒。

马克·吐温为已经去世的儿女写过一些回忆的文字，其中一个女儿有癫痫症，会突然抽筋，后来不幸在家里洗手间的浴缸里面淹死了。当他知道女儿去世后，就哭了两天。他说："这是我唯一一次没办法挤出笑声来对抗灾难，我近乎绝望了，完全放弃，但幸好在放弃的边缘，仿佛又听到一声笑，这个笑声的力量很有意思，它能够引发更多的笑声。"他自己没有在笑，可是他的耳朵居然听到一个笑声，可能是自己的，可能是别人的，这一个笑声引发了他更多的笑声，他在痛哭流涕了两天之后就能够笑出来了，而一开始笑就停不下来了。就是这样的笑声让他抵住了一个又一个深爱的小孩去世的打击。所以这是我们除了阅读马克·吐温的各种历险记外，还应该去学习的一点。还有一些短篇，我们在中学或大学的课文中都读过，比如《竞选州长》，讽刺了美国政坛社会的一些虚伪乱象。

马克·吐温到了老年之后，有一个很多人觉得不太好的嗜好，是喜欢与 9 岁到 16 岁的年轻女生在一起。他们会通信，这些小读者先联络他，之后他每天写一封信给不同的女生，然后就开始交往。他还公开把这些女生叫作小神仙鱼，特别设计了小神仙鱼的别针，送给这些小女孩。我们看到很多他跟小女孩打台球的照片，他们一起去玩、旅行。在那些留下的公开的书信中，马克·吐温说，我喜欢跟年轻女生在一起，因为这会让我忘记我已经年老。他还在一座大房子里弄了一个俱乐部，经常邀请那些女生来家里，有时候是一个人，有时候是一堆人。这种嗜好说是丑闻也行，说是光明正大也行——因为假如真的有太见不得人的事，他肯定就不会公开了，而是隐藏起来，唯恐别人知道。可是他非常坦然地公布了这些事情。

通过翻译或是书面英文来读马克·吐温的语言，也许不一定能够完全感受到他的力量。他使用了很多地方特色的语言，特别是美国中南部的口语。后来很多作家如福克纳，甚至博尔赫斯都说，马克·吐温是第一位真正的美国本土作家。可能因为他没有受过太多正规教育，使用的完全是生活中的语言，那个年代的人们，草根、权贵、孩童、成人，男女老少，他们用口语来交流、对骂、彼此安慰。他能够使用精练的本土语言，幽默的行文风格，有趣的故事，打动了一代又一代的美国读者。

这就是马克·吐温的故事。我们称他为幽默大师，幽默的精神真的不仅是让我们笑一下而已，它是抵抗生命苦楚的很重要的武器，我们要学习，不要忘记。

阅读小彩蛋

马克·吐温在演讲和小说中都留下了很多金句。

他说:"毕竟当你什么事情都先往最坏处去想的时候,结局就会显得非常美好。"

有点阿Q精神,很有意思,懂得阿Q很重要。

还有一句我也喜欢,他说:"加油吧,因为最糟糕的情况还没来临呢。"

前半句很阳光,很正面,后面还是很低沉的,可是他又不低沉到底,好像在说,没有办法,不管你怎么样,加油不加油,最糟糕的情况都还是会来临,所以我们还是加油吧。这就是语言的艺术,简单的一句话就能够把光明跟阴暗撞在一起,产生一种美感上的冲击。

篇章四

放肆·豁达

文章我自甘沦落,不觅封侯但觅诗

金克木：哭着来，笑着走

金克木先生是北大教授，与季羡林、张中行、邓广铭并称为"未名四老"，他们四位都有着非常重要的地位。获得这个称号时，他一点都不老，才三四十岁。

金克木先生出生在1912年，于2000年去世，享年88岁。80岁出头时，他还在学习用电脑写作。他一辈子都在写文章，写文章而不是写论文，并且不是为了工作和生计而写。他也写诗，是诗坛重要的诗人，占有很特别的地位。他也写很多文化学术思想相关的作品，特别是谈文化，在比较文化、文化交流、文化语言各方面均有著作，他是一位名副其实的学者。他还是翻译家，把很多法文、梵文的经典、佛典翻译为中文。他是散文家，一辈子笔耕不辍，每天都写，创作了很多散文、杂文和回忆录，所以他有四种身份。能把这些身份整合起来，他是一个了不起的大师文人。

古代的文人不是写文字的人——总感觉他是古代人，可是他是民国初年出生的人，承袭了整个古代对于文人理想的期待。现在经常说"跨界"，这其实是非常当代的概念，先假设有一个个分开的界别，好像跨界是了不起的事。以前的文人并非这样，而是诗、书、画、天文、地理、星象、医学什么都懂。金克木先生就是这样的文人。

我们一听"金克木"三个字，好像跟中国五行所说的金木水火土的概念有关系。具体意义不去深究，但可以想象他的父亲把他的名改成金克木时，心中可能有所期盼。一个对五行相生相克非常盼望的人，要么很顺利，要么很倒霉，总之会相信有超强的力量主宰命运，所以他希望下一代也能够受到命运的保佑。金克木的父亲，大概对命运有一些很特别的经验。

金克木的父亲很倒霉，本是一个穷书生，考试一直考不上，但还是想当官，怎么办呢？花钱买，50多岁捐到一个小小的县官。可是，刚坐上官椅没多久，爆发了辛亥革命。辛亥革命成功后，整个清王朝都灭亡了，金克木的父亲也重新变成了老百姓，还是被人民群众批斗、被革命的对象。

金克木的母亲是没有缠脚的，因为家里穷被卖了三次，最后当上金克木父亲的妾室，终于稍稍有了点运气，生了个儿子。金先生写了很多文章回忆过往，所以关于他的过去，他的祖上以及个人的生命史，都没有秘密。据金克木所写，后来母亲告诉他，生完他之后，她只想到："**我生了一个儿子，该不会再卖我了吧？**"这是多么悲凉的一句话，好在后来她没有被卖掉，留下来继续熬着挨穷。

后来，金克木的父亲去世了。金克木读完小学之后，就出来工作了，什么工都打。甚至作为一个小学毕业生，他通过别人的推荐进校来教小学，靠着这份工作养活自己，也照顾妈妈。后来，他终于离开了家乡。金克木在江西出生，祖籍安徽，后来还是回到安徽。

金克木从19岁就开始闯荡江湖，这是很精彩的一段经历。金克木曾经回忆北上求学的日子。他没有钱,也没有中学学历,能做什么?那个年代真是美好,不仅小学毕业生可以当小学老师,如果什么都考不上,还可以去旁听,没人会把你踢走。所以,他去了北平,在北京大学当旁听生,自学语言以及各种学问。飘荡了两年之后,钱用完了,只好又去赚钱,怎么赚?金克木去山东教国文,赚了一年的钱,又辞去教务重新求学,他从根本来说是求学问的人。

金克木说自己心中充满好奇,世界对他来说是一本书,也是一个大谜语,他要猜谜,揭开世界的谜底。1933年他从山东回到北平,继续在北京大学旁听,什么课都听。有人看这个年轻人踏实靠谱,推荐他在北大图书馆当了职员,从早到晚在图书馆里,帮人家还书借书。金克木说,这是他求学最努力,也是学问增长最快、最多的一段时间。为什么?原来借书的人都成为他的老师。金克木说,他就是永远有颗好奇心。写论文的学生、北大的教授,甚至还有其他学校的老师都到北大图书馆借书,他负责进书库帮他们拿书。人家在条子上写明要借什么书,他把书拿出来给人家的时候,用心去记住书名,等下回学生、老师还书的时候,他就可以看了,去读人家读过的书,求人家求过的学问。虽然他获得的是二手学问,可是因为他是一流人才,能把这些学问留在自己的大脑中,最终成为一流的学问家。

金克木每天都是这样,把书借出去,很努力地去读人家还回来的书。读者把书还来了,放在书柜旁边,他要找时间把书放回原处。在这段时间里面,他如饥似渴地看书,像海绵吸水一样把学问吸进肚皮里面。

他说当初也不一定是真想求学问,就是好奇,还有不服气。自己没考大学，只有小学文凭，但这些大学生读什么，我也要知道。金克木好奇学生们为什么喜欢看这些书，觉得背后一定有道理有原因，一定是里面有很好的东西，所以，他也要看。

很多来借书的学生都是四年级要写毕业论文的，他们借阅的书往往有方向性；一些低年级的学生，借的往往是老师指定或者介绍过的参考书。所以，这些人来借什么书，都是有系统的，他们读什么书，金克木就跟着去读，读出一个系统来。换一个角度来看，这些学生就是他的老师，这些人教会了金克木怎样系统地求学问。他说："这些人是我的导师，对我影响很大，假如不是有人借过像《艺海珠尘》(文艺丛书)、《海昌二妙果》(围棋谱)这类书，我不一定会去看，外文书也是同样。"

有一位学生来借关于地图的德文书，金克木跟他聊天、请教，才知道原来画地图有种种的投影法，经纬度弧线又是怎么画出来的。也有数学系的学生，借推算历法的外文书，他在等书的时候，看金克木对这些书都有兴趣，就聊起来了，谈了很多方面的学问，最后还开书单给金克木，让他再去找来看。就这样，金克木的学问慢慢累积起来了。这是非常精彩的故事。金克木不会因为自己只是一个旁听生来上课就自卑，或者随便学一学就算了，而是读出他的大学问来。

后来，到了1938年，金克木去香港当编辑，在报社当外电翻译，因为他英文已经自学得很好了。他经常翻译文章和书。凭借一本字典和恺撒的《高卢战记》，他还自学了拉丁文，非常厉害。他的英文也是用字典自学的。可能发音不是很好，但是对于文法的掌握，以及语言背后的文化，他都非常了解。

在香港待了一年后，他回到内地，去了长沙，到了1941年，又离开了中国，去印度任职一份华文报纸的编辑。在接下来的时间里，他在印度游学五年，学通了印度的文化，学通了梵文和印度文。后来，金克木在印度文化史中的比较文化方面留下了很多著作。他的学生钱文忠教授说，直到今天，在这方面是没人能够超越他的。

1946年，金克木在武汉大学教书。第二年，发生了国民党军队开枪屠杀抗议学生的事件，这些学生上街争取民主自由，这就是所谓的"六一惨案"。那个时候，还抓了几位保护学生的武汉大学教授，金克木是其中之一。后来他被放出来了，反而成名了，可谓因祸得福，大家注意到武汉大学原来有这么好的老师，学问这么大，能够学通这么多的语言和学问，于是有人请他去北大教书。自此，金克木开始了在北大教书的生涯。

谈到教书、读书，当然要谈金克木的一篇文章，也是一本散文集的书名，很有意思，叫《书读完了》，好像口气很大，对吧？这么多书怎么可能都读完。其实这是他的散文集里其中一篇的篇名。他想表达的，当然不是这么大的口气，而是说读书要有方法，掌握一些基本的经典名著、基本概念和线索后，其实就掌握了整套文化知识系统，这是重要、关键的。从某个角度来看，把整个知识系统都掌握了，就叫作"书都读完了"。

这里不得不谈到陈寅恪了，因为《书读完了》这篇文章一开始引用了陈寅恪的故事。陈寅恪曾经说，他年轻的时候，去见历史学家夏曾佑，一位老人给他讲，"你能读外国书，很好；我只能读中国书，都读完了，没的读了。"

陈寅恪当时很惊讶，以为老人家老糊涂了，口气真大，怎么可能书都读完了。后来陈寅恪说,到自己老的时候,才觉得这话有点道理。中国古书看起来很多,其实不过是最核心的几十本典籍以及它们的衍生品罢了,其余的书都是在这些书的基础上互为引述参照而成的,来来去去注解。所以,也可以说只要掌握了几十种书的关键,基本上就等于读完了。

金克木就是从这个故事开始讲读书方法的,特别是读中国文化相关的书,掌握了这个系统以及关键的作家作品,基本上就掌握了整个系统。这是很有意思的一本书,建议大家去读。

新中国成立后,金克木继续教书、写作,写他的诗,写他的散文。他在北大一直跟季羡林一起开课教梵语、巴利文,两位大家既是好朋友也是好同事。季羡林甚至说过,"我是个普通的老师,金克木金先生是神童"。可见金克木在季羡林心中的重要性。

两个人也合教一门课,风格不一样。季羡林留学德国,用的是德国风格,有板有眼,一本本书放在桌上,贴满了小字条,很慢、很有系统地讲,纪律严明。金克木健谈,人非常风趣,上课也沿袭了这种风格,不断讲话,而且要听学生的反馈、跟学生对答。钱文忠教授说,他们学梵语、藏语,听金克木把它们朗诵出来,好像音乐一样。他们本来觉得这两种语言很难听又很难懂,经金克木这样示范、点破,完全是不一样的状态,听课都听呆了,原来梵语、藏语可以这么好听。这可以称为大师的状态吧。季羡林跟金克木有时候也会斗个小嘴,互相调侃,一个嫌对方讲得太散漫,另外一个嫌对方讲得太八股,过于枯燥,是老朋友之间的斗嘴。

后来在特殊年代,两个人难免都受到牵连批斗。这个时候,季羡林也被迫写过大字报骂金克木，可是字里行间只像演戏一样调侃，小骂大帮忙。甚至当有人说，我们现在又要去批斗金克木，季羡林还清一下喉咙，说算了，懒得去，新鞋不踩狗屎，臭狗屎。大家都哈哈大笑，就不去了。其实他是在保护金克木。

金克木后来熬过来了，他这么有幽默感的人，在特殊时期也有很多小故事。一家人被放进一个小房间里，没地方放以前的桌子和椅子，只能把所有家具叠在一起，椅子放在桌子上面，重重叠叠摞得很高。金克木还开玩笑，说这个叫表演革命杂耍，搞革命有时候也需要搬弄，像杂技一样，要用一些艺术手法。他懂得在生活里面自我调侃。

一般读者逐渐熟悉他的名字，主要是在20世纪70年代末80年代初，一些报刊特别是《读书》杂志，刊登了他一篇又一篇文章，让大家看到他惊为天人的才华。人们读他写的散文，读他的回忆，读他谈中外文化交流的文章，都只有一个字：服。

北大教授陈平原曾经答应《读书》杂志，要评论金克木先生的每一本著作，他评了几本之后，实在评不下去了，去找金克木道歉，他觉得很不好意思，自己只能烧香来膜拜，佩服得五体投地，有些甚至读不懂，自己的学问跟不上，更别说什么评论了，真的不敢评论。可见，今天拿着很多个学位的教授跟当时这位拿着小学文凭的北大教授，往往还是有距离的。

金克木先生乐观健康，一直写到老，80多岁还在学用电脑，他认为，自己停不下来是因为电脑很好玩，本来也准备停笔了，现在改用电脑来继续写稿。他写到88岁去世。

后来有些文章回忆他，也谈到很有意思的一件事，他年轻的时候有一个红颜知己，是在北大旁听时认识的女孩，稍稍交往了一下，后来女孩嫁到日本，他们互相说决定当保险的朋友，不会因为经常在一起，发生一些有的没的而破坏这份纯粹的感情。

怎么做这个保险的朋友？就是写信。50多年来他们通信一直没断，等于柏拉图式的恋爱。写到大家都老后，终于也要停了，女方认为书信来往变少了，觉得可能是金克木那边出现了情况，或者是说没有兴趣再进行书信来往了。

金克木也把两个人这么纯粹的感情，对他来说，就是谈的这段恋爱，放在一边了。金克木自己也说，当时大家都老了，还继续写信，甚至女士还说不如偶尔通通越洋电话吧，大家老来寂寞，再聊聊天吧。金克木说，他没有表示欣然同意，难道是他不愿和她谈话吗？不愿听到她的声音吗？不是的，是他太老了。他已经没有五六十年前那样的精神力量了，他支持不住了。这是很伤感的一段话。后来一切都过去了，他们一辈子这么浪漫纯粹的恋爱，一切都只发生在纸上，更是独特、更是深刻。

阅读小彩蛋

金克木天性乐观,临终的遗言也特别有趣。金克木先生临终用一句话总结自己的一生:"我是哭着来,笑着走。"我们真的要对金克木说一声:恭喜了!

丰子恺：人间自有恩情在

丰子恺的创作道路和艺术道路很漫长。丰子恺也很长寿，不像竹久梦二只活了 50 岁，他活了 77 岁。他闯出自己的一番大局面，到今天，他的画到处可以见到，在随身挎包上都印着。甚至一些商品广告也绘有丰子恺的画，作为宣传的图像。

当你有了后来的成就，前面的就不叫抄袭了，只能叫作启蒙。就像我们经常打的比喻，你要学书法艺术，刚开始没有别的捷径，就是临帖，临王羲之、董其昌等等，通过临摹大师的作品来学习他的技法、感受精神。

我们绝对不可能复制或抄袭别人的生命，可是能够学习别人的精神，尤其是上进的精神。阅读一位又一位大师的人生阅历，可以从别人的正面来学习，从反面来领悟，不要学别人的反面。我们有正面大师，也有反面大师。

丰子恺可以说是竹久梦二的同代人，他比后者小了将近 14 岁，竹久梦二于 1884 年出生，丰子恺 1898 年出生在浙江。丰子恺在 23 岁那一年去日本留学，前后有约 10 个月之久。当时竹久梦二还活着，还年轻，是 37 岁。他们在同一个空间里生活过，也正是在日本，丰子恺第一次看到竹久梦二的作品，惊为天人，把他奉为男神。

之后他就学习了竹久梦二的作品，只是竹久梦二比较短命。生命有时候也是一场较量。作为艺术家，短命有短命的浪漫，若命长呢，有时候反而能够多一些机会在创作上转变、开创、发挥，各有好处。生命就是这么复杂，长有长的好，短有短的好。

丰子恺跟竹久梦二有一个共同点，就是他们很早就知道自己需要什么、爱什么，就把生命投入进去。

竹久梦二离家出走，妈妈给他钱，让他逃离父亲的掌控去读书。他还是顺从了父亲的意愿读了商科，可是自己又不断去学画，要闯出自己的路来。这是很苦的，打工送报、送牛奶、拉黄包车等等，他都做过。

丰子恺也是如此。他从小就喜欢画画，喜欢美术，可是刚开始还只是一种感觉而已，直到他16岁进入浙江第一师范学校读书的时候，才真的完全对美术着魔了。那时候，他碰到两个贵人，一个教他写文章，就是大名鼎鼎的作家夏丏尊。

夏丏尊本来是在师范学校里面当舍监的，不是宿管，而是很有权威的精神领袖，后来也教国文。他对学校管教很严，要求学生老实写作，不能假大空。这为丰子恺打下了文章的底子。丰子恺后来除了画画，也写很多散文，甚至写诗，画的旁边也有一些句子，看文笔、功力是很深厚的，他这方面的启蒙来自夏老师。

另外一位对他的启蒙更大，就是李叔同——弘一法师。李叔同那时候教美术，主要教他们画石膏像。丰子恺就开始着迷了。他跟着李叔同不仅是学美术，李叔同对佛学研究甚深，后来出家了，丰子恺也受其启蒙，信仰佛教，对此非常有研究。

所以他的画也充满了禅意佛味。所谓四大皆空，人生无常，无常带来的不是消极，不是退缩，而是豁达。这种豁达以逍遥的意味出现在他的画里，以及配画的文章里。

丰子恺很有意思，除了受李叔同启蒙，他自己也开始在纸上面画一些现实的、很有趣味的画。有一天校长给学生讲话，他看到校长很高大，站在讲台前。校长特高，那个讲台特矮，相映成趣。他觉得这个对比很强烈，很好笑，就回到宿舍，拿出纸笔，画出这一情景。我们后来看到丰子恺的很多画，都有这种对比，高矮、肥瘦、大小、老少，由此制造视觉张力，形成矛盾。

因为非常着迷美术，他又很勇敢——这就是前文提到的，他跟竹久梦二一样，都是勇于追求自己理想的追梦人——毕业之后，卖掉了分到的一些祖产都，跟姐姐姐夫借了几百块钱，去了日本东京。在这之前，他还匆匆忙忙跟同是留日派的李叔同和夏丏尊学了日文。

丰子恺真是一个文化人，他除了画画，也很懂音乐，会拉提琴，还会写曲。他在日本游学期间，有一天，在旧书摊上面看到竹久梦二的一个画册，就是很重要的《春之卷》，也是竹久梦二的处女作。

画册里面的美人图的主角，主要就是竹久梦二的第一任妻子万喜。丰子恺看得着迷，他想：我的天啊，原来可以这样画，画出一种暧昧。美人图里面有童真童趣，可是也有迷惘、有思想，超过了画本身。

他从此就把竹久梦二奉为男神，学竹久梦二的画。后来回到中国，他也大力推介竹久梦二的画。他的文章提到自己买了《春之卷》回家后，不停地看，翻完又翻，翻完再翻，看得着迷的情形。他不知不觉着了魔，竹久梦二的风格就融入他的血脉里面了。

所以他回到中国刚出道时，不管是自己画的画，还是替一些书画配封面，替一些人的文章配插图，都很有竹久梦二的风格，甚至有抄袭之嫌。有日本学者考据过，丰子恺有一张画，叫《燕归人未归》，画的是一个女生，坐在栏杆旁边，她的左上方有一些杨柳垂下来，右边有两只燕子，燕子旁边写着"燕归人未归"。

而竹久梦二有一幅作品叫《来临》，构图几乎一模一样。女生坐在窗边，她的左上角有一些小小的花纹图案，右上角有鸟，不晓得是燕子还是别的鸟，还有半个月亮。比较起来两者构图非常像。

除了这张图，还有其他作品也很像。丰子恺有一张画叫作《遐想》，是一个男生坐在一张椅子上面，背后有个挂钟，挂在一根长柱子上面，构图也跟竹久梦二一张叫作《无题》的画非常相像。

还有另外一张更像的，一个魔鬼，黑黑的，头上有两只角、一对白色的眼睛，用一只手轻轻压着一个坐在书桌前面读书的小女孩，这张图叫《用功》。这跟竹久梦二的《试验》构图也十分相似。《试验》画的是一个有角的魔鬼，一模一样，全黑色的身体，白色的眼睛，右边站着一个男孩，左手夹着一堆书，穿着日本的学生服。

这些画创作于丰子恺初出道的时候，后来他就走出自己的路了，画了很多画都充满了禅意，至此成为独当一面的大师。所以这个启发也是很重要的，不管书法也好，画画也好，做什么都好，刚开始就是学习。往后你要走出自己的路，这才是更重要的。

人生真的是漫漫长路的竞赛。丰子恺后来的画中充满童趣、温情和人文的温度，还有佛意、禅意在其中。这除了是思想的表达，也是美感的表达。丰子恺自己也写了，他后来也当过老师，回国之后，除了创作，他还教学。

他经常给学生上艺术课，会先告诉他们什么是美，艺术家眼中的美跟现实是不一样的。丰子恺说世界上的事物有许多方面，每个人看得不一样，在园丁、画家、博物家眼中的一棵树都是不一样的。画家就要看到树的姿态，这个姿态是形式方面的，不是实用方面的。

换言之，丰子恺说，艺术家看到的是美的世界，不是真与善的世界。美的世界中的价值标准跟真与善的世界是不一样的。我们只要事物的形状、色彩、姿态，不用管实用方面的价值。

所以对艺术家来说就是一个字，有点像周星驰《食神》里面说的："心"。用心去观察体会，抛开实用价值观的绑架，这样才能展现你的美感。你必须自己心里有美感，才能在你的笔下展现美感，这是丰子恺的美学观念。

他自己闯出一条路，可是他不忘师恩。他有一部很重要的作品——要谈丰子恺是不能不知道这个事情的，他持续50年创作了一系列好多本的作品，叫作《护生画集》。光是这两个字就有禅意了：慈悲，爱护生命，爱护生物，爱护友情。

《护生画集》是他跟老师李叔同之间的一个约定。就在李叔同快50岁的时候，他们谈了一个大项目，计划师徒俩合作。丰子恺发愿，在老师李叔同50岁生日的时候，画50幅有关爱护生命、热爱生活、珍爱友情的画，给老师作为贺寿礼。有意思的是，弘一法师替每一张画写诗，两师徒都是独当一面的大师，合作出了这一本《护生画集》。更有意思的是，这个项目还不止一本，他们约定每十年出一本，50岁出一本，60岁出一本，一直到100岁。好像是弘一大师提出的主意，创作100幅图，100首诗，表示功德圆满。

所以十年后，弘一大师60岁时，两人出了第二本《护生画集》，可是弘一大师62岁就圆寂了。他不在了，没关系，学生在。丰子恺守着跟老师的约定，自己画，自己写文章。到老师70岁的时候，继续出《护生画集》的第三本。

后来，丰子恺自己都过了60岁，还继续出了第四本，那已经是20世纪60年代了。我们知道，60年代人们经历了一波一波的政治运动，丰子恺也受到了牵连，被批斗得很惨。可是他还是冒险偷偷画，继续画，继续写，当时当然没有出版。

到第五本、第六本，一直到最后，他是真的完成了100首诗跟文章，还有100张画，完成了约定。若说单本的话，应该算只有6本。这是师徒之间很动人的约定，人间大爱，也充满了人间大信。

我们常说中国文化，侠义、恩情，谁都会讲，可是谁能够真的做到呢？我觉得丰子恺和弘一大师之间这种约定的完成，就是中国人说的侠义、恩情的最具体的表现。多说没有用，得把它做出来。很顺利、很安全的时候做，当然很好，可是更难能可贵的是在面对各种困难的时候，还冒险犯难来完成你的约定，这才是真的非常令人动容。我觉得丰子恺跟弘一大师《护生画集》的故事，应该在中小学好好跟学生讲一讲。

他曾经担任上海中国画院的首任院长，也是上海市美术家协会的主席。本来他淡泊名利，不在乎头衔，可是这些头衔对他来说都是责任，他觉得必须要做，要在新中国替艺术家，特别是美术家、画家争取空间和权利。

可是他非常不幸，在那个大时代里，他就算不当院长，作为从旧社会走过来的艺术家，也很难避免受到批斗。更何况他心性纯真，是个有话直说的人。比方说画画就喜欢画梅兰竹菊，因为他说这样才能让大家的心比较沉静。

他过了很多苦日子，还被抄了家，很多作品都没有了，收藏的别人的画和书也没能保存下来。丰子恺一定很痛苦，但作为一个佛教信仰者，痛苦之中也能够找到自我开解的角度。被迫晚上在江边游街时，他就说：不错，我这辈子都没有这种夜游黄浦江的经验。他被迫去下放劳动改造，甚至也说：来到这个地方，我把地当作我的床，天当作我的被子，还有河水，让我十年取之不尽，用之不竭，是造物者给我的无穷无尽的保障。他能够从正面的角度看待自己的处境。

不管怎么正面，到最后他的身体还是熬不过去了。1975年8月，丰子恺因肺癌住进医院，9月中旬去世，走完了他的一生，享年77岁。

人不在了——跟竹久梦二一样，竹久梦二比他命短多了，比他少活27年——他的艺术作品在，只有艺术才是永恒的。我记得一个美国作家教课，他每一个学期总是跟学生说，婚姻不可靠，爱情不可靠，朋友不可靠，名利种种都不可靠，只有作品，留下来就是永恒，才是可靠的。

我觉得文学的创作是这样，画的创作，美术的创作，各种艺术的创作，当然也是这样。只有作品能够把你留下来，把你的精神，把你的感染力留下来，其他都是空。一切有为法，如梦幻泡影。艺术创作是不是空的呢？它也是空的，但是能够在空里面，或者走向空的过程里面，让人深深地感动，也能够让你去感悟、领受，展现灵魂，生命里面毕竟还是有一些美好的片刻。

这是丰子恺的故事，艺术永恒不朽。

阅读小彩蛋

大概2013年，在丰子恺故居有个展览，所收的三本民国版的《护生画集》居然被偷了，真可恶。

当初他的家人为了保护参观者的隐私，就没有在丰子恺故居装监控器。发生这件事情之后，有一家保安公司送他们监控器，他们才勉强接受，据说本来是不想装的。丰子恺的家人说，真是没想到，《护生画集》本身传达的信息是爱护生命、爱护生活。结果就有人不爱护大家共同的这些文化遗产，偷取了《护生画集》，破坏了画集的本意。后来他的家人在故居的玻璃陈列柜里面，放了一份灵魂讣告，可能就是提醒大家别来偷书了，或者是假如偷过书的人再来，想让他看到之后有些内疚吧。那一份灵魂讣告说的是，但凡来参观的人，进入这个放了《护生画集》的房间，应该是为了探究人生的究竟、灵魂的来源、宇宙的根本，所以我们要不忘初心，不要做破坏护生精神的事情。

阅读小彩蛋

我常在想,那个偷书的人——他可能是偷来收藏,也可能是偷去卖,不管什么理由,他偷了书——假如看到这个灵魂讣告,他会内疚吗?也许他就是压制不了欲望。这也是人性的一个悲剧了。

诺曼·梅勒：美国最放肆的作家

○

如果说桑塔格是女性文化人的代表，那么男性的代表中，诺曼·梅勒绝对算得上一位，他的一生也过得非常精彩，要用两个字来形容他，我会用我经常用的字，就是：放肆。这个家伙真的是过了放肆的一生，他运气蛮好，也有放肆的勇气、可是还得有放肆的运气，不然放肆到最后可能有很大的麻烦。这个家伙真的放肆了一辈子，过了痛快淋漓的一生。

他去世以前就受到了美国乃至全世界文坛的肯定，因为他写了很重要的小说，还有重要的纪实文学。他经常用小说的手法来创作，曾经在 1968 年和 1979 年，两度拿到美国的普利策奖。他的作品都备受肯定，他去世之后，文化界对他还有很多的纪念和赞扬。

说回他本身的生活方式：放肆人生。用我们今天的价值观来说，基本上能够确定一件事情，他是渣男。要记住，价值观真的随时在变动，以前觉得一个人蛮坏的、蛮凶的，也不一定用"渣男"这样的词来形容他，现在会，可是再过十年之后还会不会呢？可能还会。可是三十年五十年呢，那就难说了。

前面我们谈的都是这些人物如何在他们的时代里面做出有所突

破的事情，而且也让我们有所领悟。至于他的突破后来会不会过时，那又是另外一个问题了。因为当时间的坐标改变了，我们的论断就都改变了。

诺曼·梅勒，本土美国人，"根正苗红"的犹太人，他 1923 年出生，2007 年快 85 岁时去世。他写了几十本书，到了 80 多岁还在出新书。他在美国东岸的新泽西州出生，从小就很聪明，像苏珊·桑塔格一样，是个学霸，他 15 岁就中学毕业，去哈佛大学读书了。可是，他一辈子没有教书，苏珊·桑塔格还曾经在哥伦比亚大学兼职教课，后来觉得自己要专注写作才不教了，这个诺曼·梅勒先生从一开始就知道自己不要教书，他说：我要做的是写作，写作绝对是一件专业的事情。他在写作之余还做了很多奇奇怪怪的，甚至真的不太好的事情。

怎么不好呢？我们一步一步讲。他大学毕业之后倒做了件好事，为他的国家服务，征召入伍，在第二次世界大战中当了兵，在美军部队打仗，真的上过战场。他服役了几年之后回来，就开始投入写作，第一本就是小说。他当兵的时候，在太平洋上面坐军舰，还在陆上战争中真的开过枪。他花了几个礼拜，据他自己说只花了三个礼拜，就用这些经验写成了小说，叫作《裸者与死者》，在 1948 年 9 月出版，一出版就成为畅销书。其实他的很多书都是畅销书，因为他的笔头真的好，就算写我们一般觉得好沉闷的文章，比如评论文章，他的词句都是跳来跳去的，而且语带幽默，又带着愤怒，文章里面有很强烈的情绪。

后来他继续一步一步地写，《夜幕下的大军》讲 1966 到 1967 年美国社会的很多抗争，抗议越战，抗议民权、政权，他也参与过抗议，还曾经因此被捕入狱，可是很快就出来了。他就把这些经历记录下来，有时候用第一人称，有时候又从其他人的角度来叙述，是很精彩的纪实作品。

另一部1979年获普利策奖的《刽子手之歌》，讲述了一个很奇怪的杀人凶手，他对死亡非常着迷，心中也充满了暴力。梅勒经常留意一些杀人案件，知道哪个家伙被捕了、坐牢了、判刑了，他还联络采访对方，然后写下关于凶手的故事，而且经常语带同情，说他如何被社会不公平地对待，导致心中扭曲等等，寻求人们的体谅、包容和支持。

他曾经通过他的人脉力量，还有作品与舆论的力量，让一个杀人犯被放出来。他的笔头能够发挥这么大的力量，可见，他是多么好的作家。可是很糟糕，那个人被放出来之后没多久，又在路上杀了人。但诺曼·梅勒觉得没有关系，因为他没办法预估后来的事情。他觉得这就像婚姻，结婚的时候总是相爱，后来相恨相杀，那是后来的事，当他写他们的时候，他是真心的。

刚才说到作品中的暴戾和愤怒，现实中他的行为也非常放肆。他一辈子结了六次婚，和不同的女人生了九个小孩，周旋于各种女性之间。用现代的角度来看，这个人可能性格扭曲，甚至有性瘾。据说他进入一场舞会，通常最短20分钟就能吸引一名女性。他情人无数，其中据说也包括明星玛丽莲·梦露。他就是这样的渣男，有人问他：为什么你就是不能停下来呢？他的回答是：因为生活太平淡，因为我要忘记自己生活的平淡。

渣男归渣男，拿着笔的人最怕的就是乱写。他这辈子从来没有把他的太太和情人写进他的小说，这应该是不幸中的大幸。他的纪实文学里面，从来没有抱怨过他所经历的婚姻和情感。从咱们中国的角度来看，他的说法也是蛮有意思的，我们说聚散都是缘分，他们都曾经影响过彼此。他是这样说的："这就好如在 6 个国家，6 种不同文化生活，因此，假如你在巴黎度过了 8 年生活，然后继续搬家的话，你就别说我'恨巴黎'。"他也从艺术家的角度来看，相信每一次的恋爱也好，婚姻也好，都能够解放他身体的一部分。以毕加索为例，毕加索说，自己在每一次的婚姻之中都是一个不同的画家。每当有固定的关系的时候，就会启发某一个部分的艺术灵感。他说：随着妻子的变换，我的想法是有改变的，每一段感情都对我的作品有巨大影响，虽然我没写她们，可是她们改变了我的世界，以及我对自己跟世界关系的看法。

每个人都有自己对忠诚、正义、是非的定义，从我们一般所认同的长久固定的男女关系的角度看，他确实是渣男。渣到什么地步呢？梅勒曾经跟其中一个太太吵架，生气到拿刀捅太太，差一寸就捅到心脏要害的地方了，这是非常要不得的暴力。他的确是有暴力倾向的人。他因为刺伤妻子被关进精神病院，后来居然说服了法官，让法官相信，这只是吵架误伤。当时他的太太不配合调查，但他还是被放了出来。

除此之外，他还跟其他的作家打架。他自己会打拳击，比如他去酒吧，看到一个老朋友，为了表达对老朋友的想念，他会约这个人出去打场架，在街上打几拳。他就是用别人难以理解的打架、打拳、搏斗的方式来表达他的感情。当然有时候不是为了表达好感，是为了表达厌恶。他跟另外一个作家经常打架，曾经好几回在宴会上聊得不高兴，就拿起桌上烫热的汤，往对方的头脸上泼过去，把碗盖在人家的头上，好像拍电影一样，充满了暴力。

这还不止，这个家伙酗酒不在话下，每天喝得醉醺醺。他说喝酒可以帮助他创作，功效就等于打架。他自己半开玩笑地说，好像不好好打完一场架，就没办法好好看书写作。

他年轻的时候对自己的子女没有很照顾，可是在他中年之后，就待他们非常温柔、非常好了。他的子女后来都异口同声地说，他的确是个好父亲，教会了他们打开世界的方法。他晚年对孙子也非常好，会在固定时间把不同的小孩聚在一起，在家里吃饭。梅勒博学聪明，讲很多故事给他们听，饭桌上面堆满了文件、信件和书，吃饭都不挪开。你可以想象吗？餐桌上面全都堆着书的时候，大家各占一角，吃饭聊天，真是很有意思的家庭相处方式。

他不愁钱，因为他写作、写剧本，还导演过小短片，赚了不少钱。我们知道在美国有个很重要的流行文化杂志叫《村声》(*The Village Voice*)，是在纽约格林尼威自创的，诞生于1955年，这个《村声》也是他跟朋友们合办的。

他除了打架，还上街抗议反战，号称自己是左翼，做各种快意恩仇的事情，像选举、参选、搞政治，他说其实自己一点政治都不懂，可是他就是要做。朋友说："你既然这么能言善道，这么有煽动力，就很适合当市长。"别人一讲，他一拍桌子就去了，还选了两次，当然都惨败，因为他冲动而来，这件事情本身就像开玩笑逗趣一样。

1960年跟1968年，他参选了纽约市的市长，还曾经鼓吹一个政见，说要把纽约视为美国的第51个州。拉票的时候，有人问他，纽约去年下大雪，狼狈不堪，那假如今年又下大雪，梅勒当了市长，

140　若避开猛烈的狂喜

会怎么样处理应对？梅勒先生就哈哈大笑，说他会跑到雪地里来脱裤子尿尿。意思是小便很烫，会把雪融掉，他就是这样不正经地回答问题，于是两次选举都输了。

可是他还是到处惹是生非，用现在的话来说，他就是大男子主义。所以，他对六七十年代兴起的女性主义（Feminism）是非常痛恨的，经常故意讲冒犯女性的话，比方说女人应该关在笼子里面。他不喜欢读女人写的东西，说自己每次读了女人的作品，就觉得古怪、老套、诡异、小气、神经兮兮、残缺不全、赶时髦、标新立异等等，反正没半句好话。他甚至说，一个好的小说家可以什么都没有，唯独不能没有男人的生殖器官。这样的人当然就被炮轰了，他被女性主义者一直骂到今天。很多女性主义者在讨论戏剧文学文化的时候谈到他，不能避开他的作品，一方面是正经谈他的创作，另一方面，必然要把他痛骂一通。

据说诺曼·梅勒很小的时候就被控制狂妈妈掌控，不晓得他那种性歧视主义，跟这个经历有没有关系。在学校，梅勒虽然是学霸，可是有些课他不喜欢，或是作业写得太激进，老师不喜欢，只给了C，他妈妈就会跑去学校，命令老师改为A。他妈妈认为儿子是个天才，这么聪明，怎么可能不拿A。后来梅勒用刀捅了太太，也是他妈妈去替他辩护，认为都是对方惹怒自己儿子，儿子没有想杀她。

对于作家跟父母之间的关系对性格的影响，有很多研究。等小孩长大，这种关系就不只影响性格了，还会影响看待事情的价值观。很不幸，这些和我们童年的成长过程都逃不开关系。

梅勒就这样一直挑衅着世俗常规，哪怕他到了七十多岁，有什么新的言论出来，他依旧总是要去挑衅，总是要写文章来骂，真是臭名远播的渣男。

假如把这些放在一边，从评价作家的角度来看，他的确有着非常强大的敏感度，生活中的人都是他想象力的来源，他很有感悟力，好像一讲就中。大多数时候，他是故意把人家惹火，梅勒先生讲过一句话："假如你没有能力去激怒人，当作家有什么意思呢？"这句话可以从正面解释：写文章来对抗世俗的看法，让大家愤怒，这是作家的责任。可是放在梅勒先生身上，应该就是负面的目的：我作为作家，就是故意挑衅你们，这不仅是我的本领，也是我的喜好和特权，作为作家，我是有平台的。别忘记，那时候没有网络，不是谁都可以写作。他的作品被出版、被肯定，他的文章都是在美国最重要的刊物发表，等于他有话语权、有发言的平台。他就是这样奇特的人。

成名之后，有人说他像海明威，两人都是硬汉，写的文章都很大男人，充满硬朗的意味。他也非常喜欢和崇拜海明威，他知道海明威经常喝什么酒，就买同款的酒回来自己喝，这些酒瓶也放在家里最显眼的地方。这是他对海明威的致敬，也是借此来鼓励自己。他曾经在访谈里面，谈到海明威的自杀。梅勒不愿意这样想，他有自己的假设，他觉得海明威很早就从生活中了解到，距离死亡越近就越有活力，海明威把这看成自己创作的灵丹妙药，所以才敢不断地面对死亡。打拳、斗牛、打猎都是接近死亡的事。梅勒想象，海明威晚上经常在跟太太玛丽说完晚安之后，回到自己的房间，拿起猎枪顶住自己的嘴巴，大拇指按在扳机上面，慢慢地按下去，紧张得发抖。海明威是想看看，在不走火的情况下，自己到底能够有多少勇气来接近死亡，所以他是故意的，自己的大脑距离死亡越近越有活力。终于有一天，也是最后一天，他玩过火了，按下去之后停不下来，就死掉了。诺曼·梅勒说，对自己来说，这种假设比人们传言的开枪自杀来得合理。当然这只是一种猜测，反正事实就是海明威死了，可是谁能不死呢，所谓硬汉识英雄。

　　从情感的角度来看，海明威也是结婚四次，对于婚姻跟创作之间的关系，海明威也讲过一句话，我相信诺曼·梅勒有同感的，因为有人也说海明威用情不专，甚至不是一个好父亲。海明威说，对一个作家来说、对文学史来说，这些都不算什么，他们不会因为你是好父亲、好丈夫，而在文学史里面给你留下一个章节。这是海明威的看法，梅勒老兄一定同意的。可是就文学创作来说，他的确是个大师，还是个超级大师。这就是诺曼·梅勒的故事。

阅读小彩蛋

讲一句我很喜欢的梅勒的话。他谈到写作:"支持我写作的动力,来自我对于国家的爱和希望。"

多么精彩的话。

金圣叹：勇敢地成为自己

我们读人物传记，常说其中最有意义的是可以学习，可以通过别人的生命来领悟如何回应生命中的喜怒哀乐种种处境。我们可以假设自己是某个人，如果那个人面对我今天所面对的事情，他会怎么做，有什么想法、做什么决定、有什么行动呢？或者倒过来想，假如我是那个人，面对他的那种处境，我又会怎么做，又会有什么想法呢？这样一来一往的想象，其实可以拓展我们的视野，不再受困于自己习惯的思考方式。

其中一个典型就是我们本节要讲的大才子：金圣叹。当我面对一些情况，就经常想到金圣叹，想象假如他是我，会说什么，会怎么做？

为什么会想到金圣叹呢，在我看来，他有三个性格特点。第一个就是他很有主见，他看书看事看世界，都有自己很独特的观点，并且在提出观点之后还能身体力行，并且坚持下去。

第二个，就是他很放肆。我也是一个喜欢放肆的人，但金圣叹要比我放肆一百倍。我当然就很羡慕，希望提升自己放肆的程度。

第三个特点就是很幽默。不论面对什么处境，他都能够从里面找出笑点,是很好玩的人。

金圣叹是什么人?是明朝人,活到了清朝,所以算是明朝的遗民。他1608年出生,1661年去世,这位短命的活到53岁的短命大才子,是中国历史中很重要的百科全书式文人。他从小就是个才子,读书、思考都很有才气,性格也很高傲。参加考试,考了好几回才考上秀才。不过后来因为他常搞怪,考试的时候总是写些奇怪的答案,甚至写诗来讽刺主考官,主考官一看就不会让他通过。

后来他也就不考了,干脆放弃功名,自己闭门读书,信奉满天神佛。他说自己是佛教徒,却经常搞道教的那一套。他说自己是天台宗一位大师的化身,懂得通灵,能请不同的死去的人(比如古代的才子才女)上身,通过神明的手、心和头脑来写诗。

信不信由你,他就是这样奇奇怪怪的人。他是怎么死的呢?1661年因为所谓的哭庙案被抓砍头。说起哭庙案,是个很简单的案子,受害者也很无辜。当时江苏有个地方官,做了不好的事,激起文人的不满,金圣叹看不过眼,就跟他的一群朋友把孔子的牌位拿出来,跑去孔庙大哭特哭,还说是哀悼已经去世的顺治帝。金圣叹以此借古讽今,暗指顺治帝英明,而当今圣上不够英明。还写信给江苏巡抚朱国治投诉,这可真是厕所里点灯——找死。收到信的朱国治觉得这群文人胡来,问了皇帝,皇帝也想乘机威胁、镇压一下江南才子,以免他们乱来。于是朱国治把金圣叹和他的几个朋友抓起来杀了头,这就是著名的哭庙案,那一年金圣叹才53岁。

刚才说金圣叹有三个特点,有主见、放肆,还有幽默感,我们一个一个来说。

有主见主要表现在金圣叹在文学批评上面的贡献,他点评过很多诗和经典小说，点评是什么概念呢？就像我们今天看视频，会一边看、一边用手机或者电脑键盘把想法打出来，成为弹幕。

金圣叹看过很多书，一字一句地点评，对于小说情节的安排、作者的文笔等等讲出他独特的观点。当然不只是点评，他还会进行删改，改写出新的版本，他改过的很多书后来都成为经典名著的定本。不过，有一点我对他很不满，他看起来很有主见、很大胆、很破格，可是就政治观点来说，他还是蛮保守的，一切按照理法规矩来。所以他点评《水浒传》时，由于最不喜欢宋江，甚至把《水浒传》后面的一些章节全部删掉，重新改写出他的简版，他点评的时候也经常说，这个是以下犯上的人。人就是这么矛盾，自己很反叛，一身反骨，可是又对别人的叛逆看不顺眼。

金圣叹很重要的评定作品是"六才子书"，施耐庵的《水浒传》、王实甫的《西厢记》、杜甫的诗、《庄子》、屈原的《离骚》、司马迁的《史记》，每一本书他都有点评甚至改写。他的做法开了先河，告诉我们是人在读书，而不是书在读人，我们喜欢怎么读就怎么读，喜欢怎么评就怎么评，喜欢怎么改就怎么改。坦白讲，这种读法是很有志气的。他这种文学批评的做法还影响了韩国和日本，甚至影响了曹雪芹写《红楼梦》的手法。尤其是关于通灵，他经常说自己通灵，点评的时候，也偶尔会说某几句话不是他自己说的，是通灵后仙女所说的话。他对于后世的中国作家影响很大，不仅是在创作上面，在文学批评、文学阅读的方法跟策略上也影响颇深。

金圣叹对于文章的写法也有自己的看法，他经常说文章最妙的、最好的、最高的写法是注重用文字表达思想，用文字沟通感情。他远比胡适、陈独秀要早，因此，甚至有人称他为白话文运动的先驱，可见金圣叹在文学批评方面的影响之大。

他这么有主见，是因为他有一颗放肆的心。我们说，可以放肆，但要懂得分寸，有时候放肆得过分了，就会变成刻薄。有一个很著名的例子：金圣叹有个舅舅叫钱谦益，钱先生厉害了，在明朝当官，明朝败亡之后，他一度投靠了李自成，后来又投降，当了清朝的官。在当时，这是颇受人瞧不起的，可是金圣叹毕竟是他亲人，没有过多评论这件事。直到有一天他舅舅钱先生在家里宴请宾客，知道金圣叹是大才子，一定要他写首诗表现才华。可他就是不肯，朋友们左求右求也没有用，直到他自己喝大了才肯动笔。我的天，这一动笔就写得很刻薄。

第一句就把他舅舅吓得脸都绿了。他写什么呢？"从明从贼又从清"，"明"指明朝，"贼"指李自成，"从"指"顺从"，"清"指清朝。然后再下一句，刚写到"三朝元老"，舅舅马上过去想把他按住——差不多了，还是继续喝酒吧。可金圣叹没有笔下留情，他继续写，写完把笔一丢，走了。下面是什么？写了"三朝元老大奸臣"，非常狠。"从明从贼又从清，三朝元老大奸臣。"这种放肆的性格，有时候很爽，不过也只是种自嗨，之后经常给他惹来麻烦，到最后惹来了杀头之祸。

一个人的路是自己选择的，要放肆，总要付出代价。他在放肆里面获得自己的成就感、满足感，甚至发挥了他的幽默感，快乐就好。这也是金圣叹第三个很重要的特点，幽默感。

我们经常说，现代文学大师林语堂是幽默大师，其实他的幽默跟金圣叹比，还是有一大段距离的。金圣叹留下了很多名言，他写过很多"不亦快哉"。比如看人放风筝，风筝断了，不亦快哉。拿钱去还债，回来又写，还清了债，不亦快哉。出去喝酒，吃喝玩乐，看到一个书童在外面睡觉，他就跑过去，在书童旁边大叫一声，或者放把火，用烟把小孩吓得哇哇大叫，他也说，不亦快哉。偶尔翻翻家里的旧物，找到以前写给朋友的信，还是不亦快哉。甚至突然有家人来告诉他，某某死掉了，问清楚是谁之后，他说，这个人是城中最有心计的人，死得好，不亦快哉，幸灾乐祸。哭庙案被抓砍头，他也说，砍头是最痛的事情，不亦快哉。

关于他的死，有很多传说。有没有人注意到，刚才提到的六大才子书，没有《三国演义》。民间有个传说，说他跟关公做了个交易。他本来要点评改写《三国演义》，可是把关公写得乱七八糟。突然，关公显灵，骂他，说金圣叹这么改他，他一世英名尽毁，能不能手下留情？金圣叹就问关公，要他手下留情，用什么来交换？关公老兄就表示如果金圣叹手下留情，他以后就送一车金，一车金还之。金圣叹想，好，有钱收，过瘾，就答应他不写了，不改了。从此，金圣叹没有碰过《三国演义》，做到了笔下留情。

可是后来关公没有来送钱，金圣叹就很不高兴，到他被关押，快要砍头前，他才明白是怎么回事。他本来很抱怨关公不守信用。后来他就想到，我的天，关公说的"车斤"是什么。原来那个"金"不是黄金的"金"，是斤两的"斤"，一斤两斤猪肉的"斤"，"车"跟"斤"拼起来是什么？斩，斩头的"斩"，关公原来是为这事留下了伏笔：君子报仇，十年未晚，你不写，我后来还会让你被砍头。这是一个很悲凉的传说。

还有其他出名的说法。据说他死前，有两个孩子来看他，他就随口说出两句话,说什么?"莲子心中苦,梨儿腹内酸。"莲,是莲花的莲,也是可怜的怜。你爸死了,只剩下你了。梨儿也是离开的"离",儿子的"儿",梨子咬开最里面的核很酸,心也很酸。

还有一个传说,说最后砍头以前,他把儿子找来,跟儿子讲悄悄话,儿子以为他临终有什么遗言。原来是金圣叹告诉他,我有一个金家的大领悟。儿子就把耳朵附过去听。他说,花生米和豆干合起来吃有火腿的味道。这个传说有不同版本,也蛮多人说有核桃的味道,我个人的经验是比较像火腿。

关于金圣叹的搞怪,还有一个传说。据说金圣叹被抓出去砍头,地上跪着一排人,他排在后面,他想,一定是一个个砍下来,要一口气砍很多人,最后才轮到我。他不忍心先看别人死,不晓得从哪里找来一张纸,偷偷写了一些东西,跟砍头的刽子手说:老兄,我手里有一张二百两的银票,你答应先砍我,我就把银票送给你。刽子手就说好啊,无缘无故多二百两外快,手起刀落,把金圣叹的头砍掉。砍完之后刽子手打开那张纸看,才发现那根本不是银票,只是一张纸,上面写着两个字"真痛"。当然,这个痛也可能是痛快的"痛",表达了金圣叹潇洒的心情。

这样一位大才子,有主见、活得放肆、幽默感十足。虽然他生命不长,只活到53岁,但走过人生,留下他的影响,留下他的贡献,也算不枉此生。我经常说,碰到一些不高兴的事情时,我就想,假如是金圣叹面对这种事情,他可能不会叹气,还会从事情的不幸里面找寻笑点,搞个小幽默。一这样想就鼓励了我,不要唉声叹气,而是要像金圣叹一样,用勇敢和幽默的方式来面对生命的困难、不幸跟悲剧。希望你也一样，经常想想如果是金圣叹面对你的情况时会怎么样，或者想想马家辉吧，马家辉面对你的情况会怎样做。

阅读小彩蛋

据说金圣叹要被推出去砍头的时候，天降大雪，他随口讲了几句诗："天公何故惜金郎，万里河山作孝堂。日出东方来祭奠，家家户户泪汪汪。"

金郎就是金圣叹，他的诗里，好像所有人都是来送他的孝子，太阳升起来拜祭他，所有人都为他悲哀。这算是金圣叹的绝命诗，听起来真的很悲哀，可是我觉得，假如金圣叹这些故事都是真的，他走在黄泉路上，一定还是笑着的，而且是哈哈大笑的。这才是我们所相信的金圣叹。

陈寅恪：不觅封侯但觅诗

大师陈寅恪一方面学问非常非常大，大到他的很多书，好多人——包括我在内，看到第三页就看不下去，为什么？因为看不懂，头脑跟不上。他推理的细致、学问的大创见、眼光的独到，是很厉害的，常人根本跟不上。可是另一方面，他也非常倒霉。

陈寅恪 1890 年出生，1969 年去世。我们都知道他所经历的将近 80 年，是中国最动荡的时代，各种战争，各种运动，风云变幻，真的是很难容得下一张安静的书桌。这对做学问的，尤其是对像陈寅恪这样拥有超级大脑的人来说，真的是非常不幸的。

在这个不幸的、动荡的历史时代里面，有些人运气相对好些，有些人投机取巧，也有些人甚至助纣为虐，拿到好处和方便。像陈寅恪这样专心搞学问，又运气不好的话，是真的倒霉。

对于陈寅恪大师这个"恪"字怎么读，有很多争议，到底读 kè，还是 què，都有不同的说法。可是现在主流意见一般是读 ke 的音。有人说，因为陈寅恪家里先祖原居于福建上杭，属于客家话语系，所以按他的母语发音应该读陈寅恪（què），是有这个说法。可是我们跟着主流意见读陈寅恪（kè），因为他在他的英文的信里面的署名也是 k 的发音。所以陈寅恪（kè）应该是错不了了。

陈寅恪家里也是做学问的，后来，他家搬到江苏一带，从小跟着父辈们做学问，非常聪明。而后他成为历史学家、古典文学研究家、语言学家和思想家，他写的诗非常动人。他是有大学问的，但是也有大倒霉。

先说他的学问。他在家里读书，被长辈们教导提携，开了眼界。1902 年，他才 12 岁，就跟着他哥经过上海去日本读书。倒霉从此开始了。他高高兴兴地去，才去了日本三年，他腿痛受伤，读不下去了，就回来了，回到中国，在上海吴淞复旦公学读书。可是他本领大，过了五年，到 1910 年他 20 岁时，又自费留学，这一回去了德国，在柏林洪堡大学读书，还去过瑞士和法国读书、听课。这回去了四年，开了一个很重要的头。可是，第一次世界大战爆发，不能读了，又回到了中国。

最后他又拿到官费赞助，再次出国深造，这次去了哈佛大学，跟着老师读了几年书。他那个时候很穷，吃饭都没什么钱，而且性情很孤僻，不交朋友，只读书、做学问。1921 年，他转到德国，又去柏林洪堡大学读书。他真的是天生的读书种子，读到 1925 年，那时候他已经 35 岁了，一回国就被推荐。梁启超把他推荐给清华大学的校长，他当上了教授，在中文、历史两个系教书，又在北京大学兼课，很了不起。

每一个人谈及他的学问，都是没话说。冯友兰曾经说，他 20 年代在美国读书的时候，同学们已经说：你知道吗，这边有一个中国学生，叫作陈寅恪。他是奇人，性情很孤僻，一句话不讲，也不交朋友，所选的功课都是冷门中的冷门，可是学问之大，别说其他留学生，本土学生老师也没几个比得上他的。

在大师季羡林眼中，陈寅恪也是大师中的大师。季羡林写过文章说，从学习笔记本看陈寅恪先生的自学范围和途径。他说，陈寅恪有 64 本笔记本，里面的笔记都是关于什么的？谈藏文的 13 本，蒙古文的 6 文，突厥回鹘文的 14 本，梵文、巴利文也有，还有牟尼教、印地文、希伯来文、数学，有一本专门记《金瓶梅》的，还有一本《法华经》，还有一本记"天台梵本"等等，很有意思。不是说他只有这 64 本笔记，而是他读这些不同的类别的书，记下的笔记有 64 本。

有其他学问家说，俄国人在蒙古找到三块突厥碑文，研究者们都看不懂，就找到陈寅恪先生。陈寅恪先生看了之后，花了功夫像破译密码一样把上面的碑文翻译破解了。全世界的学者都没办法不同意，都说佩服。他不光掌握了语言，还能回到当时的历史脉络里面来告诉你，这个字到底是什么意思。

梁启超把他推荐给清华大学校长曹云祥的时候，说："有个人校长不知句曾注意过？"曹云祥问清后，又问："他是哪一国的博士？"梁启超说："他不是博士，连硕士也不是。"曹云祥说："那他总该有大著吧？"梁启超说："也没有著作。"曹云祥说："既不是博士，也不是硕士，又没有著作，这就不好办了！"梁启超生气了。他一拍桌子说："我梁某人也不是博士，著作算是等身了，但加起来还不如先生寥寥数百字有价值。好吧，你不请，就让他在国外吧。"梁启超还提出柏林大学、巴黎大学一些名教授对于陈寅恪的推荐。

曹云祥一听，好吧，老外也推荐，应该是有真才实学，就请他了。其实他的面子说不定不是给梁启超的,是给外国人的,那个年代崇洋。曹云祥马上说答应说秋天请陈先生到学校教书吧。陈寅恪就这样开始了他的教学生涯。

陈寅恪当时所在的清华大学国学院,有所谓的"四大导师",今天是"四大才子",没得比。清华的四大导师是谁?梁启超、王国维、赵元任,还有陈寅恪。陈寅恪好像懂得20多种语言吧,应该也是过目不忘了。他懂得读和解释,甚至会写的,包括蒙古语、藏语、日语、英语、法语、德语、波斯语、突厥语、西夏语、拉丁语、希腊语,还有梵文、巴利文他都通晓。

其实有资格当这种大学问家的学生的也没几个人。学生也有分类,因为他在大学教书,他开课,你坐在那边听,不管你考试成绩好坏,都可以说自己是陈寅恪的学生,可以沾光。可是真的能够被他看得起的学生,应该也没几个。

那个年代的老师,上课很朴素,通常都穿着长衫,拿着粉笔,或者不用拿粉笔,而是拿着一壶茶去上课。有不同的人写过陈寅恪上课的情况。我们可以谈一谈,去怀念一下那个不需要放视频、PPT的教学年代,老师专心地教,学生专心地学,真是美好的黄金年代。

好多人都说,陈寅恪每次从校园慢慢走去教室里面教学,通常是穿长衫,用一块黄色或蓝色的布包着一些书,有时候多,有时候少。进到课室里面,把书放到讲桌,清一下喉咙,开教了。

陈寅恪夏天秋天通常穿的是蓝布长衫,冬天春天穿长袍马褂。有时候那一块包书布洗到发白了,可是还看得出颜色,很抢眼。讲课讲什么?他总是拿粉笔在黑板上面写出今天大概要讲的话题,唯恐学生听不懂，因为那时候没有手机，没有PPT。他把书上面支持他的论点的一些材料写在黑板上，一直写，跟学生没有什么互动。因为学生听得懂听不懂，很难说，甚至提问也不容易提。而且，也可能是陈寅恪喜欢说话，讲到下课铃响，还在继续讲解不停。

有时候讲到他觉得自己很有创见的时候，很满意的创见，还忍不住哈哈大笑。有时候一边讲，讲得很入神，还在学生面前闭目，摇头摆脑继续开口说。下课铃声响了还不管，眼睛也不张开。

这是陈寅恪教学的情况。可是他教学的命运有很多转折，理由是前文说的，那个大时代一场一场的战争。而且他又倒霉，日本侵华，他去了西南联大。他南北辗转，后来也在岭南大学教书，岭南大学变成中山大学，他就留在那边，度过了人生中最后的一二十年。

在这个过程里面怎么倒霉呢？他眼睛不好，几乎失明，视网膜脱落。牛津大学还请他去教学，他想去，也顺便去治疗。可是，刚去到香港，又爆发了战争，去不了了，他只好返回内地。后来哈佛大学也请他去教学，他想也去治疗眼疾。可是，太晚了，视网膜脱落，已经没有办法了。他后来在中山大学教学时，眼睛已经基本不太能看到东西。他平常让他学生在家里给他读一些书。那些书他早看过了，或者说看过相关的材料，有时候学生读错了，他还能够马上凭记忆力指出错误，反驳学生，甚至怀疑学生偷懒——怎么有两段没读。

他上课习惯把材料写出来，可是眼睛不好，也没办法了，只好请个助教替他写出来。当然还有他太太唐篔，跟他相处几十年，为他读书，照顾他。这位陈夫人本身才气纵横，也是大才女，有很多跟他唱和的诗作，是非常动人的。

大家虽然可能跟我一样读不懂陈寅恪的学术著作，可是至少应该能读懂、欣赏诗吧。可以找陈寅恪先生的诗来读，保证读到你百感交集，甚至会哭。我读他的诗，曾经哭过两三回。

举个例子，陈寅恪比他太太先去世的，他还预先写了挽联给他太太。因为到了一定年纪，谁先去世都很难说，所以，他先写了给太太的挽联："涕泣对牛衣，卌载都成肠断史。废残难豹隐，九泉稍待眼枯人。"你看最后一句"九泉稍待眼枯人"，干枯的枯，因为他失明了。他说太太，你在九泉之下等一等，眼枯人是我，我马上来。"四十载都成肠断史"，肠断，是回忆起我们在一起的四十年，断肠难过。"涕泣"，哭得很伤心，用词都很悲哀。

前文提到他太太跟他在诗里面唱酬对和。比方说陈寅恪写了比较悲观的诗，他太太会写一首来劝慰他、安慰他。比方说陈寅恪有两句讲晚年的诗，最后一句说："忍话燕云劫后尘。"他太太给他回了一句："何处青山不染尘。"哪里没有苦的事？意思是说看开一点吧。有这种老婆，我觉得可能是陈寅恪先生这一辈子倒霉里面的一个大运气吧。老天还是公道的，给你大倒霉，也给你大运气，找了这么好的伴侣。

陈寅恪怎么倒霉呢？他去不了外国，在战乱之中辗转教书。好不容易到1950年安定下来，再在中山大学教书，可是我们都知道又有一波一波的运动。他被拎出来说是学术封建权威，被批斗得厉害。多可怜，70多岁的老人家了，每天还是要被抓出来批斗，用喇叭喊他的名字。在那么可怕、悲哀的情况下，他去世了。在那个时代，做学问的人被批斗的不止他一个。我不断说的倒霉，往往是展现在小事情上。前文提了他本来有机会去到国外的，他也做了选择，留在中国。还有更小的事情，因为不断战乱，他到不同的地方教书。读书人视书如命，他从一个地方去另外一个地方，都是把书装箱带走，或者寄走。好多次他寄的书都不见了。他离开北京去长沙教书，把书寄到长沙去。他跟太太去长沙之后，书还没到，可是战乱又来了，他又跑去云南。他走了之后，书才到长沙，结果长沙大火，所有书都被烧掉了。类似的事情发生过好多遍。他去香港也是，准备去英国牛津大学教书，可是没办法成行，只好回内地，又把书带着，可是途中丢的丢，被抢走的抢走，被偷走的偷走。这也让他精神接近崩溃。

有人回忆说，1955年，有个姓彭的越南华侨写信告诉他，说在自己这里居然找到一些他当年被偷走的书，准备寄还给他。陈寅恪先生很高兴，希望书赶快从越南那边寄来。可是越南居然突然不准书寄出口。留下来就算了，可是姓彭的华侨家里发生火灾，这些书又烧掉了。

他一辈子是这么倒霉的人。有时候读历史，读到这些倒霉的大师，真的想隔着远远的纸页来好好地抱他一下，安慰他一下。当然，他不会稀罕我们抱他，可是我们自己忍不住想去，觉得好像能够给他一点安慰、一点温暖，或者说能够帮他吧。

这是陈寅恪先生做学问的一生。他对学问非常坚持。后来，在50年代，有些学术上很重要的取位请他去担任，可是陈寅恪坚持追求独立自由的精神，他经常说"独立之精神，自由之思想"，是一个大学，也更是一个人最应该有的尊严。为了独立跟自由的考量，他不去担任那些有权力的工作岗位。

他的学问也好,他的人品也好,是让我们真的深深佩服和敬仰的。当然,他的倒霉我们不敢恭维,希望我们没有他的倒霉。好了,不能再讲陈寅恪了,再讲要讲哭了,真是让人非常难受、沉重。

阅读小彩蛋

最后还是分享他的一句诗吧:"文章我自甘沦落,不觅封侯但觅诗。"意思是我不愿意当官,只愿意写诗。这自然是自我嘲讽,只是调侃一下。我这个人没什么出息,没什么大志,我只愿意写文章,所以沦落。不愿意当官,我只愿意写诗。

陈寅恪先生,真的了不起。

安迪·沃霍尔：So what 精神的鼻祖

我看古今中外的人物，经常把他们粗分为两类。一类用两个字形容，就是伟大。他们在不同的领域，比如艺术、科学、哲学等等，有非常杰出、十分关键的贡献。另一类人用两个字形容，就是好玩，或者说有趣。当然，他们也有其关键杰出的重要贡献，可是他们真的打动你的那一股魅力在于他们本身。不管是言论，还是他们的行为、他们的生命，你会觉得好有趣，很好玩。

面对这种人，跟面对伟大的人不太一样。对于伟大的人，远远看，远远地对他鞠躬敬礼就够了。不一定是不敢亲近，是好像不太需要亲近。

对于好玩有趣的人呢，假如跟他抽烟、喝酒、开个派对，或者吃顿饭、出去旅行，你一定觉得很过瘾，亲自百分之百地享受到了他们的魅力。这类人最典型的代表就是我们本节要谈的安迪·沃霍尔，中文翻译成安迪·沃荷，或者是安迪·沃霍尔。

安迪是波普艺术的代表性大师。我们今天去一些画廊，一定会看到他的作品：一张海报上面有几十个不同颜色的罐头、几十种颜色的玛丽莲·梦露、几十根不同颜色的香蕉、几十张一模一样但颜色不同的美元图案，这些灵感都来自安迪。当然，安迪还有很多波普艺术创作的代表作。不管你懂不懂艺术，一看就知道，一眼就能认得。

他很奇怪，言行也很奇特，有些人看不习惯，就喜欢随口称他为神经病。其实他的特质叫奇特，不叫神经。这种人不管活在什么年代，总能走在时代的前方，做出很独特的事情。我们今天经常自拍，而安迪呢，可以被称为自拍的老祖宗了。因为从拿起照相机开始，他就经常自拍，还把照片冲洗出来，做成艺术品。后来还拍电视、拍电影，什么都做，好像也唱过歌。

他有一句名言："*在未来，每个人都会成名 15 分钟。*"安迪·沃霍尔成名可不止 15 分钟，从 1962 年确立波普艺术大师级的名气之后，直到他 1987 年去世，整整 25 年间，他基本上没有不火过，可以说红了四分之一个世纪。每个阶段出现了什么新的科技，他都能够用这种科技来创造出他的艺术作品。

安迪 1928 年出生在美国匹兹堡，父母亲都是从捷克移民到美国的。安迪·沃霍尔蛮倒霉，他 8 到 10 岁时突然病发。什么病呢？这种病叫舞蹈症，很奇怪，自律神经不受控制，手脚经常动来动去，身体不好平衡，整个人也就没有力气，只能在家卧床养病。

他自己说那时候曾经因为这种病，有三次引发了精神问题，基本上算是抑郁症。试想，一个小孩被关在家里，每天能干吗？只能画画。母亲对他很好，给他讲故事、照顾他、在家里教育他，还买了一台小小的投影机给他放映电影，这让他对影像非常着迷，也让他在艺术上的天分表现了出来。可是十三四岁左右，他父亲去世了。

病情好了一点之后，安迪去学艺术，主要是学海报设计（Post

Design）。他1928年出生，高中的时候正值美国战后，资本主义经济再度起飞的年代。商品经济活跃起来，需要大量专业人才，于是开了很多课程，他就去读，也读得很好。

他毕业之后搬去纽约，之后一辈子基本上都在纽约活动，从事广告海报的设计和各种商品艺术的设计，也闯出了名堂，获了很多奖，就开始把商品艺术这种创作形式确定了下来。

不管是胶影，还是他推出的艺术作品，都激起了美国波普艺术的风潮。什么叫波普艺术呢？其实波普艺术这个词，是先在英国兴起，1957年才被引进美国的。那时候，有个从事波普艺术的老兄理查·汉密尔顿（Richard Hamilton），本身也是艺术家。他解释说，波普艺术有几个关键词，第一个就是普遍，或是普及，可以翻译为popular。它是为广大群众来设计的，也是能被广大群众理解的。第二个关键词是短暂。它不要求长久地拥有所谓的艺术价值，它可能有部分艺术价值，只要能够满足短期的惊喜、短时间之内美感的消费欲望就可以。第三个，它本身具有消耗性，容易被遗忘。你记得也好，最好能忘了。因为忘了才愿意买新的，才能享受新的。他们毫不在意地说，艺术就是商品。因为他们觉得商品本身也是一种美学。波普艺术还有低成本，可以大量生产的特点，而且是年轻的、性感的、充满讥讽的、很有趣的，花样百出，有很多点子。

从这些关键词，我们就能理解波普艺术，也能理解安迪·沃霍尔那些不同颜色的罐头汤、玛丽莲·梦露，还有整天戴在他头上的不同颜色的假发，以及他自己参与的各种商业艺术的演出表演。

1963年是他的创作高峰期，他做了很多海报和设计，后来都保留下来，而且卖出高价。他那一张很出名的《八个Elvis》，用猫王唱歌的画面做成的一张画，还有其他的作品，比如《死亡与灾难》等等，后来都卖到了天价。

1963 年，对他来说是很奇特的一年。除了是他第一个波普艺术创作的高峰期之外，这一年 9 月，他还和三个朋友出去旅行。他不懂开车，就找朋友来开车，走的是美国的 66 号公路，从纽约出发一直向西。沿途住不同的旅馆，看不同的商品艺术，从中吸取创作灵感。

这段旅程很有趣。到了 2012 年左右，有个美国女作家黛博拉·戴维斯，是安迪·沃霍尔的超级粉丝，她重新走了这一趟旅程。她搜集了关于那一趟旅程的大量材料，在 66 号公路，从纽约出发一直走，尽力去住安迪·沃霍尔住过的酒店，去吃他吃过的沿途餐厅。

她发现大部分餐厅是麦当劳或者快餐厅。其实安迪·沃霍尔很喜欢这种被我们认为庸俗的东西，他总是能从庸俗里面看到美感。他写过，东京最美的东西是麦当劳，斯德哥尔摩最美的东西是麦当劳，意大利的佛罗伦萨最美的东西是麦当劳。他还说，可是北京和莫斯科还没有任何美丽的东西。他讲这一段话的时候是 20 世纪 80 年代初期，北京还没有麦当劳。

美国女作家狄波拉把她的整个旅程经历写成了一本书，叫《旅途》(*The Trip*)，大家感兴趣可以找来看。

1963 年还发生什么事呢？安迪·沃霍尔买了他人生中的第一台有模有样的摄影机，用来拍摄影像，他也向别人请教如何拍片，如何剪片。

同年，他买下了曼哈顿 47 街上的一家老工厂。本来这家工厂是做帽子的，他买下之后，把它变成一个工作室（work shop），也可以直接称它为工厂（the factory）。他采取门户开放政策，谁都可以来，无所谓。

他为自己留了一间小房间，这里是他的天堂，他的领土。可是其他的房间，不管谁都可以进来。从1963到1967年，大概持续了五年，这个地方成为纽约甚至全世界年轻的艺术家、文化人聚集的地方。大家都来这里寻欢，当然也不排除有艺术创作。

他还很体贴地在工厂里面留了几个暗房。不管你们进去做什么，只要不杀人就好。门上面贴着提示语：请保持清洁，带走该带走的东西。

这个工厂成为美国现代文化史上一个很好玩的地标。可是短短的五年时间，这个门户开放政策就没了。为什么没了？因为1967年有一个美国女狂迷，闯进去开枪杀他。之前这位狂迷也是不断出入工厂，认识了安迪，据说两人有些合作，写了一些电影剧本。

这个狂迷本身是女同性恋，也是非常极端的女权主义者。她自费出版了一本很有趣的小书，中文翻译为《人渣宣言》，是骂渣男的，也骂资本主义。她说女人受到压迫，不仅因为父权，还因为有资本主义的压迫。所以我们要消灭资本主义，消灭金钱，也要消灭男人和人渣。我不晓得她是说杀死，还是说把渣男赶去他们自己的国度。她的想法是女人独立之后，世界要分为男人国度和女人国度。这个想法很偏激，看得出她是性格激烈的女生，她的名字是索拉纳斯。

为什么要杀安迪·沃霍尔呢？1967年，她有些剧本被安迪·沃霍尔拿走了，不还给她。她就拿着枪进入工厂，找到Andy就开枪，乓、乓、乓三下，打伤了几个人，其中也包括安迪·沃霍尔，他差点死了，被送到医院救了回来。从此安迪·沃霍尔就怕了，禁止了门户开放的政策。进出工厂都要登记认证等等，很麻烦。这个有趣开放的艺术公社的历史，就这样被终结了。

1968年之后，安迪·沃霍尔重出江湖，还是继续做各种很神奇、很疯狂、很具创意的事情。比方说安迪·沃霍尔是个购物狂，买了无数的东西。后来，他做了时间锦囊，把他的一小部分东西弄成纸板箱，分好类放在锦囊中，埋在美国纽约，甚至运到国外不同的地方埋藏。说要等到50年、100年后，再重新找出来。

当这些时间囊开启的时候，人们看到他藏着的60、70年代的物件，一定会爆出另外的关于安迪·沃霍尔的大新闻。那可是记录了当时的人，特别是美国人的物质生活的历史。

安迪为什么会是购物狂、搜集狂呢？他说，是因为自己没有安全感，而且嫉妒心很强。他去一个地方，看到一个美的、好的东西，就怒火中烧，总是担心它被别人占有，被别人买了，所以他就先下手为强，把它据为己有。明明他不需要，或者说已经有了，但还是要买，不想拱手让人。

他这种偏执来自安全感的缺失，而他没有安全感，是因为十多岁时患过的舞蹈症。那时他被孤立在家里，觉得被世界遗弃。他说他需要身边常有人陪伴，以前去约会，不管约会男女，都会先找六七个人来家里接他，然后再带着六七个人一起去接约会对象。可是无论有多少人在旁边，他说自己还是会感觉到孤独。

这种不安全感，从心理学上来说，是一种自我保护。如果跳到另外一个极端，除了偏执以外还有什么？放肆或者是自大，不管、不稀罕这个世界怎么看我。其实他很在意这个世界怎么看他。所以他才有一句名言：不要在乎报纸怎么说你，你只要在乎那个版面有多大，给你几个 page（版面）。放到现在来解释，就算报道我的丑闻也好，绯闻也好，最重要的是照片有没有把我拍得好看。

安迪·沃霍尔还常讲一句口头禅，是我非常喜欢的，我也常讲，而且我喜欢的人都爱讲。就是 so what，那又怎么样，爷们儿不管你了。so what 就是安迪·沃霍尔的精神。因为有了这种 so what 的精神，他才能不断地创新，不断地做出各种奇怪的举动。

不管是自大还是自卑，有时候我在想，作为一个奇观，让你惊喜，又觉得好玩有趣的安迪·沃霍尔，基本上是一个孤独的、受伤的小孩。我甚至还经常想象，他一个人躲在他的办公室，或者是家里床上的时候，摘下他的假发，脱掉衣服，摘掉各种奇奇怪怪的眼镜之后，他因为孤独，因为无助，而全身发抖。安迪·沃霍尔自己也说，他很害怕快乐。为什么呢？因为快乐总是短暂的。从这句话里，我们就可以感受到他的无助，他的悲剧性。

安迪·沃霍尔除了拍电视、电影、设计艺术作品之外，还写书，他的几本书都被翻译为中文，写得很不错。他还有很多格言，值得我们找来看。他留下来的名言，比方说谈性，他说：最好的性是什么呢？不去做它。就等于说最好的爱情是不去想它一样。他经常说：我怀疑世界上是否真的有爱情能够永远维持下去。

假如你已经结婚 30 年，当你在为你心爱的人做早餐时，他走进厨房，他真的会感到心跳加速吗？会不会他只是因为早餐而心跳加速呢？那也不错了。So what，他又说，有人做早餐给你吃，毕竟是一件不错的事。他说，不要去想爱情，只要觉得好玩，不要想什么是爱情。因为爱情根本是不存在的东西，它就是身体的化学反应。

所以，看安迪·沃霍尔就要学会他的有趣、好玩，还有他的 so what 精神。他本身永远就是一个奇观，当然，他通过把自己变成奇观，也创造了好多好多的钱。

阅读小彩蛋

安迪·沃霍尔有一句，可能只有他那个年代的人才懂的名言，他说："在 60 年代，每一个人对每一个人都感到兴趣盎然。在 70 年代，每一个人开始抛弃每一个人。60 年代吵吵嚷嚷。70 年代空空荡荡。"

我从这句话想到一个对比，对比 20 世纪和 21 世纪。对比什么呢？20 世纪你最好的朋友，就是你的家人；到了 21 世纪呢，你最好的家人就是你的手机。

现在我写完了，就很想出去买一张安迪·沃霍尔的罐头汤的海报回来，挂在自己墙上，提醒自己 so what。

篇章五

识时·炽热

我要把内心世界发生的事情挖出来,让眼前的影像变得清楚

贝聿铭：我可不是免费的

非常抱歉，我年轻的时候曾经很长一段时间读错了这位大师的名字，他叫作贝聿铭，可是不晓得什么理由，可能是我中学老师读他的名字读错了。我是好学生，老师说什么就是什么，那我就听着，受老师的影响，之后我也读错了很长时间。我把贝聿铭的聿读成什么呢？法律的律。很长一段时间，我总是读成贝律铭，真的很不好意思。后来我发现，很奇怪，跟我同一个年代成长的蛮多香港人也读错，也是读成了贝律铭。就好比我这个年代的香港人对于大名鼎鼎的商务印书馆，总是读成商务印，总是以为书馆就是书店，以为叫作商务印书店，其实是商务印书馆。

贝家大名鼎鼎的贝聿铭先生去世之后，有很多媒体报道，不仅谈他，还谈他的家族。贝聿铭是什么人呢？富二代富三代已经很厉害了，他是富十五代，因为贝家一直以来都是在生意上大有成就的，很多都从商，特别是在经济贸易金融业，做了一番大事，所以家里非常有钱。

我们都知道苏州的狮子林。这个园子并不是贝家建造的，狮子林园在 14 世纪中期已经有了，清朝皇帝去苏州也多次住在那边。在

1917年，狮子林被贝家其中一个很成功的商人，贝聿铭的叔祖父，号称颜料大王的贝润生，买了下来，而且改进加建，带来很多新的景点。

贝聿铭年轻的时候在上海读书，假期一有空就回苏州，住在他的家族产业里面。贝聿铭也说，他很多建筑设计里面有中国的风格，有自然光的风格，有天人合一的中国哲学思维在里面，也是因为小时候住在狮子林，在心里种下的种子。

家里本希望他当银行家，可是后来他决定学建筑，除了受自己祖产的熏陶以外，也因为他在上海读书时，看到高楼大厦拔地而起，跟天较量一样，比天还高，他觉得太壮观了。如何可以让一栋大楼不仅是盖得高，而且能够有美感，能够跟天试比高，而且又有融合的感觉？从十多岁在上海开始，他心里就对建筑感兴趣了。父亲希望他当银行家，为什么呢？因为他父亲贝祖诒是大名鼎鼎的银行家，曾经在民国时期当过中央银行总裁，全家在1918年来到香港时，他当了中国银行香港分行的总经理。贝聿铭先生1917年在广州出生，在香港度过他的童年，他的弟弟妹妹都在香港出生。

贝聿铭在香港读名校圣保罗学校，后来父亲回到内地，在中国银行上海分行当经理，他随之到上海，在圣约翰大学的附属中学读书。十八岁时就去了美国，在宾州大学读建筑，两周后转去麻省理工学院改学工程专业，毕业之后再去读哈佛大学的建筑学硕士，开始了他从事建筑设计的灿烂一生。

他的很多作品我们都有所耳闻，到处都可以看到贝聿铭的设计。比如去巴黎，卢浮宫的玻璃金字塔那不用说了，还有中国驻美国大使馆，还有中国香港的中国银行大厦、苏州博物馆新馆。当时苏州的这一作品号称贝聿铭的收官之作，贝聿铭那时候年事已高。收官之作的确很漂亮，苏州博物馆新馆就在狮子林附近，他把收官封笔之作、最后的作品，献给他自己的故乡。

狮子林已经不属于贝家，1949年后，贝家将很多庞大的家产都先后奉献给国家，变成国有财产，可是对贝聿铭来说，最后一个作品能够在祖产旁边，特别有意义。后来不知他是不是又手痒，在苏州的作品之后，又继续有新的作品面世。严格来说，后来落成的伊斯兰艺术博物馆，可能就是规划在苏州博物馆之前，可是后来才落成，所以苏州博物馆还可以算是他的收官之作吧。假如真的要研究这个时间点，贝聿铭也没有骗人。

贝聿铭去了美国就开展他的建筑事业。他18岁开始在美国生活，后来长辈叫他回国，他没有回去，避开了比较动乱的时期。那时候贝家的人在内地，正如许许多多的人一样，受到时代动荡的影响，也有不太好的遭遇。这对贝聿铭来说非常心痛，可是他心里还是想着，我来自中国，我的心就是中国的，所以他的几个小孩名字里都以中作为最后一个字。

他曾经表示，自己设计的作品好像成功率蛮高的，谈判能够说服客人，也能获得专业的肯定。贝聿铭说："可能因为我是中国人吧。"什么意思呢？他觉得自己比较有耐心。他认为自己很多好的特质都是在中国生活的时候养成的，因为他是名门望族，因为是中国人，所以没有忘记他的中国心。他的用心是具体地展现出来的。

建肯尼迪图书馆的时候，肯尼迪夫人挑选建筑设计师，最后候选的有三位，都是非常著名的设计师，另外两位其实比当时的贝聿铭更有名气。肯尼迪夫人就一家一家去看、去谈。其他两位设计师很有意思，本来是怎样的面目，就让你看到怎样。其中一位比较潇洒，员工也一样，可见企业文化如此，他们就很潇洒自然地对待肯尼迪夫人。另外一家就很酷，有点德国作风，问一句答一句，有板有眼，也是用这种一直以来的态度来对待肯尼迪夫人。

那贝聿铭呢？他做了很多调查，探究掌握肯尼迪夫人的心理、性格跟喜好。他知道肯尼迪是美国的贵族，肯尼迪夫人当然也是贵族夫人，而他自己是中国的贵族，觉得贵族对于品位要求很高，而且对于身边的人也有要求，他们不会只看一个很有品位的主人，而是从整体来看的，还要看一下他身边的工作人员，假如他们不修边幅或是说有欠风度，也是不喜欢的。所以贝聿铭在肯尼迪夫人来前，特别下令让他的员工们全部打扮得体优雅，也花了心思去改装他的整个建筑事务所，投其所好。夫人一进门，看到的不仅是贝聿铭先生的品位，还有员工的品位，甚至整个事务所每一个装饰都有品位，所以就很喜欢了。

大家不分伯仲，价格各有特色，提出的作品理念各有长处，可是贝聿铭的品位征服了肯尼迪夫人，就拿下了这个项目。所以他到不同的国家做不同的项目，一定花了大量时间研究国家的文化、社会、历史各个方面的材料，才能了解他们的哲学。他说："**人有人的哲学，社会有社会的哲学，整个区域有整个区域的哲学，建筑物在那边当然不能变得很突兀。**"他一方面要配合当地的哲学，另外一方面也要替那个区域开阔眼界，开拓思考的维度。

贝聿铭的代表作之一，巴黎卢浮宫里面的玻璃金字塔，正是遵循了这种逻辑。他一方面引进金字塔，因为卢浮宫里面的藏品不仅是来自法国、欧洲，是来自世界各国的，当然包括埃及，他就把埃及金字塔这个概念,以及玻璃采纳自然光这一概念引进卢浮宫。一方面体现了巴黎卢浮宫的包容性、古典性;另外一方面也因为采用了玻璃,用玻璃金字塔跟欧洲巴黎的古典建筑碰撞,能够打开艺术欣赏的一扇窗。他是这样想的,就从这个方向去设计巴黎金字塔。

设计出来的时候,我们都知道,这在当时是天大的新闻,引发了很大争议,九成的法国被访民众都反对,好多人轮流抗议,甚至把话题无限上纲,提升到种族歧视方面,说因为他是中国人,所以不懂得欧洲,把这个金字塔搞进来干什么。反对声量非常巨大。贝聿铭后来在回忆录里面也说,的确是很不开心。他觉得不开心,不是怀疑自己的能力,是他想不到法国人的眼光会落后这么多。

所以我们看到,贝聿铭是很有自信心的:我提出这种规划是走在你们前面,这个不用怀疑,我倒是伤心在于,你们比我落后这么多,却扯到华人身份上面,太荒唐了。

后来是法国总统密特朗一锤定音支持他,所以在这个时候顶住了,没有在群众情绪汹涌之下推倒重来。经过这么多年,巴黎金字塔已经成为巴黎卢浮宫一个重要的文化艺术地标,这个建筑本身就是一个美学成果,更别说艺术馆里面所收藏的藏品了。

在中国香港也有贝聿铭很重要的作品,就是中国银行大厦。高高的、尖尖的三角柱往上耸立,贝聿铭说,他的设计理念就是中国竹的节节高升。国人说不断进步,叫"百尺竿头,更进一步",所以一直往上走。如果你走进中国银行大厦,也能看到里面有点中国庭园感,而且很高,把整栋楼的气度高度都拉拔起来了。当然刚出来的时候,这个中国银行大厦也备受批评,特别是在香港,讲究风水,就有人说,这栋楼怎么搞的,好像一把刀子一样戳进香港的心脏,甚至拉到政治层面,说像一把利刃捅在英国人的心脏,不和谐啊。当时中英斗争很厉害,特别是香港谈判过渡期的时候,这种封建迷信的说法就出现了。可是贝聿铭就只有简单一句话:"我们需要的是时间。"

贝聿铭讲话很简单,可是很幽默,我看了他很多的访问,一两句话就总结了他想表达的意思。他有一个秘密武器,乍一看觉得不温不火,真的很像江南人,特别是大门大户出来的人,都是八面玲珑,这个秘密武器就是"笑"。不是故意的笑,就是觉得圆润,觉得世界上的事"事缓则圆",需要时间,大家就会互相理解互相明白,有过的冲突矛盾都会慢慢地消减。贝聿铭除了有江南世家子弟那种圆润的笑容,还有美式的幽默,他永远笑眯眯的,让你觉得他这个人怎么可能连睡觉都还在笑,嘴角是笑的,眼睛也是笑的,用洋人的说法就是好像眼睛里面坐着几个天使一样,甚至有天使在跳舞。我的感觉是,好像他经常往开心的地方去想,把自己逗笑,而且总是感觉他还努力地想让你笑,觉得和气生财,大家都笑。他不仅让自己开心,也要想办法让别人开心。

在贝聿铭身上,有美式的幽默,有中国的圆润,感觉是中西文化融合的最佳样本。另外一个这样的样本就是林语堂,幽默大师林语堂也是这样,在美国生活,用英文思考,用英文写作,他讲话、想事情的角度,就有那种美式的幽默,也有中国人的乐观跟纯真在里面。贝聿铭老年时拍了不少照片,你不会觉得这个人老了,他是个老头,相反他是一个很有魅力的老头,这很了不起。再加上他的家族传奇,谈到贝聿铭的家族传奇,大家都在谈贝家的人,特别是他父亲,中国银行、中央银行总裁贝祖诒。大家较少谈他的继母,因为贝聿铭的母亲在贝聿铭很小的时候就去世了，他父亲是在欧洲碰到他的继母的，继母姓蒋，叫蒋士云，那也是富有传奇的一个人。很有意思，你看民国时期的上流社会，一个人往往会扯出另外一个人或者扯出另外一帮人。就像我们的朋友圈，每一个人的朋友圈都是高度重叠的。

贝聿铭的继母蒋士云本身也是大门大户。蒋士云的父亲蒋履福是中国的外交官，蒋士云自己从小也通晓几国语言，去欧洲游学，后来回到中国，十多岁认识了张学良。后来跟张学良几度见面，她心里好喜欢张学良，还给张学良写情书甚至表白，很动人的。在西安事变以前，就是张学良投向蒋介石，要跟蒋介石合作的时候，蒋士云经常听长辈们说蒋介石这个家伙很坏的，不可以信任。她就偷偷从上海写信给张学良，提醒张学良小心提防蒋介石，不要信任他等等。张学良回信没有理会这一点，反而叫她来东北找他。他说，听说你又去欧洲读书了，别去了，来吧。他还说，不然你以后会后悔的。

后来发生的事我们都知道，西安事变，蒋介石被放出来，张学良送他从西安回南京，结果就被抓住软禁了，后来从大陆带到台湾继续软禁。从蒋介石到蒋经国都把张学良关住，关到90多岁才给他自由，好惨。所以后悔的人很明显不是蒋士云而是张学良。蒋士云劝张学良小心没有用，后来又从上海跑去北平对张学良表白，可是发现张学良除了有老婆以外，还有女秘书赵四小姐，还有其他一堆花花草草，她就死心了。

于是她就去欧洲读书了，情伤了，读书的过程中碰到贝聿铭的父亲贝祖诒，那时候贝祖诒因太太生病去世很难过，看到这么漂亮、聪明、有教养的女孩，就追她了。贝祖诒比蒋士云年长十八九岁，追到了她，娶她为妻，蒋士云就变成贝夫人了。后来蒋士云主要是在美国，与在中国台湾的张学良还是有通信，她还曾经去中国台湾看他。后来 89 岁的张学良自由了，飞去美国，还特地跑去纽约探望蒋士云。我经常想象，他们两个人走在哈德逊河旁边，坐在大桥下的椅子上，看着夕阳聊天，不晓得蒋士云会不会问他：怎么样，后悔了吧，现在相信我了吧，几十年前写信提醒你小心提防蒋介石，你不听，后来中计了。张学良可能会跟她讲：我后不后悔无所谓，倒是幸好你当时没有相信我，没有回来跟着我，不然就惨了，可能要像赵四小姐一样，跟着我在台湾一起被软禁几十年。两个老人在那里回首前尘，一定不胜唏嘘。张学良在纽约住了几个月，离开之后就去世了。蒋士云年纪很大才去世，好像是 104 岁才去世，年纪比贝聿铭还高，贝聿铭是 102 岁去世。

这很有意思，谈一个民国的人，其实一定会谈出一个朋友圈的。不是有六度空间理论吗？你认识六个人，他又认识六个人，总有重叠，然后发现原来大家彼此之间都有一些悲欢离合的故事，真的说不完。

这是贝聿铭先生，贝大师的故事。

阅读小彩蛋

经常有人说，贝先生，你的作品很精彩，可是收费同样很精彩，很高。贝聿铭很喜欢开玩笑，回答，因为他姓贝，英文是 Pei，有一点音像 pay（付钱）。在美国把名字放前面姓放后面，他名字简写就是 I.M.，所以贝聿铭就说："I am Pei，我是要被付费的、要收费的，not I am free. 不是说我是免费的。"这就是他的美式幽默。

张爱玲：把自己的感受写成段子

在中国现代文学的阅读出版和研究讨论中，有两个很关键的人物：一位是男性，他的名字是鲁迅；另外一个是女性，她的名字叫作张爱玲，原名张煐。

这一男一女两个人，分别可以说是两个产业：鲁迅产业、张爱玲产业。什么叫产业呢？听起来好像经济学做生意的一样。在文化研究里面，这其实是一个好词。如果说马家辉成为"马家辉产业"，意思是说很多事情会围绕马家辉发生，比方说出版，他的书不断地出版，出不同的版本，成为一种商业贸易，也可以理解成一种持续性的生意。如果有很多关于马家辉的不同角度的研究和讨论，甚至争议，以及从文字出版延伸出来的改编，电视剧、广播剧等等，这个时候再提到马家辉或者马家辉的作品，就是产业的概念。

鲁迅跟张爱玲，他们成为一个产业的关键在于，他们写出了很好的、很深刻的文学作品，鲁迅先生创作了小说、散文、杂文、翻译，张爱玲主要写小说，也有散文和翻译作品。

这两个人很有趣，我们觉得张爱玲跟鲁迅作品的情调好像不太一样，对吗？可是里面又有个共通点，什么共通点呢？他们其实都是写人，写那个时代中国人的心理状况和行为，还有人与人互动展现出来的关系。

别看鲁迅有很多杂文是写时事评论的，可是他的小说创作或者散文写的还是人，只不过他把人的存在状态拉到外面，跟整个社会和国家接轨，是什么样的历史社会情况让当时的中国人有这种民族性？比较典型的就是阿Q，为什么有这种表现和思考？他把人的心理状况往外拉，带着读者的眼睛往外看，看这个国家和民族的古往今来、前途发展等等。

张爱玲也是写人，特别是写上海、香港等大都市里面男男女女的爱情。可是她不像鲁迅一样往外拉，她是往里面挖进去，到最后挖到什么呢？不是跟别人的关系，是一个人跟自己的关系，一个人心里黑暗幽微的所在，让你发现你的心原来这样想。一个人的想法往往把自己都吓了一跳。

张爱玲的好多作品里，《半生缘》也好，《金锁记》《红玫瑰与白玫瑰》也好，不管男女，在某个处境的反应会把当事人自己吓一跳，没想到自己在这个时候会做这个决定、说这种话，原来自己是如此黑暗；或者相反，被自己在某些特定时刻所展现出的包容所震撼。人心是比黑洞更深的黑洞，是如此复杂、纠缠。

当鲁迅把人的心跟外在的社会、国家、民族、世界拉在一起的时候，张爱玲把人的心往里面挖，让你看到自己最深最深的那一层，甚至没有最深，只有更深；没有最黑暗，只有更黑暗；没有最刻薄，只有更刻薄；当然，反过来说，没有最光明，还可以有更光明。

无论是作家还是个人，对于人心的探索很难避免，这跟个人的成长、生平有深深的关系。

其实也有电视剧、电影和各种书来谈张爱玲的生平，大家都很了解，她的生活很简单，但她的作品、文字、想法丝毫不简单。

相对同时代的女性，特别是女作家，她的生活状况还算是一帆风顺的，因为她够低调，只是晚年精神状况有点不佳。

张爱玲 1920 年出生，活了 75 岁，出生在上海，祖籍河北，她是蓝血贵族，名门之后。她的祖父母是谁呢？祖父是清末大臣张佩纶，祖母是李鸿章的长女李菊耦。

张爱玲的父亲出身世家，张爱玲妈妈姓黄，是清末长江七省水师提督的孙女，是个官三代。后来张爱玲爸妈离婚了，张爱玲的继母也是北洋政府国务总理孙宝琦的女儿，所以她真是名门之后。

当然，显赫的家世也被人家刻薄地调侃，那时候在上海有一位女作家，曾经写过刻薄的句子："她是李鸿章的外孙孙女——其实这点关系就好像太平洋里淹死一只鸡，上海人吃黄浦江的自来水，便自说自话是'喝鸡汤'的距离一样，八竿子打不着的一点亲戚关系。"这种形容很刻薄。贵族的后代有什么了不起，她讽刺张爱玲整天说自己蓝血。

其实并没有那么严重，任何一个人都有兴趣去探讨自己祖先的历史，张爱玲也是如此。她是曾写过一些小散文卖弄过她的名门身份，但这样的刻薄说法是不对的，也是不公道的。

张爱玲小时候比较倒霉，可是也没有太过倒霉，因为那个年代每个人都是这样。父亲抽鸦片，不务正业，爸妈离婚后妈妈追求自我发展，去英国到处闯荡，她基本上是被放弃、被冷待的。后来爸爸娶了个继母，对她不好，虐待她，曾经打完她之后关在房间里面，后来她自己跑出来逃走了，去找她妈妈，也跟她姑姑住过一阵子。

1939年,她本来去伦敦大学留学,还有奖学金,很厉害的,可是大战爆发,她只好改去香港大学文学系,留在了香港。

书还没读完,1941年日本侵略者占领香港,她又回到上海,就读于圣约翰大学,后来也没读完,闭门写作,开始了第一个阶段的写作,她很多重要的作品都在那个时候完成。

1950年,她的前夫胡兰成跑去了香港,张爱玲留在上海待了几年,不太适应新时代,也离开了,理由是什么呢?她说已经过了十年,她想回到香港继续完成因战争而中断的学业。在香港的几年,她写了一些小说,做了些翻译。

1955年,她去了美国,在美国交了男朋友——左翼作家赖雅,后来两人结婚了。因为丈夫中风,张爱玲要筹措赖雅的医疗费,只好又回到中国香港,靠写电影剧本赚钱。

张爱玲赚钱后回美国支持丈夫,丈夫去世后,她留在美国,写作生涯也不太顺,这时候她的精神状况不太好了,在很多书信集里也能看到,她整天搬家,整天说有跳蚤跟着她,她不想求人家,只不过有些年轻朋友还是想帮忙。

去世之后,她的作品陆续重新出版,张爱玲的一生成了传奇。

读张爱玲、谈张爱玲,要跟她学什么呢?当然可以欣赏她的文学造诣,读她的小说,有太多值得我们看完再看的作品。

可是有一本书被忽略了,我觉得年轻人想到张爱玲的时候可以跟她好好学学写金句。把生活的种种感受用很调皮、很刻薄、很尖锐,或者说很深刻的语句写出来。很多年轻人经常在网络上面写金句,读段子,我认识好多年轻朋友,都喜欢叫自己段子王,是不是"王"不知道，可是他们很喜欢写段子、看段子。张爱玲有一本书可供大家学习，就是《张爱玲私语录》。这本书里有她看待世界的方法，如何捕捉她的感受，如何用很好玩、很独特的语句来呈现这种感受，把生活感受文学化，或者是说把生活感受变成段子和金句，这是大本领。

我们面对生活的种种，有自己的感觉，可是感觉过了往往就算了，甚至没有察觉到自己的感觉。所以必须学习并且练习去体会自己的感觉，然后把它写出来，让这成为一种习惯。这蛮好玩的，不是为了出版赚钱，而是为了自己感动，为了跟关心你的人分享。写作或者说出自己的感觉，本身就是一个很有趣、很有美感体验的事情。如何学呢？多读《张爱玲私语录》里面的种种金句、语录。

这本语录里面收了她的一些笔记，张爱玲以前跟一对夫妻，宋淇先生还有宋太太非常要好，他们以书信往来，在她家留下了很多的笔记、杂记，我亲眼看过那些材料原稿，都写在信封上，甚至写在报纸旁边。因为那时候没有那么多纸张，张爱玲也不太爱惜东西，她爱钱，她也很随意，随便抓起什么就写，一句一句记下她的杂感。后来，宋淇的儿子宋以朗把这些材料整理出版，成为《张爱玲私语录》。其实还有很多没出版的，我也亲眼看到，我们还可以再等一等。

什么叫作"体会自己的感觉"呢？我举个例子，比方说 20 世纪 50 年代张爱玲在香港，为了生活要翻译很多东西，有些她根本不喜欢做，可是为了生活，没办法，又写又翻译。

她写信给朋友宋太太就提到一句，表述当时的感觉，说："我逼着自己译爱默生，实在是没办法，即使是关于牙医的书，我也照样会硬着头皮去做的。"假如是一般人，会说当时我为了钱被逼翻译某某的书，那没办法，为了吃饭。可是张爱玲不是，她突然来了一句"就算是翻译牙科医生的书"，我们都知道牙医的书很闷，千篇一律。其实这就是体会自己的感觉，这就是把生活感觉文学化，是要学的本领。

还有另外一个非常好的例子，她把自己的感觉也写进了她的小说里面，像这一句，她写信给朋友感叹："**我的人生，如看完了早场电影出来，有静荡荡的一天在面前。**"比喻多么好，有过这种经验的人都明白，通常晚上看完电影回家洗澡睡觉了，而早上看完电影出来，哎呀，还有一个大白天，干什么好呢？整个心是虚的，空荡荡，好像被掏空了一样，张爱玲就这样描述。

这句话让我想起了另外一个重要的作家，木心。木心有几句金句，有人来问他，生命是什么？木心就说，生命是时时刻刻不知道如何是好。其实也像张爱玲所说的"空荡荡的感觉"，都是很厉害的描写。

《张爱玲私语录》中对很多事情的描述，我们平常也有这种感觉，可是就不懂得像她这样来描述。也有些俏皮话，比方说，她写"**文章写得好的人往往不会拣太太**"，不晓得谁给她这种感觉。她还说"**一个家庭如果没有感情，就会多用许多冤枉钱**"，为什么呢？家庭不和谐跟钱有什么关系呢？她说，因为大家不会真心地合作节省，家庭不和睦，大家就乱花钱来消气或者发泄。她懂得从这个角度来看事情。还有，她说"**教书很难——又要做戏，又要做人**"，这个我最有同感了。

我们知道她跟胡兰成交往过几年，爱恨交缠。她在信里面提到他，可是不提他的名字，她说什么呢？"从不向人呼彼名。""彼"就是某人的名字，就算听到别人提到，也觉得刺耳。她写了一句英文："As if it's used only in love and passion and died with it⋯"这个名字只在很热情地谈恋爱的时候管用，没有爱就不复存在。就是说爱的时候当然叫名字，不爱的时候听到名字就会不舒服、讨厌。

张爱玲说："孤独时试呼其名，答复只有'空虚'，知道人已不在。"这句感觉很纠结，刚说不喜欢听他的名字，不叫他的名字，可是在一个人孤独的时候，她还是会试着喊这个名字。可是结果只感受到空虚，才深深地明白人已经不在了。所以这很有意思，不管心中怎么冷，还是有个东西存在，不然为什么孤独的时候喊他的名字呢？

张爱玲写的金句还有很多，比方她说"我常常故意往'坏'处想——想得太坏，实际发生的事不会那么坏。"我们都有这种感觉，可就是她写出来了。

当你看这本《私语录》时，你会想象张爱玲这个富有文学天分的人，她的生活状态跟你我一样。她是一个人，也会有一些性别的偏见，会有一些迷信、偏执、执着，我们跟张爱玲的差别在于，她能把生活感受文学化，能够把它写出来。

比方说，大家都有迷信的时候，张爱玲就会这样写："每次事情悬而不决，一过了我生日就会好转，今年也是，先是那眼镜，然后是《秧歌》。算命的说我眼睛不够亮，戴了眼镜运道就会好。"

张爱玲做什么事都会有些小迷信。她在美国出版一些英文书，也要过了7月5号才出，为什么呢？因为她偶尔会翻那些牙书（牙牌），是占卦用的，比如求一个事情，要查卜卦的签牌，求到几号牌，再查那个书，说会怎样怎样，比方说过了7月5号运气才好。就像我们查星座说的水星逆行，张爱玲也信的。

还有她对于样貌的偏好，她说自己喜欢圆脸。她说："下世投胎，假如不能太美，我愿意有张圆脸。"她也没解释为什么，反正有了张爱玲撑腰，女生们就快乐吧。很多女性都嫌自己的脸太圆了，可是有她撑腰，你可以说，没关系，张爱玲也喜欢圆脸。

她的俏皮话还有很多："中年以后之女穿暗淡衣——为过去的她服丧。"好像哀悼过去的自己已经不再青春、不再美丽了，这当然有偏见。

她对女人的偏见很多，她认为女人不能太美，说："我总相信一个人，尤其一个女人谦虚一点是好的。"还说"一个女人太十全十美——又美又慧——不像真人；必须略有些缺陷，才像活生生的人——仿佛上天觉得别人享受太多秀色和才具，太便宜了"。

她说，世上最可怕的莫过于一个神经质的女人。这很奇怪，男人神经质就可以吗？

《私语录》还有其他好玩的小事情可以看，书里有张爱玲自己画的旗袍，她托朋友替她定做衣服，所以要把自己的身材尺寸量出来，你知道她三四十岁时的身材是什么样的吗？书中写道：下围是37寸半，胸围32寸多，腰围好像27寸，凹凸有致。

从张爱玲身上的很多小故事，我们可以获得些小启发。你可以去想，张爱玲也是人，我们也是人，为什么人家成为文学大师，我们不行呢？自己去思考吧，自己去学吧。

阅读小彩蛋

作为写作的人,我最喜欢她谈写作的句子,她是用英文写的,后来被翻译为中文。

"藉写作来宣泄——于是其他人就会分担我的记忆,让他们记住,我就可以忘却。"

写作的人都会有这种感受。她说用写作来宣泄,我觉得,不仅是懂写作,还有她对写作有敏锐的思考跟感受,又能把关于写作的感受写出来,这就是我们爱死张爱玲的理由。

多看张爱玲的语录,多看她的金句,希望你成为一个真真正正的段子王。

李天禄：别像布偶般被摆布

○

现在很多人喜欢去台湾地区旅行，吃喝玩乐，去不同的地方。假如你对文化艺术感兴趣的话，不妨去一下台湾的新北市，有一个地方叫三芝，那边有一个李天禄纪念馆，非常值得一看。除了看纪念馆里面关于布袋戏的历史文化以外，也可以从李天禄开始，慢慢追溯台湾民间艺人走过的路。

李天禄先生走过漫长的80多年的道路。他1910年出生，那时候辛亥革命还没有成功，台湾地区已经被日本占领了，1998年88岁时去世，走过台湾好几个历史阶段。

在侯孝贤的电影里面，比如《恋恋风尘》《童年往事》，其中都能看到一位老先生客串，是有台词的，那位老先生很可爱，很敦厚，可是你又觉得他有些架子，一看就不是普通的老伯伯。因为他一生的确不普通，他是民间艺人，他的布袋戏为一代又一代的台湾老百姓提供了非常多的娱乐。

布袋戏是一种民间的表演艺术，演员躲在幕台后面，每一个演员拿着他手中的布袋偶，有不同的角色，有些是将军，有些是秀才，有男有女，有大有小，在小小的幕台上，演出种种民间故事，这是闽南一带历史很悠久的一种民间艺术，后来传到台湾。在那个没有网络、没有电脑、没有电视、没有电影的年代，布袋戏就是每个晚上甚至白天，民间男男女女、老老少少都要看的戏剧。

说回李天禄，他命很硬，不晓得他为什么这样说，可能是算命先生说的。大家怕他怕到什么地步？有一个风俗，命硬的小孩，不能管爸妈叫爸妈，闽南语中爸爸叫阿伯，妈妈叫阿母，小孩不能叫阿伯阿母，要叫阿叔阿婶，以免把爸爸妈妈都克死。

可能是因为命硬，这也很难说，那个年代人的寿命都不长，不仅是李天禄，很多人小时候家人就去世了。八九岁时妈妈去世，他就跟着爸爸生活。他父亲也是做布袋戏的，非常严厉，他就跟着父亲学戏。所以，李天禄从 8 岁就学戏，白天上学，学读古文，也要学粤语，下午跟爸爸学布袋戏，晚上跟着父亲到处演出，赚钱吃饭。

一个小孩这样忙，你可以想象他有多累，累到睁不开眼睛。曾经好几回都是这样，他要撑起布袋偶，站在木板后面跟父亲对演。父亲当皇帝，他举的布偶是太监，皇帝动来动去，还下命令，太监却动也不动，为什么？因为李天禄已经累到站着睡着了，举着布偶睡觉。父亲一脚踢醒他。他就在这种环境下长大，磨炼出自己以后一辈子吃饭的本领，也让自己扬名世界。

李天禄很早就用布袋戏冲出了台湾，布袋戏在台湾非常非常红。到了 20 世纪 70 年代，有一档黄俊雄率领的电视布袋戏节目，你知道当时的收视率是多少吗？说出来很可能会吓到你，97% 的收视率！等于是 100 个观众里，有 97 个准时坐在电视机前看布袋戏。当然，这条路是他慢慢摸索出来的。

台湾有自己独特的风俗，其实不仅台湾，整个闽南地带都是这样，你的姓可能不是你原先的姓，李天禄的父亲姓什么呢？姓许，他祖父姓什么呢？姓何，叫何土，为什么父亲姓何儿子姓许呢？父亲姓许，儿子又为什么姓李呢？是这样的，何土家里出了状况，家里的狼狗突然发疯，咬死了一个小孩，这个小孩是何土姐妹的小孩。两家就吵来吵去，结果怎么样呢？就说，何土命硬，一定是名字影响的。所以要改，何土要改名叫何许土，可能是姐夫或者妹夫姓许，而且以后何土生的小孩，也要改姓许，不能姓何。

何土的长子诞生了，本来叫何金木，按照约定改名叫许金木，许金木就是李天禄的老爸。李天禄为什么姓李呢？因为许金木后来娶妻时是入赘，住到老婆家。那时候有个风气，男方过来住的话，你们生的第一个小孩，要跟女方姓。老婆姓李，许金木生的小孩就要改姓李，就是李大禄。

后来李天禄娶了一个布袋戏戏班班主的女儿，班主姓陈，老规矩，李天禄住到老婆家，生的小孩姓陈姓李的各一半。儿子长大了，从小跟着李天禄学戏，也是被父亲李天禄严厉地管教，后来有了自己的戏班。

李天禄参考了漳州的很多不同的戏种，人物造型和情节转折，创出一种非常活泼、非常生动的布袋戏表演风格，也强调了布袋戏剧情里面的情、义、忠，并且加了很多文艺色彩。

父亲太厉害，儿子虽然也是做布袋戏的，可是还是在他的阴影下，希望有所突破，希望青出于蓝。李天禄的儿子在他的戏班里，加了很多比较当代的元素，希望在布袋戏的艺术上寻求突破，儿子一辈子在跟父亲挑战。

刚才也提到了，李天禄很早就把布袋戏的名声打出了台湾，冲出了闽南地带，在国际打响，所有欧洲国家他都去了。他还拿到法国政府颁的骑士勋章，因为曾经有一个法国年轻人，跑去中国台湾跟他学布袋戏，而且留在那边生活，和台湾女子结婚，成立了自己的布袋戏剧团，后来又回到法国，邀请他师父李天禄。

在英国、意大利等地，都有外国人来跟李天禄学布袋戏，成立戏团。我们经常说电影要打出华人亚洲地区，冲向国际，其实李天禄用他的台湾闽南地带的民间艺术布袋戏，早就达成了这个心愿，也做了贡献。

说回李天禄的成长时期，他一直学戏，也一直演戏。对他来说，布袋戏很有意思，很有哲学。从小父亲对他很严厉，妈妈不在，疼爱他的是祖父祖母，可是，他们很快一个接一个地去世了，祖母先走了，然后是祖父。他觉得自己孤苦伶仃，日子很难过，可还是要过下去。

他怎么样来开解自己呢？就是通过布袋戏的领悟。他觉得人生就是这么一回事，就像布袋戏里面演的种种，喜怒哀乐、生死无常、功名利禄，全都是过眼云烟。所以，要看开一点。

有时候，他晚上抱着那些布袋戏的布偶睡觉，哭出了眼泪鼻涕，都用布偶的布衣服来擦。有一个晚上，他突然觉得，我的生命跟我手里面的布偶有什么不一样吗？命运好像由不得我来控制，我演的戏不也是这样吗？想当大将军，到最后还是死在沙场；本来是小人物，突然命运把你推到前面。我要看开一点，绝对不要跟手里面的布偶一样，被人家摆布操弄，我的人生，我要自己来控制，我要争气。

李天禄的上进、争气，跟我在这套书里所主张、所提倡的主旨是一样的。他认为既然自己从小就学了布袋戏,算是家学渊源,就不能像其他的布袋戏艺人一样,一定要闯出自己的名堂。他就去学不同的戏种,参加其他戏团,人家演出什么样的剧,他都要比别人更精彩。他还去偷师,学习人家的造型、服装、音乐,同时还进行创新,最终走出了自己的一条路。

布袋戏的演出累归累,对李天禄来说,是有心灵鸡汤的作用的:生命无常,不要那么执着,不要那么计较。除了这一点提示以外,还有不管遇到再大的痛苦,他每一次登台都能够重新活过来。换成我们现在喜欢用手机的人来说,就是充电,每一次演布袋戏,都是充电。

慢慢地,他有了自己的戏班,刚开始叫玉花园,每个月几十场演出,能赚到钱。后来跟朋友搭档合作做生意,总是会有争执,就解散了。解散之后,他从南到北,从东到西,走遍了台湾。

后来他去了一个戏班,叫乐花园,那时候他大概 20 岁,认识了戏班的班主陈阿来,也认识了陈阿来的女儿陈茶。陈阿来觉得这个年轻人蛮上进的,就把女儿许配给他,可是唯一的要求,就是必须入赘陈家,以后小孩姓陈。李天禄娶了老板的女儿,生的孩子叫陈锡煌。他把儿子带进布袋戏团,对儿子非常严厉。陈锡煌小时候,稍稍不如他意,李天禄就会骂陈锡煌:人家都说龙生龙凤生凤,我明明是龙,可我儿子就好像老鼠一样。陈锡煌就这样被从小骂到大。

而李天禄带着自己的戏班,在演出的过程里面受尽挫折,特别是日本人管着台湾的时候。台湾本来很开放的,可到了 1937 年,突然不准演戏。试想一下,不准演戏,戏班那些人怎么办?一辈子的经历,甚至一辈子懂的事情就只有这些,不准演,他们就过了几年的苦日子，甚至冒着被日本兵抓到的风险偷偷演。

到了1941年，稍微开放了，可是很多题材还是不能讲，甚至要改戏码，本来都是古代的故事，却要演现代戏码，甚至要把那些布袋戏的布偶改为现代人的衣服，穿西装，穿日本和服，而且还要歌颂日本皇军，真的太痛苦了。可是没办法，只好委屈自己做。

他还在开禁以前卖茶叶，可是根本不懂怎么卖，心不在这里，所以卖得不好。后来还卖蚵仔，蚵仔是什么呢？如果你去闽南地带，可以吃到蚵仔煎，就是蚝饼、蚝煎蛋、蚝蛋。可是也做不好，开店总是倒掉。所以解禁之后，委屈也要去演。

李天禄说，每一次演出那些被日本人改编的布袋戏码，穿日本服装，配西方音乐，在对白里加很多日文，他一边做这些事，一边在心里用闽南语脏话骂日本人，他能够一心二用，很厉害。

终于，日本输了，很多民间的戏都解禁了，他可以重新演出。他的新戏班叫亦宛然，成了他的旗舰戏班，这么多年来一直在台湾。一谈亦宛然，每个人心中都充满着感情。当然，重新红起来后，有接不完的生意，可是他都坚持自己出马。他也有徒弟，像今天的云门舞集有二班，新生代。可是绝大多数情况下还是自己出马。有时候很累，有些狐朋狗友给他抽鸦片，让他提神。不晓得他是觉得好玩，还是没有戒心，抽了几口就晕了过去，几乎没了命。还有一个说法，就是其实他根本不知道这是鸦片，朋友也没有告诉他。幸好他体质根本受不了，不然就惨了，可能我们就没有李天禄了。一个人一旦沾了毒品，鸦片也好，其他的也罢，就什么事都做不了了。

李天禄洁身自爱，也很上进，一年365天演了380场。可能也因为这样，如果你上网找李天禄的照片来看，会发现他像个瘦皮猴。

后来台湾有了电视，电视总要找节目，就给了李天禄这个机会，民间艺术开始通过大众媒体，风靡台湾，引来东南西北的人收看。由于李天禄的推广，才有了后来以演台湾电视布袋戏为主的班主黄俊雄，创下他们缔造的 97% 的收视率，超恐怖的高收视率。他就一直演出，也教学生，到 70 多岁，还没有放下他手中的布偶。

侯孝贤拍很多关于台湾本土故事的电影，也找他客串，演爷爷，特别是阿公这种角色。李天禄很有意思，他从来不看剧本，每次导演或者副导演大概给他讲一下这场戏，他就自己发挥。侯孝贤就说：很简单，因为我拍的电影，就是台湾本土的故事。而且他演的角色，就是台湾民间老百姓的日常生活。而李天禄的人生，就是一出戏。他对台湾人的生活状态、家庭、语言，都太熟悉了，所以他演出来就是阿公了。有人说李天禄是"国民阿公""第一阿公"。所有人看到他就想到自己家里的阿公。侯孝贤还为李天禄拍过一部自传，叫《戏梦人生》，从李天禄的生命历程，带出台湾几十年来的社会变迁，在国外很受欢迎。

随着自己慢慢老去，七八十岁之后，他就很少演出了。可是除了偶尔客串演戏以外，他经常做什么事情呢？就是接受访问。有一阵子，打开台湾的电视报纸杂志，经常能看到李天禄讲故事。

除了讲他眼中看到过去的历史以外，他还用口述来讲故事，讲他知道的种种乡野传奇，甚至鬼故事。李天禄一定是很喜欢讲话的人，可能因为这样，这么多年来，每天演出，一场甚至两场，嘴巴是停不下来的，太厉害了。

1996 年，李天禄文物馆在三芝开幕，这也是他的梦想。因为李天禄觉得布袋戏不仅让他赚钱养家，让他成名，本身也是一门一定要传承下来的艺术，不然就对不起老祖宗。所以他一直想找一个地方，把布袋戏相关的东西，不管是道具、布偶，还是历史，全部留下来，让大家参观，受启蒙和教育。

文物馆开放了两年之后，他就去世了。去世的时候，他的法国学生来中国台湾出席他的丧礼，甚至主动为他披麻戴孝，来跟李天禄告别，还把他的一部分骨灰移葬到了法国，来纪念李天禄。

李天禄是一个很有趣的老先生，也是一个很有趣的民间艺人。诸位到了台湾，不仅要去夜市吃喝，还要去一下三芝，参观一下李天禄的纪念馆，感受一下布袋戏大师一生走过的路。

阅读小彩蛋

我们讲一下李天禄对于布袋戏的想法吧。他曾经说：戏如人生，人生如戏，戏里面什么都是过眼云烟，但是我们要知道在这些璀璨的戏码后面，我们自己是谁。我们要掌握自己的生命，不要像布偶一样，被人家摆布。

听起来像心灵鸡汤，是吧？如果是普通人说的，就是心灵鸡汤，可是由一位从1910年走到1998年的老艺人的口中讲出，我们就觉得这是他的生命智慧、他的体验，要认真聆听。

不要像布偶一样被人家摆布，这是布袋戏大师李天禄留给我们很重要的提醒。

刘以鬯：娱人也娱己，通俗不庸俗

我写作三十多年，写了很多的评论、杂文和散文，后来也写小说。其实，我也是诗人，写了不少的诗，可是都放在抽屉、电脑里面没有发表，除了唯一的一首。80 年代时稿子还是用笔写在稿纸上面的，我的字非常潦草，不好看，不容易看清楚，有时候我写完的稿子自己重看也看不太懂，何况是别人呢。我那时候是个文艺青年，十七八岁，写了一首诗，是关于以前的北京大学校长蔡元培的。我去香港墓园看他的墓，有感而发，就写诗谈他的不合作主义，投稿给一家报社，刊出来的时候编辑看错了马家辉的"家"，以为是"马永辉"。真是倒霉。难怪我从小就有一个外号叫"黑仔辉"，就是倒霉辉的意思，什么都倒霉，这一次也是倒霉，生平唯一公开发表的诗，居然连诗人，就是我的名字都写错了。我当然写信给报社的记者抗议、抱怨、撒娇。结果编辑很快回信，说抱歉抱歉，还安慰我，之后又鼓励我继续写诗。这对年轻的、文青的我来说是很大的鼓舞，因为这一位编辑不是别人，就是大名鼎鼎的、非常出色、非常重要的作家，也是我们这一节要谈的人物刘以鬯，刘先生。

刘先生当然不仅对我是这样，对其他文青也是这样。刘先生

2018年6月去世，活了整整99岁，还差半年就圆满了——100岁。有时候我们说长长久久，在99岁去世，也是高寿，也是一种福德、福报。

刘先生是很重要的文学人物，可能你对他的名字不太了解，可是你大概说过王家卫的电影《花样年华》，这部电影就是受刘以鬯小说《对倒》的叙事方式的启发，不同的人好像两条平行道、交流道，只是偶然地碰了一下，可是各有各的世界。王家卫受此启发，取了其中一些人物，还包括作者刘以鬯先生本身的身份。在电影中，梁朝伟是个报社记者，他去了新加坡。王家卫把这些元素都放进电影里面，电影最后打出字幕感谢刘以鬯，读者大概知道"刘以鬯"这三个字。

刘先生1918年出生于上海，祖籍是浙江镇海。他在当时大名鼎鼎的圣约翰大学主修哲学，1941年毕业。战争爆发后，他到处奔走，去了重庆，后来再到香港，开展了他的报纸编辑生涯，在内地、在香港参与了很多报纸的副刊和杂志的编辑工作。他的第一篇小说是在18岁时写的，写一个白俄的女人背井离乡到上海生活的故事。这里面已经有现代主义的倾向。后来，刘以鬯的文学创作经常跟现代主义紧紧挂钩。

刘以鬯的关键身份可以说有两个：一个是文学作家，另外一个是文化推手。说他是文学作家，就是因为他写了大量的小说，以短篇为主；说他是文化推手，则是作为一个编辑，参与策划、推动文学文化的出版和活动。这两个身份都对20世纪50年代到80年代，甚至90年代初的香港文化界、文学界产生深远影响。

有意思的是，在这两个身份里面，刘以鬯所表达的气味是相反的。因为，在文学的创作中，他的文笔、他的策略、他的手法都是现代主义的，在当时50年代引进了新的写法。尤其是大家津津乐道的小说《酒徒》，就是华文第一部意识流（Ideology）手法写成的小说。他还写都市的转型，写人在都市转型的时空下面那种迷惘迷乱，还有内心的自省、思考等等。最主要的是他表达的方式，不是以写实主义风格说一件事情、搭建一个结构，而主要从人的角度，用内心的独白，内心澎湃、复杂、曲折的思考来说他想说的故事，甚至没有故事，只是说他的感受。

可是，他作为文化推手、编辑的作风，是非常老派的，很古典，很优雅。别说现在，当时也不多见。正是他这么优雅的编辑风范，帮助他推动了文化推手的版图。不然，编辑如果高高在上，就永远只能团结大师、大作家了，对于提拔、鼓励后辈，就不容易产生作用。

我们先谈谈第一个身份，就是文学作家。他写了很多小说，《酒徒》《对倒》，还有很多历史新编的故事。他喜欢集邮，中年之后也喜欢玩模型玩具。他把这些都放进他的小说情节里面。当然，我们刚才说，他是文化推手、编辑，他也把编辑这个身份作为他小说故事的主人翁。假如要用一个词形容他，我用三个字，就是非常有"自觉性"。他的现代主义写作手法不是无病呻吟，而是把他的思考，把他对于时代的种种感想，都写在他的主人翁里面，不管是通过主人翁的身份，还是主人翁所表达的感情。比如，他好几篇小说的主人翁都是报社的编辑，写他们如何在五六十年代的香港郁郁不得志地挣扎。《酒徒》里面的主人翁，一方面自己读书，跟小时候的朋友谈西方各种新的文艺思潮；另一方面也赌马，写一些马经，也要应酬身边还有工作场所里很多无聊的人。他对于处在特别转型时代的香港，有很多自觉性的思考，并将其投注在创作里面。

这就牵涉到一个更大的问题，因为在20世纪50年代之后，有不少原先在内地从事文字工作的人，作家也好，编辑、记者等知识分子也好，来到香港。一般统称他们为南来文人，因为香港在内地的南边。有部分南来文人虽然住在香港写作，可是写来写去还是在写香港以北的老日子的生活状态。香港另外一位已经去世的很重要的作家和学者也斯，他说他70年代当文青，在成长过程里面看了很多报纸的副刊、专栏、小说，很不满意，为什么？不够接地气。他觉得掌握了这些阵地的南来文人，写来写去就是上海霞飞路哪一家咖啡馆怎么样，还有老北京的掌故等等。好像跟大转型里面的香港生活，特别是年轻一代的喜怒哀乐完全沾不了边。所以后来，也斯还有他同辈的作家，像陈冠中，都跳出来自己写文章、写专栏，创作文学。另外一类南来作家虽然来到香港，可是写作只是他们的副业，在现实里，他们还是和不同的政治力量挂钩的。

刘以鬯则是少数的一类，他非常本土化，回到中国香港就落地生根，住在香港几十年，中间有几年去了新加坡当编辑，可是很快又回到中国香港。他写作的题材、情绪的投放都是在香港。所以，大家毫无游移地认定他是香港作家，而且他最辉煌的贡献就是在香港文学、香港文化、香港文坛。

这么多年来，刘先生写很多小说，还有杂文，因为要赚钱，赚稿费，养活妻儿。那时候稿费不错的，据说刘以鬯把收到的稿费存起来，去买今天的太古城，而且不用贷款，一口气就给了一大笔，所以应该赚得不少。当然，赚得不少需要努力，需要付出，刘先生高峰时期一天写 13 个专栏，什么都写，写吃的，写生活的，写八卦的，写政治的，也写文学的。每天 13 个专栏，每天写一万多字，坚持了好多年，那不得了。报界的长辈我也见识过几个，甚至我爸也是，我爸高峰期一天 9 个专栏，我是 7 个专栏，为了生活嘛，而且自己有贪欲。坦白讲，你要维持生活，写 3 个也够，4 个也够，可是你希望生活更舒服，存钱买房，那就要写够 7 个、8 个、9 个、10 个、13 个，没有办法。最重要的是在你这些以外，你到底做了什么，获得什么成果。

刘先生除了写文学小说，也写一些短篇的历史小说，有好几篇谈袁世凯当皇帝的时候他的感受，还有写隋炀帝生活得怎么奢华，这些在当时是很新的观点。讲袁世凯登基的时候，刘以鬯是这样写的："但是袁世凯因此兴奋了没有？没有。相反地，他为这些带点滑稽性的进展忧虑着，忧虑帝制的不真实;忧虑自己将成六君子的傀儡。尤其是在丁字街的炸弹案发生之后，袁世凯便知道自己总有被中国老百姓打倒的一天。他深信只有伟大的孙逸仙先生才是真正的国民领袖，而唯有劳苦的孙逸仙先生才能获得人民的拥戴。"他把对于历史的一些想法，灌注在他想象的虚构小说里面。他的作品后来成为香港很多研究的题材。我有一个朋友在香港读研究生，他一年级的时候，大概才 24 岁，就写了个书评，谈他的《酒徒》。发表了之后，刘先生居然写信约他见面，请他喝下午茶聊天，感谢他评自己的书，还鼓励他写作，向他邀稿，邀他发表了一些小说。我的朋友后来没有走小说创作的路，可是一辈子都感恩刘以鬯先生。其实文化人很知道感恩的，你关心他、关注他、鼓励他、表扬他一下，他真的记得你一辈子。

说回刘以鬯，他主编《香港时报》报纸副刊（现在已经没有了），在《星岛晚报》主编副刊，副刊的名字取作《浅水湾》《大会堂》，希望大家齐聚一堂。他经常说没办法，在香港社会现实里面，他主编的是文学副刊，装扮成文化副刊。文化副刊也有左中右，他什么都要，新派、旧派，甚至在题材方面，吃喝玩乐都要包进去。只能在这种策略下面，把文学挤进去。我比较喜欢用的词是"偷渡"。我也主编过报纸和文化副刊，我也常说，把文学偷渡进去。他曾经发表过一个长篇小说的连载，作者梁实华后来是中文大学的教授。可是报社的编辑部的高级人员一次又一次地打电话问他，用刺耳的声音问，那个小说还有多少才登完？或者是直接问，那个小说什么时候登完，对于诸如此类的问题，刘以鬯说，他总是含含糊糊地回答，快了快了。拖　拖，那些报社的高层可能就又忘了，偷渡成功。可是当然有时候也有不愉快，因为太曲高和寡而被腰斩。

他说有一年，一位从日本回来的年轻人，拿了一篇关于郁达夫的文章给他，写得很长。文章还没登完，编辑部的人就决定腰斩。刘以鬯当时考虑，要么就辞职不干，要么就只好听老板的话。他选择了听老板的话，因为他觉得留得青山在，哪怕没柴烧。对这个年轻人有点抱歉，可是为了维持这个平台，只好委屈一下，来日方长。这个事件其实后来有余波的，那个年轻人当然很不爽，血气方刚，后来不断追击刘以鬯，在很多座谈会上，刘先生有演讲、发言，他就跑去闹场，站起来说，你腰斩我的文章，你谈什么文学。因为他有所误会，以为是刘以鬯决定腰斩的，他不理解或者说不能谅解刘先生的为难。可是后来，年轻人自己也有年纪了，也明白了、体谅了，搞不好他自己也做了类似的事。你不能整天希望别人当英雄，当烈士。像大家所谓的"人艰不拆",我觉得这才是厚德,才是人跟人的包容跟体谅。

刘先生在做编辑的时候,也没有放弃写作,他什么都写,里面有他自己说是乱七八糟的文章,也有很多他认真去写的文章。认真写完的小说,他就留下来,可是毕竟是连载,有时候为了连载的需要,有些切口转折的地方就比较草率,他就先把它们重新修订,然后才出版,可见他对于自己作品认真的态度。他说了一句名言,"这些年来,为了生活我一直在娱乐别人,如今也想娱乐自己了。"还有,他说:"我只写通俗小说,不写庸俗小说;只写轻松小说,不写轻薄小说;只写趣味小说,不写低级小说。"简单来说,他有底线,他不会忘了自己是文学人,他坚持通俗而不庸俗,我觉得这就是前文所说的,很有自觉性。而且他在小说创作里面,还有散文里面,都夹带诗,因为刘先生说:"我一直认为诗是文学中最重要的文类,文学要继续生存,唯一的希望在于诗。如果不写诗,文学早晚被淘汰。"所以,他刊登很多诗人的作品,包括前文说的"马永辉",就是我马家辉。

总而言之,刘以鬯是一个自觉性极高的编辑,自觉性极高的作家,这是他的付出,也获得了他的成就。

最后,我想说那篇《酒徒》,写一个喜欢喝酒,郁郁不得志的人写作、当编辑的故事。文中有大量的内心独白,而且时空也跳跃,一般都认定其为华文的第一篇意识流创作。可是在加州大学教书的郑树森教授在《小说地图》里面说,他觉得不一定。他觉得《酒徒》只是内心独白而已,没有时空跳跃。他认为意识流在西方的定义下是时空跳跃的,不仅是内心独白,他觉得意识流的写作,在华文世界应该以王文兴的某篇作品,还有白先勇《游园惊梦》的某些段落为先。其实郑教授的看法我个人也不同意。当然他有他的权威,有他的理论。假如我们今天重看《酒徒》,那些内心独白也时空跳跃得很厉害。我们随便读一段好了,比方说:

轮子不断地转。原子弹使广岛与长崎失去黑白之辨。东边的梦破碎了。西边的梦中有人倒骑骡子。九月九日,冈村宁次交出指挥刀。轮子不断地转。

…………

轮子不断地转。和平终被奸污。烽火从东北燃起。火!火!火!

轮子不断地转。南方一块大石头。维多利亚海峡上的渡轮。天星码头是九方之晷。陌生的眼睛与十一月的汗珠。"沿步路过"。惊诧于"请行快的"。(这在香港的马路常见,"请行快的"意即请走快一点。)亚多到士多去买多士(这是玩弄语言),屙屎多。远东的橱窗。金圆券的故事不可能在这里重演。汽车越坐越大。房屋越住越小。大少爷在"告罗士打"(这是一家酒店的名字)门口等待可以借钱的朋友。

我觉得再怎么看都符合意识流那种内心主观的独白,还有时空的跳跃。我不同意郑树森教授,我只能这样说了。

这一节就将上面所摘的《酒徒》中的片段作为阅读小彩蛋吧,大家记得去看刘以鬯的小说,非常好看,看完也看一看马家辉的小说《龙头凤尾》吧。

戈达尔：苍老而仍不停歇的大野狼

戈达尔这一位超大师所在的艺术领域是电影。同样是法国人，也算是超大师的特吕弗说过，电影基本上就分为两个阶段：一个阶段就是前戈达尔时期，后一阶段就是后戈达尔时期。有没有戈达尔这一位导演的作品出现，是完全不一样的。因为他作品的出现，以及他在电影艺术上的成就跟贡献，完全改变了电影的方向。所谓改变方向，不是说所有电影都变成戈达尔类型的电影。而是从此在电影世界，我们不能跳过戈达尔不谈。你只要认真拍片，在镜头、电影语言的使用上面，就往往被戈达尔启蒙、启发，或者说要对他来个呼应，接受他的挑战。

我们熟悉的王家卫就是这样，还有好多好多的电影人，马丁·斯科塞斯（Martin Scorsese）、杨德昌，还有好多好多的名导演，都不能不说自己受到戈达尔影像的影响。

诸位看，戈达尔这一位超大师，在我们整个篇幅中有一个独特的位置。有没有发现，我们一直以来讲的大师，甚至反面的大师——他本身的历史其实不一定很光彩，可是总有可以让我们学习上进的地方，通过认识人家的缺点，来增加自己的优点，提醒自己。

这些大师基本上都已不在人世了。可是戈达尔就不一样，他活到了2022年9月份。我们知道很多艺术家，很多不同领域的有成就的人都很高寿，甚至100岁的都有，所以他的年纪不算最老的。可是他比较特别，88岁还有新的创作，在2018年还推出了新的电影，厉害吧。特别是在戛纳国际电影展里面推出他的《影像之书》的时候，许多人都以为他去世了。因为他名气太响亮了，成名太早了，我们总是觉得这个人应该已经是"古代"的人，已经不在了。可是现在惊醒过来才发现，原来戈达尔还活着，而且活得好好的，甚至他的创作力好像比大部分人还旺盛，所以，他非常值得我们来破个例。

一代一代的人不断重看他的作品，不断受他启蒙，可是他活着。也因为他的成就太大了，完全打开了电影艺术的一个新领域，所以活着也已经成为经典了，是个活经典。

2018年在戛纳上映的电影《影像之书》，分成五个章节，基本上是遵循作者论（的导演）。电影里所谓的作者论，说他本身是导演，可是也是一个写出作品的作者。他在拍电影的时候，也好像写书一样，分了章节。《影像之书》很有意思，五个章节基本上都谈中东的人，谈论他们的生活、看事情的角度，还隐含很强烈、很明显的批判意识。可是这种批判又不像在20世纪60年代火红的巴黎，比如1968年5月前后，直接开骂西方帝国主义等等。他并不是如此，而是把政治视为一种权力的宰制。人跟人之间有权力，集团跟集团之间，不管是种族、国家、阶级、性别，都有权力。不同的权力通过不同的视角来看这个世界，这就是政治，政治就是权力。戈达尔用此类超现实的影像，试图带领观众去思考，中东人怎么看自己跟世界的关系。

他当时已经 80 多岁，住在瑞士，没有出席记者会，只是通过视频来做访谈，很有意思，整个《影像之书》的旁白，也是戈达尔苍老的声音。而在他短短的视频访谈中，出现了几个人，也蛮老了，都是戈达尔以前的粉丝，在法国巴黎，曾经围在他身边，一起喝咖啡、谈电影、谈艺术，很动人。在政治观念上，戈达尔是毛泽东思想的追随者。可能这些当年的年轻人把戈达尔视为偶像吧，还称他为大野狼。所以在 88 岁的视频访谈里面，访问过程最后，这几位以前的小粉丝，现在也是老人，跟戈达尔相认了："你还记得我们吗，我们一起喝咖啡。"戈达尔当然记得，甚至让那几个人再一次叫他大野狼，戈达尔发出一阵苍老的笑声："对，大野狼，我都记得以前的事。现在是大野狼跟你们说再见的时候了。"这个时候又很伤感。

这让我想起几年前，我去台北拜访李敖，聊完天，他送我到电梯口，站在门边，就举手给我敬礼，说："家辉，永别了。"因为李敖说，到这个年纪，随时死掉了，谁知道，所以，每一次再见都等于是永别了。戈达尔也一样，88 岁就跟他当年的小粉丝说，好了，大野狼要跟你们说再见了。很动人。2018 年的坎城影展还把一个特别大奖给了戈达尔。

戈达尔 1930 年出生在法国，是名副其实的富二代。爸爸是医生，妈妈是一个银行家的女儿。他父亲在戈达尔出生几年后，就带他们全家从法国去了瑞士。戈达尔就在法国巴黎跟瑞士之间来来去去。"二战"的时候，他身处法国，后来又回瑞士，在那边读书，当然是读贵族学校。到他 16 岁，又从瑞士回到法国，在巴黎读书。可是读书成绩不好，读了一年没考上，又回瑞士读寄宿学校，后来终于把成绩搞定了，又回到法国。

从在瑞士时，他就开始去看电影，1948年到了巴黎，十七八岁的他全身心迷上电影，变成一个电影的狂热分子。

当时很有意思，在1948年之后，战争结束，百废待兴，经济整体往前冲，而且涌现了很多新的思潮，反思整个欧洲、整个世界怎么会变成这样。所以，才种下了20世纪60年代新浪潮革命的种子。所谓新浪潮，不仅是电影的新浪潮，还是整个思想界、人文界、艺术界的新浪潮，新的一代出现了。

我们想一下，60年代初，像戈达尔这一代人30岁了，该读的书读好了，成熟了、独立了，看世界有了新的眼光、新的观念，就在各个领域爆发出来。在电影界，就出现了新浪潮电影。戈达尔是其中最重要的艺术家。他的《断了气》又译《精疲力尽》在1959年开拍，1960年公映，就是在宣告：电影以后不一样了。这是一部很有意思的电影，值得一看再看，看十遍百遍。

戈达尔在巴黎读书时，其实也经常不上课，跑去看电影，去图书馆、电影院、咖啡馆，跟艺术家们过着可以说是颓废，也可以说是对电影狂热的生活。他开始写电影评论文章，在很重要的杂志上面发表，诸如《电影笔记》《电影评论》，然后开始跟一些电影艺术家，比如巴赞、特吕弗在一起拍片。因为在战后，摄影技术也大为改进，摄影器材也好，胶卷也好，各种工具都便宜了、方便了，也造就了更广泛的平台和机会，他也拍了一些短的纪录片和剧情片。

后来到了1959年，他拍了《断了气》。本来整个剧本概念不是他的，而是来自同属新浪潮的超大师——特吕弗。特吕弗看到一则新闻，一个年轻人枪杀了警察，就根据这个故事改编，写了15页的剧本。本来想作为他的名作《四百击》的续集，可是因为种种原因放弃了，没有拍。他很慷慨仗义地把剧本给了戈达尔，说他有兴趣就拍吧。

而另外一个新浪潮的重要人物，也愿意担任戈达尔的技术指导，去筹钱拍电影，只用了 40 万法郎，是当时的电影平均预算的一半而已。在《断了气》中，一个很重要的电影语言，就是跳切（jump cut）。关于为何采用 jump cut 的拍法，戈达尔说过一个关键理由，是他钱不够、底片不够。他没办法像传统古典的叙事方法那样，有头有尾来讲故事，那就拍不完了。他必须跳来跳去，省略中间很多的叙述。不然的话，底片就不够。原来是这个理由。这让我想起小津安二郎，我们经常说小津安二郎的其中一个镜头美学，就是放得低低的镜头，好像日本人平常跪在榻榻米上面，来看世界的角度。小津安二郎后来也是半认真、半开玩笑地说："当时的灯光比现在要少，每拍完一个镜头，我们就要把灯光挪动到其他地方去。因此，我拍了两三个镜头后，地板上尽是电线。将这些电线一一规整后再拍下一个镜头的话，很费时间，也很麻烦，所以我就尽量不去拍摄地板，将摄影机朝向上方。"当然这只是玩笑话，但不管原因为何，结果都呈现出另外一种美学。

当然戈达尔也是半开玩笑而已。因为钱不够，可以有不同的做法，可以把故事拍得更短、把情节弄得更简单。可是他选择了 jump cut，那毕竟还是一种很大胆的尝试，完全要打破常规。当我们说新浪潮的时候，当然是相对于"不新"而言的，就是旧。这是传统的说法。那种说法是什么？法国电影，以艺术的、古典的叙事方法为主，有头有尾，连贯、持续、清楚，主要拍出其中悲剧的、人文的价值。戈达尔的看法是这样的：一个故事，当然有前面，有中间，也有结束。问题是这些前面、中间和结束，不一定要按照这种顺序来呈现，这就是他想事情的破格之处。所以他就跳来跳去，还加上很多 insert（插入物），比如说插入导演的说法，还有其他镜头联想，有点像意识流的文学表达方法。也有大篇幅谈哲学的评论，这些全都在《断了气》里面展现出来，让看电影的人大吃一惊：原来电影是可以这样拍的。由此打开了电影镜头、电影美学更为广阔的天空。

《断了气》主要说一个小混混米歇尔，在马赛偷了一辆车，开去巴黎，找他的美国女朋友。半路上被警察检查，他车上刚好有一把枪，就阴错阳差杀了来追他的警察。整个电影的情节就是这样。在好莱坞的传统里面，这就是典型的公路故事和警匪片。《断了气》是戈达尔的第一部长片，之后很多的长片也好，短片也好，都好像故意拍成好莱坞的 B 级警匪片。不是拍得像，而是里面的一些标记，甚至一些对白、一些动作，都故意模仿。我们叫作"戏仿"，让你联想到好莱坞的 B 级警匪片。可是，他的呈现的手法又不一样，他完全打断观众的投入，让观众在荧屏前跳出来，去反思：自己看到的是真实的吗？或者提醒自己，不要完全沉浸在电影中的情绪里，而是能够跳出来去思考，重新看自己跟世界的关系。

他这样的拍法当然跟他的左翼思想有关，他也是左派。左派我们知道，像布莱希特的剧场理论、史诗式戏剧，就是要疏离，要跳出来，让你打破马克思所说的错误意识（false consciousness）。如果太过投入，就会受他的意识形态的影响。在经济领域和日常生

若避开猛烈的狂喜

活中，这个就叫作物化，或者说商品拜物教、恋物狂。人的疏离、异化、物化等都源于此。戈达尔所信奉的，就是跟马克思的革命论一样，要打破电影里这种意识形态的物化、异化、错误认同、错误意识，通过他看似乱七八糟的镜头，让观众也让自己跟镜头保持距离。

话虽如此，可是戈达尔在后来很多的电影中，一步步更加擅长拍女性的感觉与感情，还拍出了女人的各种美。其中也有很多哲学金句，比方在《断了气》里面说："**我有时候在想，我到底是因为不自由所以不快乐，还是因为我不快乐，所以不自由。**"他就这样一部部拍下去。他的电影，特别在 1976 年以前的电影，很多都是政治宣言。他支持学生运动，曾在 1968 年 5 月挺身而出，中断了当年的戛纳电影节，以示支持学运。他觉得，现在什么年代了还搞影展。他没想到，到了 2018 年，坎城影展又把荣誉大奖给了他。

在 1968 年之后，戈达尔拿了很多重要的奖项。他跟各个国家的明星合作，也跟两位女明星结过婚，婚姻有长有短，一段持续了几年，一段存续了 12 年。第二位前妻在回忆录里对他有很多讽刺，比如说他自大狂、瞧不起人，甚至透露其实他瞧不起、歧视犹太人，当然也说他瞧不起女人，瞧不起观众，经常在背后说观众是蠢材，他跟观众说什么，观众就相信什么了。后来这部回忆录被拍成一部剧情片，在 2017 年上映。戈达尔当然很不爽："It's a very very bad and stupid idea." 他认为把前妻的回忆录拍成电影是一个非常愚蠢的主意。那没办法，广东人说"食得咸鱼抵得渴"。

关于他的传记目前已经有几十部了，从不同的角度写他，不管是好心的，还是居心叵测的。特吕弗也说，他认识的戈达尔是个根本没有耐性的人。他看起来很博学，可是他性子很急。他经常翻书，十几二十本地看，可是，每本书只看个开头结尾，翻一下就算了，甚至连他最爱的电影都是。他说戈达尔每天下午要看五部电影，可是，每一部就只看十多分钟，原因很简单，他不耐烦，性子太急了。这当然要看从哪个角度说，我们可以理解，戈达尔的这种做法让自己变得渊博，好像什么都懂，只是什么都懂得没有很深入，好像杂学家。这种性格，在他的镜头中也反映出来，跳动不安的镜头就是一个代表。

特吕弗说的有一点很值得注意，他点破：在拍《断了气》以前戈达尔写过很多电影评论，已经成名并且有影响力了，戈达尔的电影其实只是一遍又一遍重复他的理论。这其实不算贬义，不是说他没有新东西，反而说明他的想法与实践行为是统一的。他不只会用嘴巴吹牛，也不只会用笔来写，戈达尔要证明给大家看：我说的这些理论，我骂人家的电影，我这种种的主张跟想法，我自己都能够拍出来，而且一出手，就完全改变了电影艺术语言。也正因如此，特吕弗就说，戈达尔就是电影里面常说的作者论践行者，他是100%的作者。电影是他的另外一种书写。

戈达尔自己也同意，他在接受《电影笔记》的访问里面表达过，他说：我到今天还觉得自己是个影评人，我仍然在写评论，只是我用的是电影。我把我的影评人身份也包含进去了。所以，我觉得自己是个评论家（essayist），有时候写评论，有时候是散文，有时候是杂文。用小说的形式来写评论，或者是说用评论的形式来写小说，只不过写出来的不是文字，而是影像。假如没了电影，他没办法了，就去拍电视；假如连电视都没有了，他就重新拿回纸跟笔也好。这三种方式都是清楚表达想法的平台，它们其实是一码事。这是戈达尔对于自己艺术创作的看法。

的确，他一辈子用行动来践行，到处走，甚至不惜跟别人一再翻脸。法国政府资助的法国电视台请他来拍，他拍了很多纪录片，戈达尔也拍一些外国政府出资的影片，可是都闹翻了。人家看他拍出来的作品，可能是觉得太激进，也可能是看不懂，就不放了。其实，有很多片都没有公映。待一些版权理清之后，一定还有更多的戈达尔遗作来跟我们见面。

刚提过写回忆录的是第二任太太，他第一任太太安妮（Anne）也是演员，也是被他捧红的。戈达尔找她去拍电影，成名后成为新浪潮的标记（icon），《女人就是女人》是她的成名作之一，1966年，戈达尔与安妮交往，后来离婚了。现在戈达尔身边的伴侣也叫Anne，全名安妮－梅维尔，戈达尔在1971年遇到车祸，公司也破产了，处于职业生涯的低潮，在这个时候，他碰到这位摄影师梅维尔，两人开始交往。

1930年出生的戈达尔，现如今已经九十有余，从呈现《断了气》到现在已经有六十多年，他从没有停下来，不断有新的作品问世，而且还是那么标新立异。虽然不再是政治宣言，却是真真正正地包含批判思考、独立思考、独立自由的精神。所以戈达尔不仅是一个超大师的导演，他还是一种状态和一种精神。戈达尔精神意味着一辈子不放弃，一辈子坚持破格和批判，一辈子坚持行动而非袖手旁观。他也当过导演（producer），拍了很大规模的世界电影史。这种"戈达尔"精神、价值、状态，是值得我们去学习的。

阅读小彩蛋

在 2018 年的视频访谈,戈达尔讲了一句话:"人人都想当国王,可是没有人愿意当浮士德。"其中的深意,你慢慢想吧,慢慢去玩味、去思考这句话里面的哲学意义吧。

艾瑞莎：在歌声里寻找意义

在说音乐界的艾瑞莎·弗兰克林以前，先说一个小故事吧。在香港，我在大学担任教职，还兼宿舍的舍监（Housemaster）。可是我们的舍监不是宿管，不负责关灯、点名之类的。我就像《哈利·波特》中宿舍（house）里面的舍监，就是作为精神领袖，我也是我们宿舍的大师，来塑造我们宿舍的风格。里面住着 200 多人，来自世界各地。我就是他们的头儿，跟他们住在一起。当然我的宿舍比较大，我有 150 平方米，他们只有几平方米，10 平方米不到。

有一天晚上，我到宿舍的顶楼天台，去看有没有患抑郁症的学生在那边想不开准备跳楼。我们宿舍区有好几栋，发生过五六次学生看不开的事情，幸好没有在我这一栋，可是不管在哪一栋都不好。有从韩国来的，从法国来的，都跳楼自杀，非常恐怖。所以我偶尔去看看，假如有看不开的同学站在天台那边，我就要辅导一下，安慰一下。那一个晚上，我到了天台，电梯门打开，还没进去已经听到一阵很好听的歌声，非常悦耳，让我整个人感动得汗毛都立起来了。这个声音唱着一首英文的蓝调，主要是黑人的民歌，唱得很感人。我听不懂唱什么，因为歌词不容易理解，可是那个女声充满了感情。我已经猜到是谁了，因为我们宿舍今年来了一位来自美国南部的黑人，非洲裔的美国女生，长得蛮高的，175 cm，也蛮丰满的。偶尔在电梯碰到她会聊两句，所以那个晚上我一听那个声音就猜到是她，于是我就踏出去看，果然，她站在天台。因为我们宿舍的洗衣房放了几台洗衣机在天台，她可能在等着洗衣机停下来的时候无聊，就唱着歌。

我远远地偷听着，感动得不得了，她一下就把我带回30年前，我去美国芝加哥读硕士的时候。第一天到了芝加哥，来到我住的地方，把行李放好，倒时差嘛，睡了一觉，傍晚睡醒出门去找吃的，走在路上，就看到一家小餐厅门口有一个男性黑人，高高的，穿着一条牛仔的工人裤，有吊带的那一种，左手拿着一个水桶，右手拿着一把刷子在擦玻璃窗。一边擦，一边唱歌，唱的也是蓝调。我当时也是非常感动，感觉他们那种蓝调很哀伤，应该这样说吧，哀而不伤，哀伤里面也充满了即兴性，充满了期待跟希望，虽然歌词里有感叹生活的不公平，感叹生活的苦闷等等。

几十年前，在我二十来岁的时候，这个镜头深深印在我的脑海。想不到现在50多岁了，像电影一样，一眨眼，镜头一转，居然在天台听到这个来自美国的黑人女学生也唱蓝调，也是把我的情绪牵动了。我记得那天晚上，我还梦到回到美国读书，回到那种放肆、那种追求知识、追求理想的青春年代。

这个小故事有点长，可是很有意义。它带出了一个事实：人的声音是充满了感情的，人的声音发出的感情，是可以把另外的人，也就是听众，带进他的感情世界里面的。刹那间唱歌人跟听歌人的边界和围墙就被打破了，声音就把你的情绪完全拉进它的宇宙里面。

歌声就是一种媒介，也是一种非常巨大的力量。从这个角度来看，我们就能明白这一节要谈的人物：艾瑞莎（Aretha Franklin），黑人女歌星，她何以能够打动美国，乃至全球那么多听众的心。她的声音应该来自遗传，厚度跟广度都非常了不起，而更了不起的是，她有机会也懂得把这么美妙的声音用在刚刚好的地方、刚刚好的时间，产生了不仅是艺术上，还有社会和历史层面的意义。

先说到遗传。艾瑞莎出生在美国，爸妈都很有音乐天分。她1942年出生，2018年去世，活了76岁。她出生在美国的田纳西州孟菲斯（Memphis），后来因为父亲在教会里面传道、传福音，就到处走，随着父母亲到南部底特律成长。她父亲的声音就非常好听，号称"价值百万的声音"（Voice of million），就是黄金嗓音的意思。她母亲也是教会里面的福音歌手，有这种遗传，又在这种家庭背景下，艾瑞莎的声音能不好听吗？所以她年纪轻轻就已经在父亲的教堂里面唱福音诗歌。她自己说，8岁第一次独唱的时候，因为个子还小，她唱的时候要大人搬一把椅子来，她站在上面唱。艾瑞莎说：从我张开嘴巴，当着人第一次唱歌的时候，我就知道我是能唱的，我就知道自己存在的意义。因为我还很清楚地记得，眼前的大人，听众们，听到8岁的我唱出第一个句子的时候，他们的眼睛就发亮了，我觉得我的声音好像一把火，一点就把他们燃起来了。这就是艾瑞莎的天分。

后来她读书成绩没有很好，就发挥她的音乐天分，继续在教会里唱歌，也懂得钢琴演奏和写曲。学钢琴刚开始是无师自通的，用耳朵来学，听完就记得，后来手指一碰到钢琴就会弹，还会写曲。艾瑞莎的家庭生活并不是很顺利，她父亲有很多情人，这在当时也很普遍。于是父母亲就分开了，母亲离开后，在她不到10岁时就去世了。她父亲还喝酒，不自爱，私生活乱七八糟。

在这样的家庭环境里长大，艾瑞莎自己也像很多同龄的黑人少女一样，私生活很开放，或者可以说很混乱。她12岁就怀孕了，后来14岁再怀孕、生小孩。可是我们必须注意，在当时，特别是在黑人群体里面，少女怀孕（teen-pregnancy）是蛮常见的事情，虽然太早了。后来她长大成名，跟不同的人结婚，其中也包括自己的音乐经纪人。她结了两次婚又离婚，每段婚姻都生了小孩。其实无所谓。因为人的生活，坦白讲，甘苦只有自己知道，就像喝水一样冷暖自知。我觉得艾瑞莎也同意，生命最重要的意义是什么呢？发挥所长。每个人都有天赋，十根手指头有长有短，总有长的那一个。我们中国人说，天生我材必有用，只看你有没有机会，有没有勇气。要拿到什么，总要放下一些什么，所以需要勇气，把一些东西放下，然后在机会来的时候紧紧抓住，去发挥你的才华。

对艾瑞莎来说，她的才华就是唱歌，所以她在很年轻的时候生完小孩，就开始唱歌了，那时已经跟芝加哥唱片厂签约。她刚开始还是唱福音，唱宗教性的歌，后来踏入市场，当然要面对市场，就唱灵魂乐（soul），以前老派的翻译是灵魂乐，新派的翻译是骚灵乐。接着又唱蓝调（blues）、爵士乐，混在一起。她也把某一种福音腔放进去，所以就特别不一样。她灌了几个唱片，可是半红不红，反正还年轻。一直到后来，她唱了大家都知道的作品，那是音乐史上很重要的作品，叫《尊重》(Respect)，这首歌大红大紫。1966年录制，1967年就开始红，获得排行榜冠军。

1967年，我们知道发生了什么事。当时全世界的火红年代风起云涌，各种新的社会运动不断，在美国，特别突出的是黑人的民权运动。艾瑞莎作为一个黑人女性，当然就在这里扮演重要的角色。这首歌本来是另外一个灵魂乐歌手雷丁所写的，由艾瑞莎演唱。而艾瑞莎在演绎这首歌的时候也加了很多个人的想法进行改编。因为雷丁的作品原先是以男性为主体的，是以有点哀求、有点被动的姿态来唱的，而且只是情歌，希望感人就好了，能卖就好了。可是艾瑞莎就把它转成女性的角度，而且充满了乐观，充满了坚强，充满了黑人女性特别的自信心，然后不断讲着尊重，还有敬意（dignity）、尊严、面子这些字眼。通过她的声音，我们能听到里面有一种宗教的神圣意味，可能因为她是唱圣歌长大的。艾瑞莎还把respect 这个英文单词字母拆开，慢慢唱出来，R-E-S-P-E-C-T，让大家觉得真的耳目一新，好多人一边唱一边哭。

当时，60 年代的黑人民权运动和女性主义运动都把这首歌作为战歌，所有的游行都一定要唱，甚至黑人为争取民权，因为抗议被抓进监牢里面，每天晚上，一个一个被关在牢房里的黑人都集体唱这首歌。你可以想象那个画面，整个牢房里都在唱这首《尊重》，不管是男人，还是女人。这首歌成为黑人民权很重要的代表声音。

之后民权运动持续发展，艾瑞莎继续唱其他的歌，其中她有一首新歌 *I say a little prayer*，怎么翻译呢？就是很谦卑地祷告。讲她在等待情人平安归来，本来这个歌是反越战的，情人去当兵了，希望他平安。可是后来变成一个普世的反战歌曲，不仅是越战，所有的战争都实在是不人道、不应该有的，是人类愚蠢的行为，人们对于战争充满了无奈和无力感。作为女性，只希望战争永远消失，而我的情人永远在我身边。

艾瑞莎大红大紫，持续红了几十年，拿了18座格莱美奖，在1987年，成为第一位被列入摇滚名人堂大师行列的女性。后来还得到小布什总统颁给她的总统自由奖章，她也曾经在卡特、克林顿、奥巴马总统就职典礼上献唱。黑人民权运动领袖马丁·路德·金（Martin Luther King）去世的时候，她也在其丧礼上演唱，唱得全场几万人都哭了。

后来我们都知道，2018年，艾瑞莎去世的时候，路上挤满了人，大家都唱她的歌。艾瑞莎最后一次演唱在肯尼迪中心，奥巴马也在场，他一边听一边抹眼睛拭泪，被拍下来了。奥巴马也是走过那个年代的人，虽然他年轻多了，可是那时候人们，特别是黑人群体，觉得艾瑞莎就是女英雄，她的歌声就好像灯塔上面的灯，给人们指出方向，让大家觉得有光明依旧在，不要怕，今天的抗争虽然受到种种打压，可是光明一定会来，只要人们有信心，不放弃自己的希望。

在时代的浪潮中，除了用歌声来作为艺术战斗武器以外，在现实生活里面，艾瑞莎也是非常支持民权运动的。后来很多人都回忆说，他们那时候跟马丁·路德·金一起搞抗争，很多时候没有钱，都是艾瑞莎出钱的，她出了很多钱支持不同的黑人民权团体。有人被抓了，艾瑞莎的钱就会送到被抓走的黑人的家属手上来帮助他们。当然，对于黑人女性的各种支持，无论在经济上还是艺术上，艾瑞莎也是从来不缺席。

艾瑞莎是教母级的人物，被称为灵魂乐女王（Queen of the Soul），或者说Soul Lady，她脾气也蛮大的，把这种地位看得非常重。曾经在一个音乐颁奖礼上，女主持人把另外一位黑人女歌手称为灵魂乐女皇,她就很生气,强烈地抗议。那个女歌手找自己的父亲来跟艾瑞莎道歉解释,因为女歌手的解释艾瑞莎不听,才要父亲出马,给几分面子,请艾瑞莎原谅她,她只是照本宣科,按照台本这样来讲而已,请艾瑞莎不要跟小孩计较。

曾经好多次,一些记者写文章批评她的服装。在生病以前,艾瑞莎胖胖的,人到中年越来越胖,曾经有记者公开嘲笑、调侃她的服装说,难道她不知道自己体形这么巨大,不适合这种服装吗?艾瑞莎马上写信,公开发言骂回去,大意说:你懂什么,你凭什么来说我的服装打扮不得体啊?你根本什么都不是,不是一个懂打扮的人,也不是一个漂亮的人,更不是一个名人。你凭什么说这服装不配我名人的身份呢?也逼得这个记者公开道歉。

由于艾瑞莎在成长过程中不愉快的经历,她就有一些小偏执。基本上每次演出,她都要求主办方给现金,因为她不信任任何记账后才打钱进账户的行为,可能她看过音乐行业乃至娱乐演艺界太多的剥削和不守信用,她要一个布袋,里面全部是钞票,她只要现金,现金就是皇帝。

她是乐坛的超级女王,好多新出道的女歌手,甚至不要说才刚出道,即使稍稍成了名,如果想更上一层楼,还要得到她的加持才行。比如惠特尼·休斯顿、詹妮弗·哈德森,全部要被带到女王面前,让女王来听一下,来点评,提出意见,才算是给这个人一个肯定。她好像乐坛教父,一个人要进音乐圈,就要跪下来,亲吻教父的指环一样,她的地位高到这个地步。

很不幸,不管地位有多高,最后还是要面临人生免不了的生老病死。她中年的时候,有一次坐飞机巡回演出,碰到乱流,几乎坠

223

机。那一次死里逃生之后，她就有惧飞症。她以后去巡回，不坐飞机，只去坐车就能去到的地方。她花了好多钱，还上课，用心理辅导课程来免除这种惧飞的症状，可是都失败了。另外，她曾经由于压力大而酗酒，后来参加了戒酒的治疗课程，这个倒是成功了。

对于自己的一生，她说：我就是要唱自己相信的歌，唱自己相信的感情。正因如此，她也做了很多慈善事业，特别是捐钱支持黑人年轻女性的教育，教育黑人女生不要像她年轻的时候那样，12岁就怀孕。她做了很多这方面教育支持的工作。在晚年时，她罹患胰腺癌，身体变得非常瘦弱，后来就去世了。这就是艾瑞莎·弗兰克林的生平故事。

我们看到，一位黑人女性，在挫败的家庭环境里面，懂得抓住自己的专长和才能，也知道自己要的是什么，就全力以赴。她刚从福音歌唱转到比较流行的灵魂乐蓝调上面时，也受到蛮大的压力，家人反对，很多朋友都怀疑她，觉得很失望，认为她走向市场，就是走向庸俗。可是她还是明白，有得必有失，舍得，就是要先舍去，才能获得另外一样，所以她就义无反顾地往爵士乐蓝调灵魂乐的方向走过去了。像咱们中国人说的量才适性，知道你的才能在哪里，性格在哪里，就往前走吧，成不成功就是天意了。就算不成功，你至少也对得起自己。

阅读小彩蛋

　　艾瑞莎怎么描述她对于音乐的感觉呢？"对我来说，灵魂乐是一种感觉，一种很深沉的东西，我要把内心世界发生的事情挖出来，让眼前的影像变得清楚，许多人都可以唱灵魂乐，它是一种感情，这就是它能够感动人的地方。假如一首歌讲的是我经历过的事，或者可能发生在我身上的事，那就是一首好歌。假如这首歌与我根本没有关联，我真的没有办法表现出来，我总是在音乐里面寻求意义，当我走进录音间，我就全力以赴，甚至把家里厨房的洗碗槽都带来了。"这里面不乏美国人的小幽默。

　　怀念灵魂乐女王艾瑞莎，一位非常了不起的坚强的女性。

葛兰姆：聆听与 OPEN

葛兰姆是舞蹈界大师，曾经被称为"舞蹈界的毕加索"。这一点都不夸张，只是这位舞蹈大师听了可能会不高兴，她一定觉得毕加索就是毕加索，而我就是我，我创造出我自己的舞蹈语言，而且从舞蹈的历史上来说是新的语言，就像毕加索创作出画画里面的新的语言一样。这毕竟是两个不同的艺术门类，有不同的体系，不应该相比。

别人说这种话就是自大，她自己说这种话就是有自信心、有自知之明，否则她也不会被称为美国现代舞之母，这就是 Martha Graham，中文翻译为玛莎·葛兰姆。她说，舞蹈艺术不是我们平常说的跳舞那么简单，作为肢体艺术的一个门类，身体的动作就是舞蹈的语言。谈到舞蹈艺术的时候，当然就要对葛兰姆鞠躬敬礼。

说句厚脸皮的话，当然也是玩笑话，葛兰姆是我的祖师奶奶，怎么说呢？因为她有一位大名鼎鼎的学生，就是台湾云门舞集的林怀民。在 20 世纪 80 年代初期，林怀民已经非常有名了，也在台湾一些大学教舞蹈。有一天下课，我的室友带着我去学舞蹈，我的室友很英俊，唇红齿白，很喜欢学跳舞。那时候他还没有拜师，可是他知道林怀民就在台湾大学旁边的台北艺术学院教舞蹈。他带着我，从台湾大学骑脚踏车去艺术学院，偷偷地看。林怀民老师当时还蛮年轻的，很英俊，身材很挺拔，教着一群年轻的男生跳舞。

林怀民很好，他看着我们说：你们旁听是吧？来啊，没有关系，一起跳。他居然鼓励，我们两个就加入了，在那边屁股扭来扭去，身体动来动去。我的室友跳得很好，后来也的确加入了云门。我就是来玩的，所有与节奏相关的事情我都不行，因为我从很小的时候就开始听力不好，只剩了七成，所以运动、语言、舞蹈我全都不在行，可是好歹也有一个下午跟林怀民学过跳舞。

林怀民成绩很好，开始在中国台湾读法律，后来又读新闻，去美国留学也是读新闻，还写小说。可是他爱上了舞蹈，就跟着葛兰姆学舞蹈。林怀民是葛兰姆的学生，我跟着林怀民学过一个下午的舞蹈，所以我喜欢吹牛，跟别人说我是葛兰姆的徒孙，自己心里高兴就好了。

我相信葛兰姆也是这样的人。人活着最主要就是为了追求自己的快乐，她的快乐就是舞蹈，用舞蹈来表现艺术，用舞蹈来表现自我，也用舞蹈来表现她的时代精神。

葛兰姆在 1894 年出生，1991 年去世，活了 97 岁。她除了自己跳舞，也编舞、教学生，一直忙到 96 岁，在 55 天的旅行之后，身体不支去世了。她在美国宾夕法尼亚州出生，小时候全家搬去了加州生活。她的父亲是个医生。葛兰姆十五六岁时开始对舞蹈感兴趣，想学跳舞，甚至想以舞蹈为终生的事业。可是父亲不许她学，总觉得女生可以把舞蹈当作爱好，但不可以把舞蹈作为终生的理想，那是不登大雅之堂的。父亲的看法对她的打击很大。可是另外一方面很有意思，咱们中国人爱说因果，她父亲也做了一件事，对葛兰姆的舞蹈艺术成就很有影响，是什么呢？父亲经常带她看显微镜，看水里面的细菌、浮游物，让她观察各种很细微的东西，训练她细心敏锐的能力，而且还对女儿说：你看生命里面的事，不管大事小事，都要把焦点放在真相和事实上，要看到最细微的地方，要看得一清二楚，不管好的还是不好的，善良的还是丑陋的，都要睁开你的眼睛看清楚，不要逃避。

父亲还给女儿看什么？人体解剖学的图和书，让她对人的生理结构，每一块肌肉，每一条筋都有大概的了解。这些可能就是因果。因为后来葛兰姆创造出的舞蹈语言，所谓的葛兰姆舞蹈技巧，其中很注重什么呢？就是收和放，用呼吸控制身上的肌肉，这种种的灵感来源和知识，很难说跟她小时候父亲的教养没有关系。

当别人都学习一套很程式化的，甚至完全是沿用下来的芭蕾舞技法的时候，她就觉得不对：我们作为一个舞者，站在舞台上面，要表现的是什么？就是自我，用什么来表现？就是我们身体上的每一块肌肉、每一条筋。葛兰姆说："人的肢体从不撒谎。"只要我们忠实去看，去感受身体每一块肌肉、每一条筋的力量，就总能够找到一个方法，把你的灵魂呈现出来。她也说："**以身体形象客观地表现自我，用舞蹈揭示内在的人。**"所以这种收缩、扩张的跳舞方法和呼吸方法，让葛兰姆自己和她的舞团里的 dancer（舞者）站在台上的时候，自己就成为一种语言，那种语言不属于别人，是属于自己的灵魂。

葛兰姆讲过一句名句："*Just get up and dance*。"站起来跳吧，没有人在意你跳得好不好，没有人在意你跳得美还是丑，最重要的是跳出自己心中的喜怒哀乐。假如你能够用诚实的身体语言来准确表达的话，观众的喜怒哀乐也一定能够被你带动，这是她对于身体语言的执着。

父亲种下的因，后来才开花结果。当时父亲一直打击她，阻止她去学跳舞，可是女儿会长大，长大之后不会再受父亲支配。葛兰姆到 22 岁的时候认真去学习跳舞，加入了舞团，31 岁的时候干脆从美国西部跑去纽约，到一个舞团教舞，成为舞蹈老师。很快，第二年她成立了葛兰姆舞团，从 32 岁成立舞团，到 97 岁，60 多年的舞台风华。虽然最后的 20 多年她在幕后，可是在那之前她一直在跳，从不放弃。

刚开始的时候，除了她父亲，她还受到了别人的打击。她 20 多岁去舞团学习跳舞的时候，人家收了她，可是觉得她就是来玩一玩，或者说做个陪衬。一个老师说她不够漂亮；另外一个老师说她身材不够瘦；一个老师又说她个子不够高。用咱们中国人的话，就是老天爷不赏饭吃，不能在舞蹈行当里面当一流的艺术家。可是她不服气，你说我胖，好，我就节食。她吃得很少，所以我们看到她的照片，像骷髅一样瘦。她用各种方法节食，不断喝水，甚至抠喉——就是吃完东西把手伸进喉咙里，把吃的食物吐出来，她用各种方法保持身材。别人说我个子不高，没关系，我只要身体动作灵敏，比例好，有力量，就行了。

学跳舞，教跳舞，这么多年，她说：我一生没有别的，只有跳舞。我把一生给了舞蹈。她从早到晚不断地跳，没有时间谈恋爱。后来她跟她的音乐导师结婚了，只是婚姻很短暂。其实对她来说，结婚是结婚，她还是全心全意跳舞，连睡觉都是在舞蹈练习房的桌子前面，因为她连睡觉做梦的时候也会编舞。她在梦里稍有一个灵感心得，就会惊醒，马上练习，不会浪费一点时间。如果回家里，还要再坐车去舞蹈室。

葛兰姆的灵魂痛苦过也快乐过，而身体是受尽了痛苦，她的脚曾受伤，不断流血。她在90多岁出了一本口述回忆录，中文翻译叫作《血的回忆》。她说假如她一生还有什么成就的话，那就是舞蹈，而这个成就是用血换来的。因为她相信，只有不断地练习再练习，才能有一点点的进步、成就、表现，何况不练习呢？

舞蹈对她就是生命，她在跳，就要跳出她的热情。正是这种对舞蹈的狂热，让她一辈子认定一件事。她在回忆录里讲了一件事，在1970年左右，那时候她70多岁，年纪大了，已经退休不跳舞了。那两年她发生了什么事？她得了忧郁症，整天在家里酗酒抽烟，感觉好像没有了生命力，自己的生命已经结束了。

她在回忆录里面提到，她自己也没想到，当她退下来的时候，回到剧团，回到舞台前面看学生来跳她编出来的作品的时候，一方面她看到他们可能有很多比不上她的地方、违背她编舞的原意的地方；可是另外一方面她又是何其嫉妒，看到每一个生命在舞台上面，用身体说着他们想说的语言，用这种语言去表达他们的热情和喜怒哀乐，也挑动了观众的喜怒哀乐。而她就坐在那边，看着她的创作好像都在对她扮鬼脸，在取笑她。这种恐怖痛苦的感受，让她想起了但丁的《神曲》，那些地狱的恐怖灾难都没办法和她这一段感受相比。她感觉，但丁写地狱的时候可能忘记了写她的这种感觉。当然这是夸张的表述。

葛兰姆想了好多个晚上，回到家里，就觉得自己的生命完全结束了，她还去了医院。她没有力气，甚至起不来床。刚开始，用酒精，好像给汽车加油一样，能够让她勉强站起来熬一两个钟头，可是马上又瘫痪下去、倒下去了，后来她做了一个很重要的决定，就是重出江湖。

葛兰姆认为，艺术家一定要死而复活，才能成就伟大。她花了好大的工夫去戒烟、戒酒，让自己恢复体力精神。有一天，她突然回到学生面前说，我回来了，回到剧场，回到舞场，回到她训练的教室，出现在学生眼前编舞。每个学生都很惊讶，也很高兴看着她。葛兰姆故作淡然地说：我们开始工作了。

她很会说话，口述的回忆可能有人编辑过、修改过，可是平常她接受访问时都很会说话，很会描述。她很喜欢鼓励学生，经常跟学生说：挺直你的背，一定要挺直你的背，因为背就是翅膀长出来的地方。这样的描述多好，每一个学生、每一个舞者都是天使，当你挺直你的背的时候，就有翅膀从那里长出来，这给了学生很大的鼓励。她也说我们的背，特别是脊椎，是人类生命之树的所在，人类的生命好像一棵树，树干是生命的所在，从一个人所使用的语言就能知道她的敏感度。

葛兰姆的舞蹈艺术、舞蹈技法创造了新的语言，她一直被称为美国现代舞之母。另外，除了跳舞的身体语言，关于舞台艺术她也有创新。几十年来，她跟一位有日本血统的艺术家合作，艺术家替她设计舞台，加了很多不同于一般剧场的元素在里边，不管是灯光还是色彩，都非常能够配合她的舞蹈，大大增强对观众的影响力，替她加分。她在服装设计上也很用心。葛兰姆有一张经典照片，是她跟摄影师芭芭拉·摩根合作的，两人是长期合作关系，但摩根从来不会刻意去拍。他们是怎么拍的呢？摩根把葛兰姆的演出看了无数遍，然后回到她的工作室，请葛兰姆过来，在灯光前面不断重复做某个动作，抓下来最传神的一个。有一张照片葛兰姆弯下身扬起舞裙，你看那身体的角度，是半圆形，好像她用身体写了一个感叹号，你看到就会被打动，不需要明白她那时候想表达什么样的情绪，自然而然就被她身体的弧度、动作，还有她身上的长裙烘托出的氛围所打动。有人这样形容过，假如看到这个照片，或者说看到这个动作的时候，你原先是快乐的，那你的快乐会增加十倍；假如你原先是哀伤的，对不起，你的哀伤也会增加十倍。她整个机体，就有这种搅动情绪的力量，这是葛兰姆舞蹈艺术很重要的感染力所在。

当葛兰姆谈到舞台灯光、服装、舞台设计等元素的影响力的时候，她也承认这些增加了舞蹈对观众的感染力，可是最重要的还是希望大家能够回归身体，她的身体，舞者们的身体。她说：身体本身就是艺术，我这样要求我的舞者，就算他们几乎裸体、没有服装、没有舞台布景、甚至没有音乐，也能够打动观众。

葛兰姆好多创作都没有音乐，唯一的声音来源是哪里？是舞者的脚跟与地面摩擦的声音。我看过云门的演出，也写过一篇小文章，叫作《地板的嘈切》。"嘈"，听起来好像很嘈，会不舒服，可是"嘈切"不是的，它是有节奏感在其中的。那些舞者用他们的脚，或者有时候躺在地上，用身体跟地板对话、跟地板谈情、跟地板吵架发出的声音，就足以打动你。

葛兰姆戒酒之后复出，主要是退居幕后做编舞，培养新一代，一直到97岁去世，完成了由始至终不离不弃、莫失莫忘追求舞蹈艺术的梦，这个梦想获得了大大的肯定。她拿了美国艺术成就领域所有该拿的奖和荣誉，全世界都知道了葛兰姆，她是创造新的语言艺术的大师中的大师。

葛兰姆有一段话，我蛮喜欢的。她安慰一个腿受了伤的学生说：不要怕，只要你坚持，老天是不会辜负你的。她引出自己以前的例子：那时候她腿流血了，根本不能跳了，她就对着自己的腿说：我知道你在跟我抗议，可是我也要跟你抗议，我的一生假如没有舞蹈就什么都不是了，所以我以后会给你回报（意思就是让她的腿分享她在舞蹈艺术上的成就和荣誉），只要我们继续配合，你不要离开我，我也不会离开你，我们一起往前走吧。她又安慰那个学生，不断鼓励学生"打开自己"。我看到她的口述历史中经常用这个关键词，"开放"，打开自己，打开每一块肌肉，打开你每一根筋，打开你每一条感官神经。只要 open（打开）你的力量，你的热情就会释放出来。

假如要从葛兰姆身上学习，我觉得最值得学习的就是付出和坚持，认定一条路往前走。刚才说的关键词非常重要，open，把自己打开，打开你的感官，跟自己的灵魂对话。写作的人用文字，跳舞的人用身体，做音乐的人就是音节、声音。葛兰姆坚持了 90 多年，一辈子，她为什么要退下来呢？本来就不应该退下来，她应该像将军死在战场一样，打到不能再打为止。我觉得这种义无反顾，可以总括在艺术成就以外的葛兰姆的一生。

阅读小彩蛋

最后分享一个她的金句,是我很喜欢的。她说:"没有艺术家可以超越他所在的时代,他就是这个时代的缔造者,其他人只是追赶不上而已。"不要真的以为你可以走在时代前面。一个时代的语言特点、语言限制、语言里面喜怒哀乐的情绪,都是通过艺术家的创作创造出来的。我觉得这句话很踏实、很靠谱,比一些艺术家开口闭口说我走在时代前面更真实、更靠谱。

没有人能够走在时代的前面,每一个艺术家就是他的时代,只不过有人稍稍落后。

我喜欢这句话,用中文来理解,其实就是不卑不亢,没有太狂妄,也不用太谦卑,你就是你的时代,所以我们要向葛兰姆学习。

歌德：知识就只是知识

本节我们要讲的大师，是我的老朋友了，一讲到这个人的名字，就让我想起三十多年前，在香港湾仔的一个小房间，一个角落，蹲着一个年轻人，就是马家辉，他在看一本小说。

那个场景历历在目，好像我现在抽身出来看着才十六七岁年轻的我，就蹲在墙角。我从小有一个坏习惯，喜欢蹲着，因为我家小，根本没有单独的房间，我的房间是四个人睡的，两个舅舅，还有妹妹和我。我蹲在角落，有时候在地上，有时候半蹲坐在小板凳上面看书。

其中一本让我很着迷的书叫作《少年维特之烦恼》，它影响了一代又一代的人。这个小说的书名就取得很好，少年维特，年纪很轻，十来岁，他的烦恼是什么？好像光是小说的书名，已经有一种号召能力，召唤同样是少年、同样是年轻人的我们，我们总有一些烦恼，少年不知愁滋味，为赋新词强说愁，至少总觉得自己有烦恼，或者说应该有烦恼，那看到这个书名就被吸引，我当时也是。当时没有知乎，也没人介绍给我，我就是自己在书店看到一本书叫《少年维特之烦恼》，就因为好奇书名而翻开来看。这个故事也打动了我，如同它在18世纪打动了无数当时欧洲的年轻读者一样。后来,不年轻的人也看了,产生了很大的讨论、热潮跟争议。

那本书的作者就是歌德,大名鼎鼎的歌德。用现在国家的观念讲,他是德国人。他一辈子用了好多时间游历,到处走,可是他的老家在德国,他在法兰克福那边住得比较久,小说也是他年轻时候写的,里面讲一个年轻人维特的爱情故事,好多人认为——他自己也承认——自传成分很高,是大文豪歌德自己年轻时候的一些爱情经验。当然,他把不同的事情组装拼合成一个故事。主要讲的是一个对未来人生充满迷惘,不知道目标的年轻人维特的遭遇。他从一个城市去了另外一个城市学画画,想当个艺术家。后来在晚会上认识了一个公务员的女儿,名叫绿蒂。她妈妈去世了,要照顾几个兄弟姐妹。虽然她已经订婚了,可是维特爱上了她,因为两人有共同语言,谈艺术、谈画。绿蒂的未婚夫阿尔伯特出差了,给了维特去跟她暧昧的机会,两人也有感觉了。可是当未婚夫回来的时候,绿蒂开始挣扎了,怎么办呢,选谁呢?当时欧洲很多资产阶级的阶级观念很重,在这种气氛下,她最后选择了她的未婚夫。拉拉扯扯一阵子之后,维特就决定要退出来解决自己的痛苦,怎么解决呢?就是自杀。他很毒的,跑去找绿蒂的未婚夫,跟女朋友的未婚夫借了两把枪来自杀,自杀的时候,穿着他经常穿的蓝色的衣服,黄色的裤子,黄色的马甲,桌上有一本很浪漫的诗集。可是因为他是自杀的,在基督教信仰里面你的生命不属于你,而属于上帝,所以不管有什么伟大悲壮的理由,自杀都是不对的,所以没办法用基督教的仪式安葬他。

这个故事写得非常浪漫,也是狂飙突进时代典型的小说。可是,歌德创造了新的表达语言，把诗也放进去了。诗里面把年轻人的迷茫，对于爱情、暧昧的难舍难离写得极好，所以引起很大的轰动。歌德本身是一个很风流、很浪漫的人。跟好多人一样，好奇怪，我们一辈子总是会爱上一些自己高攀不起的人，是命运，还是我们真的有这种心理，总是去爱自己高攀不起的？所以怪不得有人说，爱情总有一些犯傻的成分，高攀不起，又要爱，结果选择离开，或是被离开，心里就痛，可是痛快。中国人说得好，痛里面总有快，那种畅快、爽快、悲壮的感觉。歌德从年轻时就是这样，喜欢一些跟他的性格、身份不是很配的人，永远在爱情的海洋里面浮沉。他年纪蛮大才结婚安定下来，最后活到80多岁。他把自己的爱情故事写进去，自杀的部分当然不是他自己，是他听到的一个年轻同事的故事，同事的名字翻译成中文叫耶路撒冷，他自杀的事情辗转传到歌德耳中，给了他启发，所以小说以自杀收场。

这本小说洛阳纸贵，人手一书，不仅在当时的德国，还在整个欧洲风靡。这当然引起了很多教会人士还有资产阶级的批评和愤怒。第一，情节太灰暗，主人公怎么会选择自杀呢？第二，里面也讽刺、批评了当时虚伪的道德观。所以很多人就骂他，甚至曾经想禁他。歌德也写文章来反驳：不会有人因为看完我的小说而自杀的，不管我的小说存不存在，要自杀的人，还是会自杀的。可是当时的确发生了若干起年轻男人自杀事件，而且自杀的时候，故意模仿小说里面的主人公，穿一样的蓝衣服、黄裤子、黄马甲，桌上放一本诗集。你说有没有产生自杀模仿效应？说完全没有，好像太天真了。一直以来，这本书在不同国家都有译本，中文也有，影响一代又一代的年轻人。

当然，这是歌德的浪漫时期，可是他很快走出来了。他其他的小说、诗，还有一些评论文章、哲学文章，以及剧作《浮士德》，都从个人浪漫的、迷茫的、伤感的情调里面走出来，指向社会和现实，然后再往前走一步，指向生命存在的意义。

浮士德这个角色也不是歌德原创的，原型是欧洲一直以来都有的传说。歌德的《浮士德》有两大部，他写作很慢，喜欢写一半后搁置不写，好多年之后才写完，写完之后又不出版，放在抽屉，一改再改，心血来潮才把它印出来。像《浮士德》这个作品，在舞台上表演时长达13个钟头，没有几个人能够从第一秒看到最后一秒，据说连歌德自己看到第八个钟头也睡着了。可是不管你看几秒钟，好的作品，就像杨德昌、王家卫、费里尼的某些电影，就算你看不完四五个钟头，看其中四五分钟，也能震撼你，在感觉上、思考上已经够你一生受用了。

浮士德是一个人，他把他的灵魂拿来跟魔鬼做交易，魔鬼带给他青春，而且给他一次重生的机会来探索。回看自己，假如生命可以重来，你会怎么规划你的自由、你的权利，会做怎样的选择呢？你是更恶了，还是更善了？会从坏人变好人吗，还是变成更坏的人？人如何在外面的世界——所谓外面的世界，可能是社会上一些公认的道德观，也可能是天意，或者是神的意志——里去感觉、找寻你自己的存在？歌德通过他的各种作品，让我们看到，一个人怎样扩展自己，怎样丰富个人的生命。当时不像今天，你可以上知乎听马家辉，他没有知乎，他只能阅读跟思考，在阅读思考的过程里面，不断享受他的爱情，在爱情里面轮回再轮回，获得很多创作灵感。

歌德1749年出生，活到1832年，82岁去世，没活到83岁。他是读法律出身，可是他喜欢文学、艺术、创作小说，20多岁已经创作了《少年维特之烦恼》，出版的时候他25岁，已经成名了，成名之后又当公务员，被当地的一个官员找去当顾问。顾问，不是顾而不问，是真的可以做事情的，那个官员蛮听他的话。所以，歌德曾经有一段时间从政，可是不是去选举，而是在有权的官员旁边，规划整个城市的蓝图，真的可以落实心中的文艺理想。比如说，他推动建造的剧院，给了当地居民接触戏剧、接受熏陶的机会，他也推动建设了一些图书馆和学校，真的是去实践他心中的理想蓝图。可是这样过了几年，歌德在他的自传里面说，有一天晚上，他思考着，难道他的生命，这么伟大的、充满创意的灵魂，一辈子就只为这些人——虽然是可敬的人，可是他这么宝贵的生命难道只为他们服务吗？难道结束了吗？他到底怎么样才能真的把生命最原本的东西充实地实践出来？他想到一件他从小就很有兴趣的事情——旅行。歌德经常说，他种种的创意、思考，甚至阅读，都是在旅途之中。他边走路边看书，到处走，走得满身大汗，然后就说"我想到了"。很有意思。所以他离开了家乡，去意大利游历了好几年，之后再回到家乡，创作小说，还做科学研究。

这一点上，歌德给了我很大的启发。我年轻的时候，因为看《少年维特之烦恼》，就去图书馆查百科，了解他的生平。我觉得他对我影响蛮大的，后来我自己到了一定年纪，不禁回想，是什么影响呢？

当时的人，对于所谓知识的分类，真的没有一道一道的门，没有一个一个的框，对他们来说，知识就是一个整体。像我们经常说的米开朗琪罗，以及各种文艺复兴时代的人物，他们是作家、艺术家，也是科学家、发明家、研究者。歌德也是，他对于大自然、色彩、光学、建筑种种的研究是非常深刻的。对他来说，世界上没有什么分科，只有一个东西，叫作知识。他又发明创造，又研究大自然、天文地理——我们现在经常说"天文地理无所不懂"，真的不像话，那个年代的欧洲人，才真的是天文地理无所不懂。他不会像我们这样，把天文地理变成不同的学科，还分文科、理科，甚至还要报名，学了文就不能学理。对他们来说，知识只有一种，就是知识本身。它可能来自神，可能来自世界，只有已知跟未知的差别，没有什么分科的差别。从我十多岁看歌德的故事，还有看其他同时代的人的故事，这种感觉就在我心中深深地刻画出印记。所以我大学读心理学，硕士读文化研究，博士读社会学，其实隐隐约约被年轻时代了解的这些人物的观念影响，觉得我就是对知识好奇。就算后来二十年在大学教书、搞研究，我也很不耐烦去申请研究项目，其中很关键的理由，除了我懒惰，也因为我真的打从心底瞧不起将这些知识硬邦邦地分类：研究什么标签、什么样的领域，申请哪一个领域的研究补助，还有对哪个领域的人报告等等，我是蛮瞧不起的，所以我干脆不玩这种游戏了。这是我给自己的说法。

歌德那个年代的人的确是这样的，他们对于知识的认真执着，不是我们所能想象的。学习他们这种精神和境界，还有对于知识宏观的认识角度跟胸怀，可以帮助我们今天在现实生活里打破各种不必要的、自我设限的框框，这是很有启发的。

当然你还是要付出。像歌德，后来碰到老师给他一些教导，他就回到家里把自己藏起来的作品全部烧掉。他当时还很年轻，已经

"自悔少作"，后悔自己年轻时的作品。这么年轻，已经后悔自己年轻时的轻浮了。我看到好多人，要到了一定年纪才自悔少作，有些人老了，还没有自悔，还一直——说得好听一点，保持一贯的风格、一贯的写作方向，甚至内容，其实就是三个字：不长进。我说得有点刻薄。

歌德自己追寻知识，也交朋友。他跟大作家席勒的友谊很出名，现在回看他们的书信，好像有点同性之间的深刻情感。男男女女其实也是性别框框，我喜欢文艺复兴的人，理由之一是他们真的把框框去掉，不管性别，爱情就是爱情。后来歌德结婚了，结婚的时候已经57岁了，就在结婚前，法国军人打了进来，歌德非常危险，可是他当时的情人陪着他，还帮他躲开了两个法国兵，这之后，歌德就结婚了。

可是歌德活到80多岁，老来也没有很顺利，他的小孩、他的老婆都比他先去世。就是这样，活得比身边的人，甚至比自己的子女更长命，有时候不是一种福气。不要说没人照顾那么俗气的事情，中国古话说得对：白发人送黑发人，那是非常悲哀的事情。

我们学习歌德，学习他打破对于知识的框框，打破生命里面的自我设限，一直往前走，最重要的是回到那个关键问题：让自己变得强大，让自己壮大起来。在德国，每隔一阵子调查"你心目中最伟大的德国人是谁"，这么多年来，排行榜几乎都没变。大概第一名都是巴赫，第二名是歌德。歌德在全世界都有影响，我们中国的孔子学院，也是学习人家推广德国文化，特别是德语的歌德学院。从这个角度来看，歌德几乎等于中国的孔子。

阅读小彩蛋

这句话你应该听过，叫作："我爱你，与你无关。"但你不一定知道，这句话其实是来自歌德的作品。光是这句话，就足够你好好回味思考了。我爱我的老朋友，歌德先生。

篇章六

绽放·自在

我们不会因为年老而没有梦想,我们只会因为没有梦想而开始变得衰老

马尔克斯：因为向往，所以魔幻

十多年来我一直在香港主持一档电台节目，好多人听过我的声音，但没看过我的样子。几年前有一次我跟朋友去做足部按摩，正经的那种。替我做按摩的师傅是一位女性，突然抬起头很惊讶地说，你是不是那个电台主持人，马什么的，但是她喊不出名字。

我只好很尴尬地说，对对对，我是马家辉。让我尴尬的不是她喊不出我的名字，而是因为当时我穿着短裤、运动衣，总觉得不成体统。

我想起我的内地前辈作家朋友们，尤其是莫言，他拿到诺贝尔奖之后，经常上新闻、上电视，就算没读过他的书的足部按摩师也会认得他，这让他觉得很尴尬。同样的烦恼还出现在其他很多的文学家身上，像这次要谈的加西亚·马尔克斯。

马尔克斯 1982 年拿到诺贝尔奖，前一年在接受巴黎评论的访谈时，他说他很担心拿奖，因为拿了奖之后，可能要失去很多的隐私和私生活，不过他也没有拒绝拿奖。

莫言跟马尔克斯之间的缘分，除了拿了奖不能去做足部按摩以外，还有很重要的一点，就是莫言说，他在 1984 年读马尔克斯的

《百年孤独》，读了几段，整个人从椅子上面跳了起来，才知道原来小说还可以这样写，可以这样天马行空，又跟现实、跟环境、跟时代、跟历史紧紧相扣，马尔克斯深刻地影响了他的写作思维。莫言甚至说，他用了很多年的时间跟马尔克斯搏斗，在受他启发的前提下，又不被他的文风束缚，写出具有魔幻现实特质的中国文学。

马尔克斯是魔幻现实主义文学流派的大师。这个老兄很有趣，拥有传奇的一生。他的成长、年轻时候的故事，还有他的作品，不仅会对你的阅读还有写作带来很大的震撼，而且多知道他的故事，也会让你在张开眼睛、张开耳朵时，使得你的生命经验获得无限想象的可能性。就算你不写下来，只是用嘴巴讲出来给朋友听，甚至在脑海里自己创作，也是很好的生命趣味。

严格来说，我们不应该叫他马尔克斯，因为他是南美洲哥伦比亚人，南美洲的姓通常不一定跟父亲一样，可能是取父亲的名字，或者父亲的姓的一部分，再加上另外的什么。也可能是母亲，或者祖父的姓，合起来作为他的姓。马尔克斯的姓是 García Márquez，加西亚·马尔克斯，可是为了方便，也是随俗，称他为马尔克斯好了。

马尔克斯的故事里面不管是内容还是精神，都跟他小时候的经验紧紧相扣。就像有人问海明威一个作家最好的早期训练是什么，他回答说：不愉快的童年。因为幸福的故事往往比较单调，反而童年生活多经历一些转折，脑袋里面的故事就丰富了，马尔克斯就是这样。

马尔克斯 1927 年出生在哥伦比亚阿拉卡塔卡，他爸妈生了 11 个小孩，要赚钱养家，跟他关系蛮疏离的，他就被外公外婆带大。

南美洲多年来不断有新的独裁者，在不同的国家上台，之后又倒台，一直不断地在革命。马尔克斯的外公参与过好多场战争，他回忆起往事就会用战争来作为时间的标记，发生什么战争的时候他几岁，住在哪里。马尔克斯从他外公那边听了很多故事，还有亲身的体验。

　　比方说，小时候来了一些卖东西的小贩，还有吉卜赛人，卖很多奇奇怪怪的东西，还会变魔术。有一次外公就跟他讲，外面有人在卖冰鱼，马尔克斯就问，什么是冰鱼，外公说是放在冰块上面的鱼。马尔克斯说，什么是冰块？外公不晓得怎么解释，就带他去，让他亲手去摸那些冰块。这种经验写进了《百年孤独》的第一段：上校想起以前，长辈带他去摸冰、看冰，了解什么是冰块，整个故事从这里开始。

　　他的作品充满各种想象，有会讲话的猫、会飞天的大象等等，这些跟他从小看过很多吉卜赛人以及各种奇妙的经验有关。尤其是他外婆经常跟他讲一些好像不太可能的事情。比方说，他外婆教小时候的马尔克斯，让他不要顽皮，不要到处走，因为走到房子某个角落可能会吵醒大舅舅，可是他大舅舅明明死了几十年了。他外婆还跟他说，他跌倒可能就是因为你姨婆推你，可是他姨婆也死了几十年了。他外祖母眼中有满天神佛，充满各种想象。小时候的他很相信外婆讲的话，都记在心里，长大之后，就把这些作为他的魔幻题材，用来回扣他的时代、他的历史。

　　那是什么样的时代呢？刚才有说，拉丁美洲、南美洲各个不同的国家，不断有独裁者上台、下台，不停轮回。回到《百年孤独》这本小说，各种奇奇怪怪的人，说话的猫，飞天的象，还有满天的黄色蝴蝶，看得让人眼花缭乱，而看到最后，你会深刻地感受到，整整一百年的家族遭遇，可悲可喜的命运，整个时代和历史，好像都在用同样的步伐，做相同的循环。这些循环在马尔克斯眼中就是不幸。人们要能够接受独裁者，容忍独裁者，容忍整个时代的荒唐，因为当时的时代是一个共生的结构，所有人都是紧密不可分的。

马尔克斯在他外婆外公的大屋住到八九岁后，去外村读中学，去首都读大学。这中间发生了一个很有趣的小插曲，马尔克斯是个深情的人，他十多岁时碰到一个比他小几岁的女生，女生当时只有13岁，他一见钟情，向她求婚，说放心，我一定会回来娶你。之后他继续去读书，当记者。女朋友等了他13年，果然，两人结婚之后，一辈子不离不弃、有情有义。

马尔克斯刚开始读大学读的是法律，可是他觉得兴趣不大，读不下去了，刚好当时哥伦比亚内战，学校也很混乱。他干脆就跑去当记者，去报社找工作，做了一个又一个采访，有些是普通的，有些是很特别的，很受读者欢迎，也产生了一些很魔幻的影响力。

比方说，曾经有某个地方修改了一项政策，要把哥伦比亚的一个省废掉，本来大家都以为，废省，被吞进另外一个省，这是一件大事情，省民一定会抗议，结果完全没有声音，好像没这回事一样。当时的马尔克斯已经是小有名气的记者，就跑去采访。有人知道他来了，就把消息告诉了省长，说有个重要的记者跑来采访，省民说会有游行抗议，而实际上并没有，不是很没面子吗，这也表示我们的省民好像对这件事完全不关注。省长一听也觉得，对，那就搞个抗议，结果是由省长去召唤抗议。

马尔克斯看在眼里，觉得这件事不可思议，原来现实不能用一般的因果逻辑来理解，它还有另外一种很超乎我们想象的逻辑。这非常魔幻，魔幻里面又有它的逻辑，有它的隐喻、意涵和意义在。

还有一个很重要的采访案例，有一条船沉了，死了好多人，他去采访一些幸存的海员，询问和记录他们的说法。对于同样的人，他不断追问，结果发现每一次讲出来的回忆都不一样。查到最后，才发现原来是有人走私，把过多的货品放在船上面，导致船沉了。他写了一系列报道，似乎这就是真相。可是马尔克斯自己并不这么想，他说，我们好像是发现了真相，可是这个就是真实的答案吗？假如不是这样的话，还有什么样的可能性呢？真的是有人走私吗？为什么要走私呢？他觉得他只是写出了问题，而答案的存在往往是为了引出更多的问号和更多的想象。

后来马尔克斯不当记者了，专门写作，写了几本小说，不过都没有受到关注，之后他搬去墨西哥城，写完上一本小说，五年没有再动笔。虽然书不好卖，也没收过版税，但他还是想努力写出更好更圆满的故事。其实在他的心里一直有个故事，只是不晓得怎么样表达。

有一天他开车载着太太跟小孩，到墨西哥城郊外度假，突然跑到一个地方，他脑海浮现出一段话，就是《百年孤独》最开始的那段话。他突然找到写作的声音跟语调，就跟太太道歉，觉得他们要回去，他要马上写作，他太太真的好，没有异议，掉头就回家。

马尔克斯答应他太太，大概九个月可以完成这本书。当时家里没有别的收入，很穷，他也不管了，但太太很识大体。马尔克斯写了一年半，终于写出自己想要的结局，和太太抱头痛哭。他想把这部书稿寄给出版社，可是连邮费都没有。他太太只好把最后剩下的一些手链、耳环卖掉，到邮局把书稿寄给出版社。

后面的境遇我们都知道了，有人反对马尔克斯，觉得他写得一塌糊涂，可是编辑独具慧眼，觉得这是杰作，要出版。结果这本书出版没几个礼拜，大红特红。马尔克斯跟他老婆早上出门去菜市场，看到好几个平民百姓、家庭主妇的菜篮、脚踏车的车篮里面都有一本他写的《百年孤独》，他知道自己成功了。《百年孤独》就好像印钞机一样，给他带来了无数的财富荣誉，全世界的政治人物、领袖、文学家都要见他，跟他聊天。

他就沿着这条路继续创作，70多岁还在写，有一些作品写得蛮色情的，当然不是为了写色情而色情，是探究怎么样来通过欲望产生力量。这种力量让主人翁明白，不管自己在社会历史里面如何荒诞、如何虚无，他个人的存在，本身都是有力量的，而这种力量往往存在于个人的欲望里面。欲望不一定是身体的，欲望代表了美好，以及对于美好的向往。

加西亚·马尔克斯写小说，开始有名了，他还去当编剧，跟人家合作电影，可是都没有很成功。作家是很自大的，很难去当编剧。马尔克斯认为自己跟电影界的关系好像婚姻，两个人很难相处，可是又没办法不住在一起。不晓得是不是也反映了他的婚姻现实。

我个人觉得，不管你是不是热爱文学，《百年孤独》都是不能不读的作品。而且不能只读一遍，因为一遍读不懂的，人物太多，故事太复杂，是五六代人的循环轮回历史故事。当你坚持读到尾，你会跟莫言一样。莫言是读了第一段脑洞就被打开，我们一般人可能要读到尾，才会真正感受到一种苍凉、沧桑，重新用一种不太一样的眼光看待这个世界，这就是魔幻现实小说的力量。

创作文学作品，马尔克斯还非常重视语言的力量。马尔克斯讲过一个小故事，他说 12 岁那一年，他几乎被自行车撞倒，幸好当时有一位神父经过，远远地大喊了一声"小心"，然后他就停住了，没有被撞倒。后来那一位神父跟他说，小朋友，看到没有，语言的威力多大。这句话让马尔克斯明白语言的力量：一句话，救了他一命。这个故事也解释了为什么马尔克斯把语言看得如此重要。

再强调一遍，他的好多本领都是从他外婆那边学回来的，他说假如你写大象会飞上天，大家可能不相信，可是假如你说有 425 头大象飞上天，大家就会相信。他的外婆就是这样说故事的，那时候家里偶尔有个来修理的水电工，他外婆就说，很奇怪，这位水电工每次修理完走了之后，楼下满屋都是蝴蝶，还说有 325 只。他外婆讲得那么确定、那么认真，让他不敢不相信。你看，只要有办法用语言使人相信，你就可以改变现实。

马尔克斯也说新闻跟小说的差别，写新闻，只要被人家发现有一件东西是假的，那整篇都会被视为假的。写小说刚相反，不管你写得怎么荒诞、怎么魔幻，只要其中有一个故事，或者有几个句子，能够打动人，让人感觉深刻，人们就会相信是真的，这就是语言的力量。

阅读小彩蛋

2003年,马尔克斯70多岁的时候,为一个大学校庆典礼给大学生们做演讲,有这样一段话:

首先解释一下,大意是说,我们哥伦比亚人不管经历了什么样的灾难,都不要放弃,都要有信心,要想办法通过我们的想象力,从各种魔幻的悲剧里面跳出来,我们要乐观。

"理论中的梦想多半只能聊以自慰,但是,种种梦想里边包含着我们对于美好的向往,我们一定要相信,就算经历了这么多灾难,终会有一个未被发现的哥伦比亚,在某处等待我们去发掘,带领我们离开曾经几百年里一错再错一直重复的悲剧。"

想象、想象、想象;语言、语言、语言。这是加西亚·马尔克斯给我们的很重要的提示。他还有一句名句,说:"人并非因日渐老去才停止逐梦,而是因停止逐梦而日渐老去。"只要心中有梦想,我们就不会老,只要你梦

阅读小彩蛋

想停止的时候,就是你开始衰老的时候。

我爱死他了,加西亚·马尔克斯。

博尔赫斯：天堂的模样

这一篇谈一位用西班牙语写作的伟大作家，博尔赫斯。这一位老兄活了 87 岁，1899 年出生在阿根廷，1986 年去世，他写作的题材很广泛，是很重要的诗人，也是小说家，还写了很多散文以及评论。

有人这样描述，说他是用小说的语言来写散文，所以那些散文都很有故事性、很好看；用散文的语言来写诗，我自己读后都觉得他的诗甚至比小说更容易看懂；又用诗的语言来写小说，所以小说就不容易看懂。可是当你看懂时，那种惊喜非常震撼，因为他能够把世界描述得好像根本不是我们一直想象的那样。

简单来说，博尔赫斯抓住了几个比较关键的象征意象，其中一个很重要，就是整个世界对他来说是一个图书馆，我们活在图书馆里。看起来图书馆里的书好像都被安排得井井有条，时时都是百花齐放，但其实每一本书都有独立分岔出的世界和宇宙。他的小说就带着你去看这个图书馆。你看起来以为是这回事，可是马上又转进另外的事情，再转进另外的新桥段，兜兜转转到最后才解谜，甚至没有解谜。

他有一本著名的经典小说,《交叉小径的花园》,台湾地区翻译为《迷路花园》,像迷宫一样的花园,进去后兜兜转转,不知何时是尽头,可是柳暗花明又找到出路。这部小说刚开始读是侦探推理小说,转了一圈,又变成历史小说,后来再转了一圈,原来是讨论宗教、哲学以及生命的意义。他的小说也经常讲到很多关于中国还有欧洲的古代历史,可是这些都并非真实的历史,而是想象出来的。他让你在他的故事里面迷路,走不出来,所以图书馆是一个关键意象。

另外一个意象就是花园,刚说过"交叉小径的花园",不同的花,不同的树,不同的小路让你绕不出来。还有,他经常用一种后设的写法,好像在告诉众人,我现在要讲一个故事,讲到一半,另外一个声音又跳出来说,刚才那个人跟你讲的故事其实是假的。有好几个分身,分身之后再分身,好像孙悟空一样。这种看事情的角度,在他其他的散文中也可以看到。

他写过好几篇文章来谈自己,类似"我来谈博尔赫斯",其实他自己就是博尔赫斯。有一篇叫作《博尔赫斯与我》,他这样写:"事情都发生在那一个叫作博尔赫斯的人身上,我漫步在布宜诺斯艾利斯——阿根廷的首都,他出生成长的地方——的街头,不时停步观看……"讲了一堆关于博尔赫斯的事情,可是又说:"我其实也不知道他是谁,我也不知道谁在说他,因为我也不知道我到底是谁,我只能在这个叫作博尔赫斯的家伙身上。有时候故弄玄虚,有时候言过其实:可是我又总能看到自己的一点一滴,我的生命就像你的生命一样,会失去,我们都会失去一切,我们都会忘记,而这一切失去与忘记,又可能发生在另外一个博尔赫斯身上,我不知道我们两个人之间到底是谁写下了这一段，博尔赫斯与我的文字。"

由此，你可以看到，他的视点不会固定在一个地方，不会固定在一个人一件事上。他的语言也是非常特别的，我不懂西班牙语原文，有人说是他选的西班牙语修辞语言，大大扩展了西班牙语文学创作的疆界，所以他那么重要。

博尔赫斯的作品也是最多被翻译为中文的西班牙语种文学。20世纪七八十年代的先锋派作家，像马原，还有后来的莫言，甚至王蒙，他们的写法多多少少都是受他的影响。很多重要人物访问阿根廷时，公开发言也引用博尔赫斯。博尔赫斯在他的著作里经常提到中国的故事，他曾经讲过"庄周梦蝶"，做梦梦到蝴蝶，这个象征用得好。我们很难想象，在梦里面出现的不是蝴蝶，而是一头老虎，那总是不和谐的。可是蝴蝶就对了，蝴蝶那种翩翩飞舞的美态，最适合出现在梦里面。

他自己也写过一些被广泛传播的句子，你不一定看得懂他的小说故事，但对那些句子一定不陌生。"**在那做梦的人的梦中，被梦见的人醒了。**"好像镜子里面无穷无尽的反射影像一样。他的诗也好，小说也好，很重要的一个关键意象就是梦。做梦梦到有人做梦，那个人醒来，醒来之后又怎么办呢？留下很多悬念。他也讨论了长城、中国书法等等。所以领导人引用他的句子说：我们跟阿根廷在文化艺术上面有很多渊源，有很多互相学习的地方。

博尔赫斯的生平故事一点都不复杂，他没做过太多的惊天动地的事情，就是一个作家，而且是一个因为家族遗传、在五六十岁就接近失明的作家。他父亲是个中学教师，也是个律师，父亲本来想当作家，博尔赫斯说过："我父亲最想做的事情是写作，成为一名作家。"可是他眼睛有家族的遗传疾病,视力很差,就只好放弃了。他尝试了,他失败了。这让我想起土耳其作家帕慕克,帕慕克在获得诺贝尔文学奖的时候演讲了一个故事,父亲的手提箱里面有自己的作品,可是因为要做生意赚钱养家,就只好放弃了文学梦。他的父亲也是在尝试之后失败并且放弃的。

可是他爸爸因为喜欢写作,喜欢文学,家里藏书很多,有个图书馆。小博尔赫斯就在图书馆里阅读西班牙语作品和英文作品,他是在这样的环境长大的。小时候因为父亲去工作和治疗,全家就从阿根廷搬到日内瓦,之后也去了西班牙,在欧洲不同的地方,住了十年。所以他对于英国文化特别尊崇,后来也喜欢美国文化,他特别喜欢伦敦和纽约。他这样描述过,随便一句都很动人,他说:"纽约就像太阳,没有人能够用眼睛直视太阳,听说只有老鹰才能看着太阳。"

在欧洲十年之后,他回到阿根廷,开始写作,特别是写散文、写诗。后来到40岁左右——对他来说是中年了,他活到80多岁——开始写小说。很好玩,他在什么状态下开始写小说呢?他感觉假如他写一篇评论来谈一本书,有时候他会写不出来,写不出来他就完了,他就没有意义了,就不再存在了。为了降低这种风险,他就决定做一些没做过的事,写一些他没写过的体裁,因为这样就算做不成,他也可以说认了,他就是不擅长,他生命的意义还在于写评论,写诗,所以他不怕,零风险,没有压力,做一些新的事情,所以他就决定要写个故事。一个作家回顾自己的写作历程,写得这么动人。然后他写了一本本小说,写到40来岁、快50岁,才慢慢被肯定,不仅在阿根廷、在拉丁美洲,也在全世界获得了不同的国际奖项。

可是别搞错,他没拿过诺贝尔奖,许多人认为是跟他的政治立场有关,是政治立场不够先进,博尔赫斯做过一些反权威、反独裁的事情。阿根廷有个传奇将军,大独裁者庇隆将军,这个家伙1895年出生,曾经做过三任总统。1946年到1952年在任,后又从1952连任到1955年,后来就遭遇政变了,他自己也是政变上台,政变后流亡国外。1973年又回到阿根廷掌权,可是过了一年就死了。他做前两任总统的时候,有个情人埃娃,我们也看过她的电影,百老汇音乐剧和歌剧也用她作为题材。后来他回来任第三任总统的时候,更厉害,把他妻子伊莎贝尔变成副总统,庇隆死后,妻子来接任又做了一年多,女元首很厉害,后来又被赶下台。

长话短说,博尔赫斯曾经反抗过庇隆将军的独裁,所以就被整治。也有历史材料说,动手整他的不是这个将军,是一些独裁大臣嫉妒博尔赫斯在国际上越来越有名。当时博尔赫斯是一个省的图书馆馆长,卸任后被羞辱,大臣委任他去当农场管理员,跟那些鸡鸭猪羊为伍。可是博尔赫斯还是一样发表公开信,联署签名反对独裁政府。直到庇隆将军下台被赶走流亡了,他才重新被委任,担任国家图书馆的馆长,这时候已经是国家级的了,很风光。

当时就有人访问他,那时候会不会很不爽?会不会连做梦都会梦到这个独裁者?博尔赫斯说得好:"不会,我才不会梦到他,我的梦是有品位的。"

他当国家图书馆馆长的时候56岁了,这时候他眼睛已经接近失明,视力非常差。他写了一首诗,关于天恩,他没有抱怨,反而是致敬:"上帝同时给我书籍和黑夜,这真是一个绝妙的讽刺。"然后又来了，整个人的身份跳出来："我不知道自己到底是格罗萨克还是博尔赫斯，我面前的可爱世界正在失去形状，化为模糊的灰白的一片，感觉像是睡梦，或是遗忘。"

话虽如此，他的求生欲很强，生命力很强，他没有放下笔，到了 80 多岁还在写。他口述，助理整理。有一段时间，大约持续了三年，他的妻子把他的话记录下来，读给他听，他再修改。他平常读书，也是请了专人读给他听。本身就很博学的作家莫内加尔当过博尔赫斯的助手，他这样形容，在 1956 年的时候，博尔赫斯怎么带他穿越过书阵的迷宫："博尔赫斯拉住我的手到处走，虽然明明是失明了，可是他好像很好，走得甚至比我还快，甚至能够带领我去不同的书架，去找一些书，把书翻开，他没有读，因为他失明了，可是他可以背，可以背诵书的内容，他带我走，很阴暗的路，我当然走得比他慢，比他辛苦，因为我唯一能够依靠的就是眼睛，所以走得反而更不方便、更慢、更糊涂、更残障，当走到图书馆黑暗走廊的尽头，终于出现光了，我恢复了视力，看到博尔赫斯就在旁边笑得好像刚刚开了朋友一个玩笑的小孩子。"这是个很有意思的人。

博尔赫斯经常出国，他不注重钱，但喜欢领奖。刚才说到他反对庇隆将军的独裁，有人说因为这个理由他没有获得诺贝尔奖，其实不是因为这个，一方面他曾经反对过独裁者，可是另外一方面，阿根廷乃至整个拉丁美洲的历史就是这样，一个独裁者倒了又有一个。他虽然反对这个独裁者，可是对于后来新上台的独裁者，他好像就配合、支持。甚至有一个很具体的事情：他跑到智利，从智利的大独裁者皮诺切特手中领了一项奖跟奖金，遭到批评。

另一位很重要的作家洛萨，以前是博尔赫斯的粉丝，也写文章批评他，当然作为粉丝会说好听的，不满意的时候会说难听的，洛萨批评博尔赫斯，说他的小说、诗和散文，那些空泛、抽象、虚无的文字，其实是帮助了这些大独裁者的暴力。这等于是批评博尔赫斯没有好好利用他的影响力，对于现实的黑暗做出应有的批评。

博尔赫斯作为一名作家，写了自己想写的，就像最前面说的，他开拓了整个西班牙语的领域跟疆界。

刚才谈到博尔赫斯结婚三年就离婚了，跟妻子相处得不好。后来有些回忆录写到他跟朋友商量怎么离婚。他年纪很大才结婚，后来沟通不了，受不了了，还是要离婚。其中的故事稍稍复杂一些，可是说来也简单，就是相处不来。博尔赫斯很孝顺，他妈妈也很强势，活到八九十岁，他就一直跟妈妈相依为命，没有怎么谈恋爱，到 60 多岁才结婚。他妈妈还从中挑拨，没有相处好。后来博尔赫斯要离婚，跟朋友商量某一天早上启动离婚，一切如常，却好像越狱逃亡一样，早上出门前他老婆问他晚餐想吃什么，他还很淡定地说我要吃什么饼、什么菜汤，他老婆就说好啊。一切完全没有异常。他出门之后，有人在图书馆门前接他，开车载他直接去飞机场，坐飞机离开了住的地方，之后他的律师团来到他家按门铃，他老婆开门问他们干吗，律师团说，我们代表博尔赫斯先生来这里告诉你，我们要处理他的财产，把他的书带走。博尔赫斯没什么财产，拥有最多的就是书。阿根廷没有离婚这回事，不承认离婚，只有分居。

第二段婚姻他跟一个日本阿根廷混血儿在一起，妻子比博尔赫斯年轻 40 岁左右，曾经是他的学生，也是他朋友的女儿，名叫儿玉。儿玉也一直在帮他，他们在 1986 年结婚，其实是在博尔赫斯去世前没多久。博尔赫斯 1986 年在日内瓦去世，去世前改了遗嘱，那时候他妈妈去世了,他本来是把一份财产给儿,还有另外一份给长期在他家的女佣,可是去世前就改了遗嘱,只留了一点点给女佣,几千美元之类的。所以他去世之后,女佣就打官司说博尔赫斯是被压迫、被欺骗才改了遗嘱,可是她官司输了。后来也继续有不同的争产官司,主要是争夺他的作品,他的晚辈又跳出来争夺他作品的版权、继承权,可是也输了,所有遗产的继承权还是在儿玉的手上。

博尔赫斯的作品非常好看,可是你要耐下性子,如果你要看一个完整的故事,就像他经常写的图书馆花园,花园歧路很多,你不要急,不要想着尽快走出这个迷宫,要记得沿途观赏,看到里面的花花草草,每一朵花都有它的香味,都有它的颜色。这样的文学欣赏才是对于艺术的尊重。无论最后你真的读懂了博尔赫斯,或是读不懂,可是只要能够被他震撼,被他感动,你就入门了。

阅读小彩蛋

"人会逐渐同他的遭遇混为一体;从长远来说,人也就是他的处境。"

慢慢品味这句话,你的处境会改变你,从你的五官、言行上面能看到你曾经遭遇过什么。

"使他觉得遥远的不是时间长,而是两三件不可挽回的事。"

"我心里一直都在暗暗设想,天堂应该是图书馆的模样。"

找博尔赫斯来看吧,这比所有的心灵鸡汤、经典语录都更有启发性,更让人震撼。

卡夫卡：因为自由，所以不知所措

拉丁美洲哥伦比亚魔幻写实大师马尔克斯，相信大家一定都不陌生了，他曾在1982年获得诺贝尔文学奖。前面提到中国同样拿到诺贝尔文学奖的作家莫言，在20世纪80年代初期读到马尔克斯的作品《百年孤独》的时候，震撼到几乎从椅子上跳起来，感叹原来小说是可以这样写的。此后几十年的写作生命里，莫言心中总有一个马尔克斯，总在和他搏斗，躲不开这个挑战。

对马尔克斯来说，他又在跟谁搏斗呢？哪一位作家能够让他有这种震撼呢？这位就是本节我们要谈到的德语作家。他是出生在捷克布拉格的犹太人Kafka，用德语来写作，他的名字翻译为中文就叫卡夫卡。

卡夫卡写过很多名著，比如《审判》《城堡》等，其中还有一部被翻译为《蜕变》，也有翻译为《变形记》的，写的是一个人早上醒来发现自己莫名其妙地变成了一只甲虫，无法表达，也控制不了自己。家人看到他很害怕，没办法跟他沟通。家人对他从开始的关心、照顾，到后来的疏离、疏远，甚至有了黑暗的想法，恨不得他死掉。这种经历太可怕了。我觉得《变形记》是很恐怖的小说，它后来被翻拍成不同版本的电影。

马尔克斯说，他年轻的时候，读到卡夫卡的《变形记》，就跟莫言读到马尔克斯的作品一样，震撼到几乎从椅子上面掉到地上。他告诉自己，原来小说可以这样写。

其实卡夫卡的作品，尤其是《变形记》，不只影响了马尔克斯，还影响了世界各地的很多作家，也包括中国作家。阎连科很多小说的情节，都非常魔幻，他也表达过，他看马尔克斯的《百年孤独》或者看卡夫卡的作品，也是同样的震撼。

余华也深受其影响，卡夫卡的《变形记》改变了他对于小说、对于文字的处理手法。

作为一般读者，卡夫卡给我们的影响，不一定是写作手法或者讲故事的方法，而是一种心理感受。

我们看他的各种小说，心理上受到的震撼更为明显。

《审判》讲的是莫名其妙有两个人，敲门来说你犯罪了，然后把你抓走。至于你到底犯了什么罪，触犯了哪一条法律，是谁要把你关起来，审判过程是什么样，证人在哪里，都没有答案，完全是莫名其妙。你整个人陷入绝望之中，很迷惘、很无助，同时又觉得很无厘头。那种压迫感，会让你整个人发毛、打寒战。

《城堡》讲的是一个人去了一个迷宫，城堡中明明有人，又好像没有人，因为没人回应你。这是人们所不能理解的状态。

《法律门前》讲的则是一个乡下人，走到一道法律的门前，想走进去，却根本没办法，也没人理他。这个人就觉得很奇怪：好多年来，为什么只有我想走进这道门，而其他人不想呢？难道这道门是为我而设的吗，难道是因为我回应这道门的存在它才存在的吗？假如我像其他人一样不理它，它是不是就不存在了呢？假如不让我进去是错的话，首先我要问自己，为什么一定要进去。

诸如此类的故事让人读来非常压抑彷徨，可是压抑彷徨之后，会反思自己与眼前的制度、法律权威或是生命本质的关系。

我们不需要学习卡夫卡写作的方法，我们只要深深感受卡夫卡的作品给我们带来的影响和震撼。在美国有一句常用谚语，形容某种处境非常卡夫卡，"It's very Kafka."什么意思呢？只要你大概了解卡夫卡的作品，就能懂这句话了。这是一种荒谬的、荒诞的、压抑的、无助的、迷惘的、无厘头的，让你绝望到想吐的处境。

之后延伸出来的思考是什么呢？就是异化。

卡夫卡写过另一篇短篇故事《海神波塞冬》。希腊神话中的海神波塞冬（Poseidon），他拥有无上的权力，掌管整个海洋世界，可是他根本没有办法去享受。因为他整天要处理文件，在堆积如山的文件里面，工作、工作、工作。他其实是自寻烦恼，因为他觉得手下不能够做好，所以没有把文件分给他的手下。而且，他总是担心文件不够多，不够多就表示情况处理得不够好。于是他把所有琐碎的事情分成更多的工序，弄出更多的文件，全部自己来处理。

海神好像拥有很大的权力，其实是跟坐牢一样，非常悲惨。其实海神这个故事代表着官僚制度也陷入了这种循环的悲剧，就是说，被一个专断的权力捆绑是没有出路的。这个权力只有一个目的，就是维持权力本身。不是用权力来追求真善美，而是为了维持权力本身。

美国人说"It's very Kafka"，这已经成为一个常用语。我们多少了解一些希腊悲剧，我们常说的"非常莎士比亚"，也是文学艺术中用来表达悲剧的处境。"非常卡夫卡"表达的则是迷乱、迷惘、压迫、异化。

这一切的来源,还是回到主人翁卡夫卡本身的压抑人生。他1883年出生,1924年时才41岁,就去世了。

他生在当时奥匈帝国的布拉格,是犹太人,讲德语,也用德语写作。当时在布拉格有一群人讲德语,有一群人讲捷克语,而德语是当时的主流。

从身份认同这方面来看,卡夫卡已经压抑了。因为这么多年来,他的犹太人身份让他总是要追寻自己的独立身份,甚至独立的国家,可是他又一直因为各种理由,被歧视、不被承认,或者说被排拒。

卡夫卡从小就讨厌自己犹太人的身份,就算没到讨厌的地步,他也会抱怨。在他的日记、给他父亲的信、给女朋友的信中,都表达过,假如自己不是犹太人,会不会有完全不一样的生命状态。他对身份的自我认同深表怀疑。

我们知道,身份自我认同是人存在的基础,连这个基础都不稳的时候,人心里的忐忑不安,是可以想象的。

更何况,卡夫卡的童年经历并不美好。他有个很凶的父亲,父亲做点生意。相传,父亲是个很聪明的人,对小孩非常严厉。卡夫卡还有两个弟弟,可是都早夭了。

由于父亲很严厉,卡夫卡总是有点惧怕他。虽说卡夫卡大部分时间住在布拉格,可是也总往外走。那个时代没有手机、没有电邮,只能写信,他写了很多的信给父亲,那些信后来都被出版了。

幼年的卡夫卡就是一个可怜的小孩,被父亲的权威压得喘不过气来,不晓得怎样找寻自我,也不知道怎么样向父亲证明,自己并非父亲想象中的那么弱小无能。

他好像一个迷路的小孩，心灵受到了很大的伤害，一方面深刻地怀疑自己，另外一方面在呐喊。

卡夫卡长大后学习法律，交了一些"文青"朋友，一起写作、写诗、开会、吹牛，可是他每天维持生存的生计，是在保险公司工作。

卡夫卡做了很多很琐碎、乏味、机械性的计算，还有法律文件的处理、保险档案的分类等等。他很瞧不起这个工作，也更瞧不起自己：为什么自己为了生活来服从这个制度，不断妥协、接受这种工作安排？

人就是这样，因为所有的事情，并非只有一个加害者和一个受害者。你为什么要选择当受害者呢？难道你不能脱离、不能拒绝吗？是因为没有能力还是没有勇气呢？很多事情是说不清的。

卡夫卡在这种情况下，继续生活、工作、写作、交朋友。在这个过程中，他向父亲表达了又爱又恨的情绪。他写了一堆信，不断向父亲展示工作、写作中的好主意，以及获得的成就，都是为了争取父亲的肯定，对他而言，这是一个权威的肯定。只有少数几次，他在信中对父亲发脾气、抱怨，其余都是在争取肯定。

除了和父亲的交流以外，他还想交女朋友，但是很不顺利。

如果用笼统的词语来形容卡夫卡，就是自卑又自大，想要又不敢要。

我们一般都有这种心理，可是他格外严重。严重到什么程度呢？他订了三次婚，每次都很怕，临阵逃脱，有时候是用生病作理由，有时候就直接说压力太大受不了了。他怕婚姻把他绑住，妨碍他写作。他已经被保险公司无趣的、乏味的工作妨碍了写作，不能再被婚姻妨碍。

当然，这背后也有其他的考量，在卡夫卡去世之后，他的日记、信、作品陆续出版，他的好朋友也为他写回忆录。这让我们看到一个被性欲问题困扰的卡夫卡，他性欲蛮强的，可是又内疚。他整天担心自己性无能，而担心自己性无能的人，往往就要用更多的性生活来确定自己的性能力。他就是这样被自己的性欲问题困扰了一辈子。

对卡夫卡来说，最终极的问题是什么？死亡。

他30岁出头患上肺病，后来愈加严重，严重到准备好要去当兵却不能入伍。在41岁那年，卡夫卡终于住进医院，其实在这之前他已经多次进出医院了。最终，他还是没能逃离病魔，死于肺结核。入院时病情已经影响到呼吸道和食道，他根本吃不了东西，最后活活被饿死。

他去世之前写出短篇小说《饥饿艺术家》，如此悲惨的人生，他写出来的作品，情节能不压抑吗？能不迷乱、能不空虚迷惘吗？加上他的写作手法创新、先锋，走在19世纪末的前面，使得作品更有震撼力。

卡夫卡的心理状态，并不是普通意义上人们所说的性欲很强的色情狂，或者自我压抑那么简单。他会把他的性欲和焦虑化为反省的力量，能够很准确地被抓取，用来辅助呈现他与19世纪末出现的、运作起来把人吞掉的官僚制度之间荒谬的关系，最后变成自己的文学作品。

当他能够把自己悲剧人生中的哀伤，化为动力、想象乃至创造力的时候，他就成功了，成为影响一代又一代、有百年影响力的卡夫卡。

我们谁不希望生命能够一帆风顺，可是这并不容易。当我们遭受挫败，特别是遇到卡夫卡这种焦虑、压抑人生的时候，假如有足够的运气，也有足够的能力，我们也可以把自己悲哀的处境化为创造力，留下永生不朽的影响。

不过，卡夫卡可能没想到这么多，假如他想到了，就不会做那件事。我们都知道，除了很有影响力的《变形记》和屈指可数的几本书，他没有几部作品是生前发表的。很有影响力的《审判》《城堡》等作品都是他死后才被发表出来的。

他在死前跟他的老友布洛德请求：请你把我所有的作品烧掉，不许出版。可是呢，他的老友，也许是为了钱，也许是为了纪念他，最终背弃了他的请求。

布洛德本身也是文学圈子里的人，知道文字的重要性，所以违背了对他的承诺。他当时是答应了卡夫卡的，说："好吧，把你的所有的东西烧掉，不留。"结果卡夫卡去世后，他不仅没烧掉，还把这些作品公开曝光并且出版，这才有了后来的故事。卡夫卡的作品一部又一部地出版，一次又一次地震撼大家。

卡夫卡的经验也告诉我们，不要冲动，不要在冲动之下交代遗言。幸好他的老友布洛德没有听他的，假如听他的把所有的作品都烧掉，我们就无法读到卡夫卡了。所以，这也是另外的学习领悟，不要冲动。

从卡夫卡的朋友布洛德身上，我们能得到另一个启示：有时候答应归答应，不一定要听你朋友的话，要多做点好事。自己有钱，帮助朋友解决经济困难是好事。同样，替朋友留下盛名也是好事。

卡夫卡写了太多好的小说，找来慢慢读吧。

阅读小彩蛋

卡夫卡在小说和信里面留下很多格言。有些好像听得懂,有些也不一定听得懂,总要想一下,这样才有味道,富含哲理的味道。

I'm free, and that's why I'm lost.

我是自由的,正因为我是自由的,所以我迷失,甚至不知所措。

——卡夫卡

他说我是自由的,而正因为我是自由的,才会迷失,不知所措。这是我的翻译。"I'm lost."我翻译为不知所措、手足无措更为贴合,我自认为翻译得不错。

The meaning of life is that it stops.

生命之所以有意义,是因为生命会终结。

——卡夫卡

阅读小彩蛋

卡夫卡的作品中还有很多蕴含哲理的观点。他认为仅仅勤劳是不够的。蚂蚁也非常勤劳，问题是你在勤劳些什么呢。有两种我们经常犯的错误，也是所有错误的根本。一个错误就是太懒惰，什么都不想做。另外一种错误刚好相反，是冒进、浮躁、急躁。这是他的看法。

还有一个观点我也好喜欢。爱是什么呢？其实很简单，提高、充实、丰富我们生活的东西，就是爱。通过一切可以令我们加深深度和提高高度的关系，我们就能感受到爱。就像我经常说，爱其实蛮像宗教的，能够让人往上提升，而不是往下沉沦。请你用这个标准来想一下，你到底爱不爱你身边的人，爱不爱你的伴侣、父母、儿女呢？你到底有没有爱你自己？假如你爱自己，就要让你的生命不断地充实，而不是沉沦。

契诃夫：触碰对美好的期待

我们在前面讲到阿根廷的小说超大师博尔赫斯，讲到他的小说不好懂。有时候你很有耐心，读完也不懂，这样就结局了，结局到底是什么啊？有时候你读不懂，是因为你也根本没有耐性读到结局。

可是没有关系，像这样的小说，我们要慢慢地、耐心地去看，好像进一座花园，不一定需要急着寻找出来的路，用博尔赫斯的比喻，就是走进一个图书馆，或是一个花园、一个迷宫。

就慢慢看吧，沿途用力地去闻，去感受那种香气，去观察每一朵花、每一片叶子的世界，去体会博尔赫斯小说里对于生命意义的思考，对于生命本质各种的可能性，还有语言的虚妄、人的主体性的虚妄的思考。懂不懂没关系，它都能够给你启发。就像我们喝酒也好，喝咖啡也好，不一定都能够懂得欣赏。比如酒是哪个产地，哪个年份，口感如何，香气如何；咖啡来自什么地方，香气是酸、甜还是苦等等。

不懂没有关系，只是把咖啡或是酒，含在嘴里，用舌头慢慢品味它，让它进入你的喉咙，你也获得了很好的享受。不论阅读文学作品，还是欣赏所有不同类型的艺术，其实这种态度才是比较丰富的。不要受你从小学到中学甚至大学的影响，读懂理解每一个字，甚至背下来要考试，还有正确或错误的答案，不需要。艺术不需要用这种方法来处理，人跟艺术的关系，就是体验、体会。

文学有不同类型的作品，不同的写作风格，这一期我们要谈的是俄国的小说家，跟博尔赫斯刚好相反，他的小说很好懂，而且也不长，有些是中篇小说，主要还是短篇。他也写了一些很有震撼性的戏剧作品，都好懂，很快就看完了，很有趣，而且一看下去就被他吸引了。可是别搞错，好懂又容易看完，不表示他很浅薄。但因为惯常的认知是又好懂，又容易看完，又看得下去，又浅显的创作，很多就是一眼看尽没有什么味道，那些创作基本上只是一个点子、一个段子，很好懂，让人笑一下或是感慨一下。

可是这一篇谈得很好懂的小说家写的不是点子，是故事。他写的很多都是小人物，老百姓，当然里面也有权贵，可是他写出的权贵也有血有肉、有悲哀、有虚伪、有骄傲，也有善良的一面，而且他的文笔很擅长描述细节，每一个人物戴什么帽子，抽什么烟斗，穿什么衣服，袜子鞋子都描述得很准确，所以就变成了故事。而你读完他笔下的故事，好像真的认识了这些故事里面的人物一样，有种熟悉的感觉，就算你跟他故事里的人物相差十万八千里的时空，可你就是感觉你认识这个人，为什么呢？因为在故事里面，你感受到他的人性。他的故事总是能够触碰到人性最温柔的那一面，每个人不一定随时都是温柔的，可是我们其实都期待温柔。能不能碰到是一回事，可我们是期待的，他的故事触碰到我们人性里面一些很软弱的部分。

这个既擅长说故事，又擅长细节，又触碰到人性的作家，就是非常非常伟大的小说家契诃夫（Chekhov），俄国人。他很短命，1860年出生在俄国一个偏僻的地方，1904年去世，只活了44岁。他本身是医生，能够医别人，却医不了自己。他一边行医一边写小说。他打了一些可能有的人觉得不正经的比喻，他说：医学是我的合法妻子，文学是我的情人。也有说得比较正经的，医生是我的职业，写作只是我的业余爱好。可是就算从赚钱的角度看这句话也是不对的，应该是倒过来的，当时医生也不一定能赚很多钱，特别是他专门去帮助穷人、农民，他甚至不收诊金，也不收医药费，所以他就很穷，缺钱啊，就需要不断写作，要收版税。他留下了很多书信，好多都是不断跟朋友家人讲，我缺钱用，所以我很期待拿到哪一笔稿费，很期待哪一篇小说可以发表。对他来说，小说在最开始也是吃饭的工具。

契诃夫的祖父就是农奴，很穷，可是很会办事，从而得到重用，而且也很节俭。他父亲小时候也是农奴，祖父终于省到钱替一家人赎身，从此不再当奴隶，恢复自由身。所以契诃夫的运气就比较好了，他还可以去读书，成为医生。他的母亲很懂得讲故事，经常跟他讲故事。他父母亲曾经在俄国到处走，他母亲就跟他讲一路的所见所闻。契诃夫经常讲：我的天赋源于我的父亲，我的灵魂源于我的母亲。因为母亲给他讲过很多的故事，而且他从小也是穷苦出身，自己努力读书，所以接触到的都是三教九流。他自己说：我整天就在那些穷人的地方长大，看他们的生活，所谓"他们"，其实也是我了。他本身也属于那个阶层，按成分来说就是贫农，他看尽了人间世态。所以他写小说的所有故事都着眼于现实生活，"人并不是每一分钟都在决斗、上吊、求爱"，他是在讽刺其他写出奇奇怪怪故事，或是很壮烈故事的小说家。

他说:"人并不是每分钟都在那儿决斗、上吊、求爱的。他们大部分的时间在吃吃喝喝、吊膀子,说一些不三不四的蠢话……应当写这样一种剧本,让剧中的人物来来、去去、吃饭、聊天、打牌。人们吃饭,就是吃饭,可是在吃饭的当儿有些人走运了,有些人倒霉了。"他的着眼点就是这样。

他也留下了很多关于创作小说的想法,不能称为理论,只能说是一些想法,可是对于写作的人蛮有启发的。他甚至说,我们不应该写我们没有见过的事情,不应该写没有观察、考察过的事情。他坚持写现实,当然就是写现实中的人性了,也写出了那种悲凉。

契诃夫有一短篇小说,是说小公务员之死。一个小公务员在戏院看戏,在他前面坐了一个权贵将军,公务员不小心打了个喷嚏喷到将军,将军很不爽,就整他、骂他,到最后小公务员死掉了。还有一篇小说我也很喜欢,很短,讲一个人赶马,拉着马走,他儿子生病去世了,他心中很难过,到处找人想吐吐苦水,叹叹气,可是根本没人听。到最后他就只好对马说话,马成为他唯一的听众,这个马夫说,这匹马都吃不饱,可是已经变成他的好朋友,愿意听他说话。这一篇叫作《苦恼》,也有翻译成《懊恼》的。

曾经还有个很重要的小说家曼斯菲尔德说,如果法国的全部短篇小说都毁于一炬,而这个短篇小说(契诃夫的《苦恼》)留存下来的话,我也不会感到可惜。比方说有一篇小说叫 KISS,就是亲吻,一个军官去一场晚会,不小心走进了一个房间,在黑暗中,被一个女生亲了一下,这一吻让他神魂颠倒,日日夜夜都在想着这个女生,想查看她的身份,从此他整个人的命运就改变了,看世界都完全不一样了。后来又被打回原形，从那种精神上的亢奋、迷惘和高潮中恢复过来。后来有了机会，他回到那个晚会的地方，一切又变得陌生，好像过眼云烟。故事说起来很简单，可是写了很多人的细节，想法的细节。我们除了觉得像是自己认识的朋友以外，甚至觉得某些想法、某些动作，都可能是自己。简单来说就是能够让你有共鸣，可是这种共鸣又是直接面对你自己——以前忽略了的自己。他的小说好像一面镜子那样，所以不会一看完就忘记，看完心里总是觉得怪怪的。

其实有一点像看张爱玲的小说。我们经常说张爱玲写得精彩，怎么个精彩法呢？当然可以从不同角度去谈，可是有两点很重要，第一个细节，她写出了那个年代——20世纪40年代，不管是香港还是上海——那种生活的质感。人们穿什么衣服？那个服装怎么样？那个环境怎么样？张爱玲能够选择很精准、很深刻的修辞来描述，让你看完之后就好像脑海中、眼中真的见过那个年代的上海、香港和那些人一样。所以我们重读40年代很多作家，尤其是女作家的小说，有很多不错的故事，可是好像只有张爱玲能够把你带回那个年代，看到那个环境那些人。还有一点，张爱玲跟契诃夫相像的就是写出了那种启发。张爱玲自己说过：悲壮是一种完成，而苍凉则是一种启示。所以张爱玲不追求悲壮，只追求苍凉。这一点是共通的，不管什么年代读她的故事，都能触动你人性里面对温柔的期待，还有软弱的部分，契诃夫的小说在我看来也是这样。

他写了几百部短篇小说，还有戏剧。刚开始他就是为了赚钱和好玩、逗趣，写很多幽默小说，有一点无厘头。可是直到有一天他收到一个文学家给他的一封信，那封信很有意思，一方面肯定他的才华真是好，对于文字的驾驭能力什么的都很好，叫他千万不要浪费自己的才华；另外一方面，也是讽刺他，讽刺他什么呢？你老写这些幽默小品、幽默小说，不是浪费吗？你应该好好利用自己的才华留下一些很深刻的东西。可能那个文学评论家不太看重幽默小说吧，所以一方面骂，一方面肯定，两方面都有。

这封信倒是提醒了契诃夫，他从此改变了，加倍认真地对待自己的文学才华。后来他的故事取向就有变化了，同样是现实生活里面的老百姓，可是更多是去刻画俄国沙皇年代的暴政，贫富悬殊下那些可怜人的生活状态。他后来甚至跑到沙皇年代专门关政治犯或是无辜人、可怜人的牢房，还有集中营去考察，把他考察的感悟和观察，写成一篇篇的故事。其中很重要的一篇就是《第六病室》，里面描述人怎么被折腾、被虐待，被上手铐、被饿，被污蔑是精神病等等。那是他去完库页岛之后的一个创作，是很重要、很有批判精神的作品。一些革命者，包括列宁，很年轻就读他的作品，读完就说太可怕了，看完就感觉像是自己被关在这个第六号病房一样，禁不住全身发抖。所以他的一些短故事，也有很重要的启发和震撼作用，还有批判能力。

再说文学理论，或者说戏剧理论，有些不是他的，可是人怕出名猪怕壮，也跟他拉上了关系。前文提过所谓契诃夫理论，关于如何写作的，甚至有人编了一本书，中文翻译为《如何像契诃夫一样写作》。里面蛮多断章取义的部分，不过有些金句也蛮像契诃夫自己说的。比方说：我们写小说，重点不是我看见了什么，而是我如何看，我选择的角度；我们对于自己的作品，要毫不留情把它删去剪去；写笔下的故事，只要见证，不要批判，不要判断；艺术不应该解决问题，应该提出问题；不要捏造你没有经历过的痛苦；你要忠实地去描绘人生；你写的时候可以哭，甚至里面的人物也可以哭，可是更重要的是要带着读者一起哭。

还有一个大家普遍知道的，就是在一个戏剧或者小说的故事里，只要开始提到过一把枪，到最后这把枪一定要开。这是什么意思呢？就是别废话。倒过来说就是，戏剧或者故事的每一个细节都要是有意义的、有作用的。他的原句是，如果你在第一幕看到一把枪挂在墙上，在第二幕或者第三幕时，它绝对会开火。如果它不会开火的话，它就不应该被挂在那里。所谓的一定要就是一定会，也一定需要，不要做无谓的安排，要让每一个细节都产生它的作用。

有人用契诃夫作为例子，说俄国人这么懂得讲故事：你看到契诃夫，就可以想象到在冰天雪地的俄国，几个人没事干，坐在结了冰的湖上面聊天，或者在湖旁边生着火，喝点伏特加，然后轮流说精彩的故事。契诃夫就是讲故事的人里面高手中的高手。不同的选题，不同的版本，你都可以看到契诃夫一以贯之的风格，把人性放在那儿，看起来平实，好像真的会发生或是说在地球上早就发生了，然后带着你的眼睛去看那些文笔的细节。

我知道一些中学课本也引导大家去读契诃夫，主要强调的是革命这个部分，从革命角度来看，契诃夫是一个为了农奴说话的革命的作家。他确实有自己的批判角度，特别是他去库页岛考察后写的故事，可是他主要还是讲人性，讲每一个人在生活中的一句话、一个动作所引发出来的，生命中不可掌握的事情，从而引发出更重要的思考，那就是我们应该如何面对，如何回应，如何在里面找寻乐观的立足点。因为生命不是一沉到底的，他的一些戏剧、一些故事，到最后还有光明面，甚至直接讲：来吧，我们要迎接新生活。也蛮有样板戏的语气，但他不是从头到尾都说我们要新生活，要打败黑暗。他是通过动人的故事来引导我们，不管面对怎样不可掌握的命运，还是要相信未来，相信你所遭遇的黑暗可能只是人性的其中一面，人性在黑暗以外，还有其他的部分。

这就是契诃夫，你找他的小说来读就对了。

阅读小彩蛋

　　最后来分享几句他的金句吧,讲到人性乐观,他说:"人应当一切都美,外貌、衣着、灵魂、思想。"还有一句比较具有调侃意味,他说:"只要你说话有权威,即使是撒谎,人家也信你。"他还在小说里写了很多金句,比方说:"求人帮助的时候,求穷人比求富人容易。"他还说:"人的眼睛,在失败的时候,方才睁了开来。"